Böttcher · Götterdämmerung

SVEN BÖTTCHER

Götterdämmerung

ROMAN

HAFFMANS VERLAG

Für Steffie

Umschlagbild von
Michael Sowa

1.–4. Tausend, Sommer 1992

Satz: Jung Satzcentrum GmbH, Lahnau
Herstellung: Schauenburg, Schwanau
ISBN 3 251 00198 1

Inhalt

ERSTER TEIL
DIE VILLEN DER GÖTTER
(Andante)

ZWEITER TEIL
UNZUVERLÄSSIGE ZEITEN
(Allegro vivace)

DRITTER TEIL
EINE ART RAGNARÖK
(Allegretto molto furioso)

ERSTER TEIL

DIE VILLEN DER GÖTTER

(Andante)

Wenn wir heute keine Wunder mehr erleben,
so zeigt dies nicht, daß wir klüger,
sondern daß wir temperamentloser, phantasieärmer,
instinktschwächer, geistig leerer, kurz:
dümmer geworden sind.
Es geschehen keine Wunder mehr, aber nicht,
weil wir in einer so fortgeschrittenen und erleuchteten,
sondern weil wir in einer so heruntergekommenen
und gottlosen Zeit leben.

EGON FRIEDELL

The world is very very large
and butter is better than marge.

THE HEEBEEGEEBEES / »MEANINGLESS SONG«

I

Cameron Cameron stieg pfeifend aus dem Fahrstuhl. Die Zeitung und eine braune Brötchentüte unter den rechten Arm geklemmt, drückte er die Tür hinter sich zu und federte dann über den Flur im vierten Stock des Bürogebäudes am Hollywood Boulevard.

»In olden days a glimpse of stocking was looked on as something shocking. But now, God knows: Anything goes ...« sang er leise, während er die Tür zum Vorzimmer seines Büros aufschloß. Er stutzte kurz und fragte sich, ob er den Schlüssel nicht vorhin zweimal im Schloß gedreht hatte, dann schob er die Tür vorsichtig auf und lugte ins Zimmer.

Cindy Teasdale hatte seine kurze Abwesenheit genutzt, um ihren Arbeitstag zu beginnen. Sie begrüßte ihn mit einem Lächeln, das breiter und roter war als eine Fleischtomate auf dem Sunset Boulevard. Während Cameron eintrat und seinen Schlüssel in die Manteltasche gleiten ließ, lächelte er erstaunt zurück.

»Morgen, Cindy. Sie können noch keine fünf Minuten hier sein.«

»Vier, Mr. Cameron.« Wieder das knallrote Lächeln.

»Eben.« Cameron nickte und stellte die braune Papiertüte mit den frischen Brötchen auf den Tisch seiner Sekretärin. Er hängte Hut und Mantel an den Garderobenständer. »Und Sie haben die Post mitgenommen.«

»Ja. Liegt auf Ihrem Schreibtisch.«

»Gut. Bekomme ich einen Kaffee?«

»Sofort, Mr. Cameron. Das Wasser kocht gleich.«

»Fein.«

Cameron gönnte Cindys rundem Gesicht ein weiteres Lächeln, öffnete die halbverglaste Tür und betrat sein zum Hollywood Boulevard hin gelegenes Büro. Nach kurzem Flug landete der *Examiner* auf dem glänzenden Schreibtisch und rutschte gegen die Tagespost. Der eleganteste Detektiv von L. A. fuhr sich ordnend mit der Hand durch die kurzen, dunklen Haare und schloß dann die Tür zu seinem neben dem Büro gelegenen Privatzimmer. Er warf einen Blick auf den Kalender, der neben der Verbindungstür von der Sonne angestrahlt wurde. Unter dem Bild von Jean Harlow behauptete dieser Kalender, sein Betrachter befinde sich am vierten März des Jahres 1939 in Los Angeles.

Das war zweifellos richtig.

Noch jedenfalls.

Erasmus Weinberger durchquerte die giftig zischenden Automatiktüren des hypermodernen PLUS-Supermarktes und wurde von diversen strategisch günstig aufgehängten Lautsprechern mit einer schauderhaft schlecht eingespielten Version von John Lennons »Give Peace a Chance« bombardiert. Es war Viertel nach neun, und noch waren die weißgekittelten Angestellten damit beschäftigt, einander ungehemmt den neuesten Tratsch über den Geschäftsführer und die vor kurzem eingestellte, unverheiratete Lageristin zuzuraunen. Niemand beachtete den kleinen, zausköpfigen Mann im blauen Overall, auf dessen Rücken große weiße Lettern die Worte »Weinbergers Salat-Bar-Service« formten.

Erasmus zog den Kopf ein und die Mütze weiter über die Ohren, ohne der Musik dadurch ausweichen zu können, wanderte zielstrebig in den hinteren Teil des Supermarktes und stellte seinen Werkzeugkasten vor der Salatbar auf den gefliesten Boden. Er betrachtete die hoffnungslos verkleisterten Dressing-Düsen und seufzte leise. Nicht einmal an seinem neununddreißigsten Geburtstag ließen ihn die bescheuerten Dinger los. Und Geburtstag hatte man schließlich nicht alle Tage – nicht nur, weil das dem Geburtstagsgedanken einiges von seinem Charme genommen hätte.

Lustlos zog Erasmus einen der schwarzen Kippschalter mit der Aufschrift »American« nach vorn. Die Düse rotzte einen getrockneten Klumpen Kräutersoße auf die Fliesen und röchelte herzzerreißend. Während Erasmus in seinem unordentlichen Werkzeugkasten nach dem passenden Spezialschlüssel kramte, fragte er sich verdrossen, weshalb der vierte März nicht wenigstens 1992 auf einen Sonntag hatte fallen können.

Gwydiot hockte auf einem moosbewachsenen Stein am Ufer des Sees von Glanwrhydd, einem kleinen, sehr dichten Wäldchen im Südwesten des heutigen Okehampton, und versuchte die Zukunft aus der Bahn der Stichlinge zu lesen, die vor seinen Füßen durch das kristallklare Wasser schossen.

Sofern er diese Bahnen richtig deutete, also gemäß den Weisungen des einzigen Exemplars des *»Great and Utter Book of Wisdom edited by the wisest Man of All, Merlin, Magician by appointment of his Majesty the King, Artus«*, sagten die quirligen Wasserwesen folgendes: »Herren, rund wie der volle Mond, werden im Auftrage reicher Fürsten in den Städten umhergehen und von den Armen und den Bedürftigen unverschämte Summen Goldes einfordern für die Vermittlung von Obdach – und keine Hand wird sich bewehrt erheben, sie hierfür vom Leben zum Tode zu befördern. Dies Strafgericht Lugs und der Mächte der Finsternis wird kommen über die Welt in mehr als tausend Jahr von heute.«

Gwydiot hob einen Kieselstein auf und ließ ihn in hohem Bogen in den Teich segeln. Während die Stichlinge auseinanderstoben, schüttelte der Magier niedergeschlagen den

Kopf. »Wieder nichts«, dachte er und: »Ich begreife es einfach nicht. Es ist nicht nur grammatikalisch ziemlich schwachsinnig, sondern auch inhaltlich. Ich bin ein Versager. Ich bin eine Schande für meine gesamte Zunft. Was hätte Merlin gesagt, wenn er das noch erlebt hätte? Und was wird der König davon halten?«

Hätte der Magier einen langen Satz in die Zukunft machen können, um zu sehen, daß dort feiste Immobilienmakler über den Planeten wandelten, wäre er vielleicht ein bißchen weniger mißmutig gewesen.

Vielleicht.

Wahrscheinlich nicht.

Wahrscheinlich hätte er einfach geglaubt, er stecke mitten in einem entsetzlichen Alptraum.

2

Wer das steinerne Tor durchquert – was niemand tut, aber irgendwo muß man schließlich anfangen, wenn man eine Ortsbeschreibung vornehmen will – sieht hinunter in ein sanftes grünes Tal voller kleiner, hübscher Villen. Ein Tal, das zu allen drei Seiten – also allen außer jener, in der das Tor steht, das niemand je durchquert – von steilen Felshängen begrenzt wird. Zur Linken entdeckt der aufmerksame Betrachter (sofort) ebenso wie der unaufmerksame Betrachter (etwas später) eine Burg. Eine finstere, ständig von schwarzen, hartnäkkigen Wolken umflossene Burg, deren Bewohner offenbar keinen gesteigerten Wert auf unangemeldete Besucher legen. Oder auf andere Besucher.

Zur Rechten hingegen erwarten das herumstreifende Auge einladend bunt bemalte griechische Säulen vor einem nicht minder bunten griechischen Tempel, dessen Bewohner ebenfalls keinen Wert auf ungebetene Besucher legen. Soviel zur Aussagekraft von Fassaden.

Kein Makler käme je auf die Idee, diese Wohnanlage als verkehrsgünstig gelegenes Objekt zu bezeichnen – und das nicht nur, weil es völliger Blödsinn ist, denn das wäre ja für einen Makler weiß Gott kein Grund, es nicht zu behaupten.

Die Idee käme nur deswegen keinem Makler, weil kein Makler diese Anlage je zu Gesicht bekommen hat. Genausowenig wie alle anderen Sterblichen, also auch jene, die sich im Gegensatz zu den Maklern gern ein bißchen Zeit mit dem Verbleichen lassen dürften.

Die finstere Festung auf dem linken Berg heißt übrigens *Asgard.* Ob sie nur ungastlich wirkt oder es tatsächlich ist, kann kein Mensch sagen, weil noch nie einer versucht hat, an das gewaltige Tor jenseits der mächtigen Zugbrücke zu klopfen. Ebensowenig wie an die Pforten der gegenüberliegenden Tempelkette, die *Olympos* genannt wird. Es kommen halt sehr selten Gäste her.

Oder besser gesagt, nie.

Die gesamte Wohnanlage wird von den Bewohnern der jeweiligen Blöcke, Häuschen, Hütten und Villen mit derartig vielen unterschiedlichen Begriffen bezeichnet, daß erstens kein Postbote daraus schlau wird – weshalb die Bewohner auch *nie* Post bekommen –, und zweitens eine Aufzählung sämtlicher Namen den Rahmen des uns bekannten Universums sprengen würde. Da es wohl wünschenswertere Dinge gibt als die Sprengung des Universums (jedenfalls für gewisse hartnäckige Optimisten), bleibt die Beschreibung an dieser Stelle unvollständig.

Auf dem unermeßlich breiten Bergrücken zwischen Asgard und Olympos entdeckt der Betrachter babylonische, ägyptische, aztekische, toltekische, gallische, chinesische, buddhistische, keltische, japanische, frühjemenitische und unzählige andere Götterburgen, die vor allem eines gemeinsam haben, nämlich keinerlei Bedeutung für den weiteren Verlauf dieser Geschichte.

Was übrigens auch für die sogenannte »Monotheistische Senke« gilt, die sich zwischen den Kämmen erstreckt und in der sich Millionen von Wesen tummeln, die teilweise einer ganz schön eigenartigen und verdrehten Phantasie entsprungen zu sein scheinen. Manche dieser Wesen, zum Beispiel einen gewissen »Allah«, hat seit Urzeiten niemand zu Gesicht bekommen, weil sie ständig auf Achse sind, und auf einige der anderen kommen wir gleich noch kurz zu sprechen.

Das Gebiet, das der Betrachter zu überschauen vermag, ist Teil eines ... Irgendwas. Jenseits des hier mit Worten beschriebenen Talkessels und der ihn umschließenden Bergkette ist diese namenlose Region nämlich unbeschreiblich, und das im ursprünglichen Sinne des Wortes. Zwar kann man mit Fug und Recht behaupten, die Sonne ginge niemals unter, aber andererseits kann man genausogut das Gegenteil behaupten, weil dort, wo der unvermeidliche Sonnenschatten hinfällt, schließlich ewige Dunkelheit, also finsterste Nacht herrscht. Dies wäre nur dann nicht der Fall, wenn die Anlage eben wäre, aber das ist sie eben nicht. Genausowenig ist sie rund oder eckig oder kristallförmig oder unförmig oder sonstwas.

Jenseits des für uns sichtbaren Bereichs schließt sich ein Irgendwas an, das nirgendwo endet und nirgendwo beginnt oder je begonnen hat; ein Irgendwas, von dem man nur eines mit Bestimmtheit zu sagen weiß, nämlich, daß es existiert. Es ist also müßig, sich mit seinem Aussehen oder seiner Beschaffenheit zu befassen. Es ist schon müßig, überhaupt darüber zu spekulieren, ganz egal, welchem Organ man nun höchstpersönlich die Fähigkeit zuschreibt, derartige Spekulationen vornehmen zu können.

Verglichen mit dem Irgendwas, ist der Talkessel winzig.

Verglichen mit dem, was wir gemeinhin je nach Laune oder Schulbildung riesig, gewaltig oder immens nennen, ist er allerdings riesig und gewaltig und immens. Seine Abermillionen Bewohner haben sich nach langer Diskussion zwar darauf einigen können, die Sonne nie vollständig aus ihrem Blickfeld verschwinden zu lassen, aber die dämmerungsverliebten Asen haben immerhin durchsetzen können, daß der große Feuerball für einige Stunden des unsterblichen Tages glutrot am Firmament hinter Asgard verharrt.

Den Olympos-Bewohnern, die das helle Licht des Tages lieben und nur eines mehr verabscheuen als die Dämmerung – nämlich die Asen –, gefällt das nicht besonders, aber als Gott muß man sich halt mit seinen Nachbarn arrangieren.

Götter können nämlich nicht umziehen.

Pallas Athene stand am Rande des Versammlungssaals von Olympos und sah hinunter in die grüne Senke.

»Warum macht der alte Mann das bloß?« fragte sie sich kopfschüttelnd, als Hermes gerade hinter ihr vorbeischlich. Ihr Halbbruder blieb stehen und warf einen verstohlenen Blick nach draußen.

»Wer denn?« fragte er und versuchte den Kamm hinter seinem Rücken zu verbergen, den er Hera wenige Sekunden zuvor geklaut hatte.

Athene hob den Arm. Verschnörkelte Ringe klimperten an ihrem kräftigen Handgelenk, während der ausgestreckte Zeigefinger der Göttin auf einen alten, schwarzbärtigen Mann deutete, der gebeugt im Tal herumwanderte, Lehmstückchen aus seinem Bastkorb holte und sie in die Gegend schleuderte.

»Der«, sagte sie. »Dieser *Es*, oder wie der heißt.«

»Mmh ... Also, wenn du mich fragst, wirft er Lehmbrokken oder so was in die Gegend.«

»Ach, was du nicht sagst, Hermes.«

»Nicht in diesem Ton, Herzchen.«

»Entschuldige«, sagte die Göttin der Weisheit und der Kunst mit einem seidenweichen Lächeln. »Entschuldige, Hermes, aber das sehe ich natürlich selbst. Er wirft sich kleine Lehmbrocken über die Schultern, weil er so die Menschen erschafft. Das weiß ich. Und ich weiß auch, daß er irgend ein sibirischer Himmelsgott ist...«

»Wieso fragst du dann so blöd?«

»Weil ich wissen möchte, weshalb er *immer noch*... wirft. Warum er nicht aufhört. Ich meine, niemand glaubt mehr an ihn, kaum ein Sterblicher kennt seinen Namen... also wird ihm sicherlich auch niemand dafür danken. Er könnte sich den Lehm tonnenweise über die Schulter schmeißen...«

»Pfff. Keine Ahnung.« Hermes zuckte desinteressiert die Achseln. »Wahrscheinlich sollte ihm das mal jemand stekken. Vielleicht weiß der alte Trottel das einfach nicht.«

Athene kam nicht mehr dazu, dem Götterboten ihre These darzulegen, Es sei seit der Verbannung seiner Gattin *Hosodam,* die seither das Böse, Irdische zu verkörpern habe, ein sehr einsamer alter Gott, der bloß mit Lehm werfe, weil er im Gegensatz zu sterblichen Witwern keine Blumen auf das Grab seiner Frau legen könne, um sich an die schöne Zeit mit ihr zu erinnern.

Eine These, die übrigens den Nagel auf den Kopf traf. Athene war nicht umsonst die Göttin der Weisheit.

Sie kam nicht mehr dazu, sie auszusprechen, weil plötzlich Apollon, Aphrodite und Eros den marmornen Versammlungssaal der griechischen Götter betraten und von allen Seiten mehr oder weniger begeistert begrüßt wurden.

Mit ihrem Eintreffen waren die wichtigsten der Olympos-Bewohner zum ersten Mal seit einer unsterblichen Woche wieder fast vollständig versammelt. Zu einer Götterrunde, die sich nun eigentlich um den runden Tisch in der Mitte des Raumes versammeln müßte, um zu plaudern, zu trinken und andere göttliche Dinge zu tun ...

All jenen noch immer an dieser Geschichte Interessierten, die nicht ständig südamerikanische Literatur konsumieren, bei der pro Seite mindestens zehn neue Personen auftauchen und wieder verschwinden, ist diese längere Randbemerkung gewidmet. Niemand muß sie lesen, deshalb steht sie so verklemmt und unaufdringlich am Seitenrand. Wer sich nun nach diesen Worten einbildet, das Folgende getrost überspringen zu können, hat sich allerdings fürchterlich geschnitten.

Beginnen wir mit dem Stuhl, der neben dem zur Zeit leeren Thron am Kopf der Tafel steht. Dort sitzt normalerweise ***Hera,*** *Gattin des Göttervaters* ***Zeus*** *und Mutter seiner Kinder* ***Ares*** *und* ***Hephaistos,*** *ersterer Gott des Krieges, letzterer Gott der Schmiede. Daß Hera außerdem Zeus' Schwester ist, merkt man, wenn man Ares näher kennenlernt, aber dazu wird gleich noch einiges zu sagen sein.*

Neben Zeus und Hera sitzen ihre Geschwister ***Hestia*** und ***Demeter,*** *zuständig für den häuslichen Herd und den Ackerbau, sowie* ***Poseidon,*** *der Gott der Meere. Es folgen die Zeus-Kinder* ***Aphrodite,*** *Göttin der Liebe,* ***Apollon,*** *Gott der Musik, der seriösen Literatur und anderer schöner Dinge, seine Schwester* ***Artemis,*** *Göttin der Jagd,* ***Hermes,*** *Götterbote und Gott der Diebe und der Kaufleute, sowie* ***Athene,*** *unter anderem Göttin der Weisheit und der Kunst.*

Hestia, Demeter, Artemis und Hermes können wir für den Moment mal rechts und links sitzen lassen, um die Verwirrung nicht schon jetzt auf die Spitze zu treiben.

Das verheiratete Geschwisterpaar Zeus und Hera stammt in pfeilgerader Linie vom ebenfalls verheirateten Geschwisterpaar ***Kronos*** *und* ***Rhea*** *ab. Man kann ganz bestimmt darüber streiten, ob Inzest Auswirkungen auf die Verstandestätigkeit hat, aber ganz bestimmt nicht mit den Betroffenen. Zeus und Hera setzten drei Nachkömmlinge in die Welt, nämlich die oben erwähnten Hephaistos und Ares sowie* ***Hebe,*** *die nicht am Tisch sitzt, sondern die Speisen auftragen muß. Ein Schicksal, das sie mit vielen Frauen teilt, die sich unvorsichtigerweise als gute Köchinnen zu erkennen geben.*

Ares hat an den Folgen des Inzest am schwersten zu tragen. Oder besser gesagt, hätte *an den Folgen des Inzest am schwersten zu tragen, wenn er diese Folgen mitbekäme. Götter, die gern zu moderaten Formulierungen greifen, bezeichnen ihn übereinstimmend als hochgradig debil. Er prügelt sich gern und grundlos und säuft wie ein Rudel Karmelitermönche. Alle hassen ihn von ganzem Herzen, mit Ausnahme von* ***Hades,*** *dem Gott der Unterwelt, und* ***Eris,*** *einer intriganten Ziege, von der Ares be-*

hauptet, sie sei seine Schwester. Zeus und Hera bestreiten dies, und die sollten es eigentlich besser wissen.

Hephaistos, ebenfalls ein Sohn von Zeus und Hera, war bei seiner Geburt dermaßen verknittert und häßlich, daß seine Mutter ihn in hohem Bogen aus dem Haus warf. Er überlebte unverletzt, kehrte später zurück, vergab ihr, nahm sie sogar vor Zeus in Schutz, als der sie folterte, und flog wieder raus – diesmal vom Vater geworfen. Seit der unsanften Landung ist er gehbehindert und nicht gut auf Leute zu sprechen, die behaupten, man solle Vater und Mutter ehren.

Poseidon, Meergott und Bruder von Zeus und Hera, ist ein eigensinniger, dumpfer, bornierter Trottel, spuckt beim Sprechen, besitzt eine große Dreizack-Sammlung und streitet sich dauernd mit Athene. Er mag Ares, weil der sich ebenfalls dauernd mit Athene streitet, und Thunfisch.

Apollon ist ein Siebenmonatskind und trotzdem ziemlich helle. Mit Athene bildet er die seriös-künstlerische Fraktion in der seltsamen Familie, versteht als Betreiber diverser Orakel einiges vom Wahrsagen und ist – wie seine Schwester Artemis – ziemlich begabt im Umgang mit Seuchen.

Athene, die Göttin der Weisheit, der Kunst und der taktischen Kriegsführung, wird im Folgenden noch so oft auftauchen, daß an dieser Stelle nicht viel über sie gesagt werden muß. Höchstens, daß sie trotz ihres athletischen Körperbaus ziemlich gut aussieht ... wenn auch nicht halb so gut wie

Aphrodite, die Göttin der Liebe. Aphrodite trägt grundsätzlich nichts, außer einem magischen Gürtel, durch den ihr alle Männerwelt rettungslos verfällt. Sie ist unbeschreiblich schön, der Gerechtigkeit halber aber auch unbeschreiblich naiv und läßt sich praktisch mit allem ein, was keine Frau ist. Sehr zur Freude der Götter und sehr zum Verdruß der Göttinnen.

Nun fehlt, um das saubere Dutzend vollzumachen, nur noch Zeus, der Göttervater. Diesen Titel hat er sich redlich verdient, und zwar in jeder Hinsicht. Sein Vater, der bereits oben erwähnte Kronos (nicht Chronos, der ist eine Promotion-Erfindung von helvetischen Uhrmachern), hatte nämlich sämtliche Geschwister des Zeus in weiser Voraussicht gefressen und erklärte sich erst nach Einnahme eines von Zeus gebrauten Brechmittels bereit, die Blagen wieder auszuspucken. Ob es allerdings eine gute Idee war, Zeus daraufhin zum obersten Käse zu küren, ist und bleibt fraglich. Immerhin hat er fast alle Frauen, die sich unvorsichtigerweise in seine Reichweite begaben, entweder galant verführt oder, falls ihnen das nicht spontan zusagte, weniger galant vergewaltigt. Er hat entsprechend viele Kinder, mit denen er, sofern sie weiblich sind und langsamer als er, nicht anders verfährt als mit ihren Müttern. Von den zwölf am Tisch sitzenden Göttern sind vier seine Geschwister. Die übrigen sieben sind seine Kinder.

Was Hera davon hält, können wir nur ahnen. Bisher jedenfalls.

Letzter Absatz der Randbemerkung: Wer nun meint, mit diesem zierlichen Exkurs alle Personen kennengelernt zu haben, die im Wohnblock »Olympos« eine Rolle spielen, der darf sich im Folgenden eines wesentlich Besseren belehren lassen …

(Wir begrüßen an dieser Stelle alle Leser südamerikanischer Familienchroniken, die noch immer irrglauben, sich die Lektüre der Randbemerkung schenken zu können.)

Während Aphrodite und ihr Sohn Eros splitterfasernackt und anmutig auf einer der prachtvollen Liegen Platz nahmen und versuchten, möglichst hinreißend auszusehen – was zumindest Aphrodite mühelos gelang –, trat Apollon neben Athene.

»Sei gegrüßt, Schwester.«

»Sei gegrüßt, Apollon. Irgendwelche Neuigkeiten?«

»Nein«, erwiderte Apollon kopfschüttelnd und lehnte seine siebensaitige Lyra gegen eine der Säulen. »Einem der Kentauren ist beim Bockspringen schlecht geworden, aber sonst …? Nicht, daß ich wüßte. Kein Mensch ist auf die Idee gekommen, mir für eine gelungene literarische Arbeit oder ein inspiriertes Poem zu danken, falls du das meinst.«

Mit einem tiefen Seufzer ergriff Athene Apollons Arm und zog ihn mit sich, zurück in den von lauten Gesprächen erfüllten Raum. »Das ist unser Schicksal, mein Lieber. Jeder Gott hat seine Zeit.«

»Ich weiß. Aber es ist bedauerlich. Sehr bedauerlich … Ach, da fällt mir ein, hast du schon mal von diesem Gott gehört, den sie tatsächlich Gott nennen? Was ich im übrigen ziemlich unverschämt finde.«

Athene nickte. »Ja, habe ich. Schon häufiger. Ich sehe ihn hin und wieder allein in der Senke stehen. Er macht keinen sehr glücklichen Eindruck. Man munkelt, unter anderem sei ihm der Ausspruch eines sterblichen Philosophen ziemlich an die Nieren gegangen, wenn du die Formulierung erlaubst.«

»Ja ja, *Gott ist tot.*«

»Du hast davon gehört?«

»So was spricht sich schnell rum.«

Apollon schüttelte den Kopf und brachte sein luftiges Gewand in Ordnung. Was er nicht verstand, war, weshalb sich dieser sogenannte *Gott* das so zu Herzen nahm. Von ihm, Apollon, hatte nie jemand behauptet, er sei tot. Die meisten Sterblichen hatten einfach von heute auf morgen aufgehört, an ihn zu glauben, und das war's. Keine großen Worte, keine Reden, keine goldenen Armbanduhren, kein Dank: Er hatte aufgehört zu existieren – zumindest in den Köpfen der meisten Menschen – und von diesem Moment an ohne Lob und Preisung weiterarbeiten müssen. Wie all die anderen Götter. Nicht nur jene, die hier in Olympos herumsaßen und -lagen und die Ewigkeit totschlugen, auch die Asen, die ägyptischen, keltischen und einige Millionen der indischen Gottheiten.

Apollon sah auf und betrachtete die versammelten Götter. Sein Blick fiel auf den feisten Dionysos, der schnarchend in einer der Ecken lag. Apollon konnte den kleinen fetten Säufer nicht ausstehen. Er verzog das Gesicht und wandte sich wieder an Athene.

»Wo ist eigentlich Vater?«

»Ich weiß nicht«, sagte Athene unsicher und sah sich um. Zeus war nicht da, und das war ungewöhnlich. Normalerweise fand er sich zu dieser unsterblichen Stunde immer zur Versammlung ein, vor allem, um mit seinem sauberen Söhnchen Dionysos einigen Hektolitern Wein den Garaus zu machen oder, wie er selbst es nannte, »nett was zu trinken«. Er war der einzige, der diese Formulierung wählte, weil außer ihm niemand etwas »nett« daran fand, daß der Göttervater soff wie ein Loch.

Zeus konnte nämlich nichts vertragen.

Spätestens nach einem halben Becher Wein begann er grundsätzlich ausfallend zu werden und außerordentlich geschmacklos über die Geburt seiner klugen Tochter Athene zu scherzen. Was in der Regel damit begann, daß er über ihre Mutter herzog, die Titanin Metis. Jene Metis, die er zuerst heimtückisch geschwängert und dann überredet hatte, sich in eine Fliege zu verwandeln, um sie anschließend einfach zu verschlucken.

»Ist doch nichts dran an sonner Fliege«, pflegte Zeus also nach dem ersten halben Becherchen Wein anzusetzen, um anschließend erst mal gepflegt aufzustoßen und einen Donner durch den Raum krachen zu lassen. Da nach dem Verschlucken der Fliege Metis Hephaistos, Zeus' wenigstgeliebter Sohn, eingegriffen und den Schädel seines Vaters äußerst unsanft mit einer Axt geöffnet hatte, kam der Göttervater unweigerlich und wenig originell bei jedem seiner weinseligen Ausbrüche zur Schlußfolgerung, seine Tochter Athene könne man sich im wahrsten Sinne des Wortes aus dem Kopf schlagen.

Und spätestens in diesem Moment wandten sich all die anderen Götter jedesmal von Zeus ab und gingen kopfschüttelnd wieder irgendwelchen nutzlosen Beschäftigungen nach. Nur Dionysos hörte seinem Vater anschließend weiter zu. Zum einen, weil der Göttervater nie über Semele herzog, Dionysos' leibliche Mutter, die Zeus mit einem Blitz gestraft hatte, weil sie sich mit der uralten Ausrede, sie habe Kopfschmerzen, vor ihm hatte drücken wollen. Da die Mutter nach dem Blitzschlag mausetot gewesen war, hatte Zeus Dionysos in seinem Oberschenkel ausgetragen, und damit kommen wir zum zweiten Grund: Sohnemann war aus haargenau dem gleichen Holz geschnitzt wie sein alter Herr, mit anderen Worten genauso schnell blau, und verstand sowieso kein Wort vom Faseln und Lallen des Alten.

So war es normalerweise.

Aber diesmal war Zeus nicht da. Zum ersten Mal seit Göttergedenken war Zeus nicht da.

»Fragen wir Hera«, sagte Athene. »Hera?«

»Ja, Liebes?« Zeus' Schwester und Gattin sah von einer reizenden Stickerei auf.

»Weißt du zufällig, wo dein Mann steckt?«

Hera ließ einen Blick durch den Raum wandern und stellte verwundert fest, was alle anderen bereits bemerkt hatten.

»Oh«, sagte sie. »Nein. Das ist allerdings merkwürdig. Vielleicht ist ihm etwas zugestoßen?«

»Was soll ihm denn zugestoßen sein, hä?« meldete sich Ares aus seiner Ecke zu Wort und klapperte aggressiv mit einigen Rüstungsteilen. Er klang wieder mal, als wolle er jeden verprügeln, der darauf eine falsche Antwort gab. Oder eine richtige.

»Vorhin war er in der Küche«, mischte sich Hebe ein, die gerade unter der Last diverser Ambrosiaplatten aus der Küche wankte. Dionysos kam daraufhin überraschend auf die Füße und schwankte seinen unförmigen Körper auf Hebe zu.

»Jetssach bloss du hass den an mein Wein gelassen, den miesen alten Suffkopp.«

Hebe wich angewidert vor der Alkoholwolke zurück. »Welchen Wein?«

»Na den, den ich da inna Küchnegge hingestellt hap ...« murmelte Dionysos, knickte graziös in den Knien ein und landete mit dem Gesicht in einer Schale Weintrauben. Er blieb schmatzend liegen.

Athene schwante Böses. Bevor sie sich allerdings mit Hilfe ihrer beeindruckenden (weil göttlichen) Phantasie ausmalen konnte, was passiert sein mochte, donnerte ihr Vater gegen den Rahmen des Torbogens, der den Aufenthaltsraum vom Flur trennte.

Die Götter verstummten.

Allen war auf den ersten Blick klar, daß etwas nicht stimmte. Einem Sterblichen wäre das natürlich nicht sofort klar gewesen. Ein Sterblicher hätte vermutlich gedacht, Zeus sehe grundsätzlich so pittoresk aus wie an diesem Tag. Aber das war nicht der Fall. Zeus legte Wert auf ein stets unbeflecktes Gewand. Er kämmte und frisierte sich regelmäßig und machte immer einen sehr erhabenen, eleganten Eindruck, sogar, wenn er sturztrunken unter den Tisch kullerte. Außerdem spielte er prinzipiell nicht mit seinen Blitzen.

Jetzt jedoch stand er zerzaust im Türrahmen, wirkte nicht mehr wesentlich eleganter als eine verbrannte Platane und wurde von einem langsam verzüngelnden Blitz im rechten Nasenloch gekitzelt. Als er das vorwitzige Ding wegzuwedeln versuchte, verlor er das Gleichgewicht.

Apollon erholte sich am schnellsten von dem Schreck. Bevor sein Vater lang hinschlagen konnte, eilte er ihm zur Seite und stützte ihn. Mit vereinten Kräften schafften er, Hermes und Poseidon den Göttervater anschließend zu einer der Liegen und betteten ihn möglichst bequem. Zeus lag mit geschlossenen Augen da und atmete tief.

»Zeus?« sagte Hera.

Zeus sagte nichts.

»Bruder?« sagte Poseidon, unter dessen feuchter Aussprache sämtliche Götter litten, und schnaufte Zeus einige Wassertropfen ins Gesicht. Zeus rührte sich nicht.

Athene runzelte die Stirn. »Vater, laß den Unsinn. Was sollen wir denn machen? Dir einen Arzt rufen?«

Zeus schwieg.

Erst als Ares gewohnt dumpf vorschlug, man solle ihn doch einfach liegen lassen und erst mal in aller Ruhe essen, öffnete der zerzauste Gott der Götter zornig die Augen und richtete sich ruckartig auf. Der Blitz, der ihn bis zuletzt umzüngelt hatte, machte sich schleunigst aus dem Staub und verkroch sich zitternd unter eine der Liegen.

»Ha!« schnaufte Zeus mit leichtem Tremolo. »Und nochma Ha! Mich hier einfach lienn lassen wollen wie'n Sack schimmlige Oliven, ja? Das könnte dir so passen, mein Sohn. Das könnte dir so *passen!*«

»Geht es dir gut, Männe?« fragte Hera aufrichtig besorgt und fing sich einen sehr, sehr zornigen Blick ihres Gatten ein.

»Ob's mir gut geht? Besstens geht's mir. Ging mir nie besser.«

Athene näherte sich dem zerzausten Bart auf Riechweite. »Sag mal, hast du was getrunken?«

»Klar hab ich was getrunken. Aber diesmal hab ich so viel getrunken, daß ich's überhaupnichmehr merke, du kleine neunmalkluge Kopfgeburt! Und ich hab's ihn'n gezeicht! Haha! Und nochma: Haha!«

»Wem?«

»Na, diesem ... diesem Krabbelkram, diesem Scheisss-dreck da un'n.«

»Den Sterblichen?«

»Sach ich doch.« Zeus stieß kurz und unbeherrscht auf, ließ sich aber nicht aus der Ruhe bringen. »Gezeicht hab ich's dehn.«

»Was hast du ihnen gezeigt«, fragte Athene.

»Na, wo die Harke hängt! Wo der Baadl den Mosst klaut! ... Jezz hör mir ma zu, Mädchen, diese Fliegenhirne wagen es immerhin, nich mehr an mich zu glaum, an den großen Zeus, nichwahr?«

Athene nickte zustimmend.

»Das geht doch nich!« brüllte Zeus so verletzt, wie das in seinem Zustand möglich war. »Gipps ja garnich! Das muss-man sich ma klarmachen, beim Jupiter. Jupiter! Siehsse! Da fäng's ja schon an ... jezz nenn ich mich schon selber wie die

Römer, diese dehydings... general... degenerierten Schwuchteln...«

»Worauf willst du hinaus, Vater?«

Mittlerweile ahnten alle Götter Böses. Jedenfalls fast alle. Von Poseidon und Ares konnte man keine Ahnungen erwarten. Während Zeus fahrig in seinen zerzausten Bart lallte, die Römer seien eine Horde widerlicher Kleinkinder, die alles anfassen und in den Mund nehmen müßten, inklusive Austern, Truthähne und das andere Geschlecht, wuchtete sogar Dionysos seinen kugelrunden Kopf aus der Weintraubenschale und vergaß vor Verblüffung das Kauen. Zeus erhob sich mit einem zornigen Schnauben und torkelte majestätisch in die Mitte des Raumes. Alle Augen ruhten auf ihm, und vor lauter Stolz wuchs er erst mal zwei Zentimeter in die Höhe, bevor er seinen Umhang notdürftig ordnete und sich dramatisch räusperte.

Hinter ihm, auf einem Ast der uralten Esche vor dem Versammlungssaal, landete ein großer, schwarzer Rabe. Er faltete seine Flügel sorgsam auf dem Rücken und spitzte die Gehörgänge in Richtung des leicht schwankenden Mannes, der nicht weit von ihm entfernt zu einer Rede anhob.

Keiner der Griechen bemerkte den Raben.

»Alsso«, sagte Zeus, etwas zu laut, »Sie ham alles falsch gemacht, die Würmer. Sie ham uns abgeschafft und sich dafür zum Beischbiel Pietas und Fidelis zugewannt, diesen blöden Göttern der Vertrachstreue...«

»Fides«, korrigierte Apollon. Zeus brüllte ihn nieder.

»Iss doch völlich egal, wie die Arschgeigen heißen! Und dann, dann ham sie sich die bescheuerte Gotik ausgedacht. Potthäßlich. Zum Kotzen. Und das, um uns *näher* zu komm, bah! mussman sich ma vorstellen. Heilige Einfalt... Die...« Zeus taumelte, fing sich aber wieder. »Die ham angefang, ihre sowieso völlich sinnfreien Predichten in Häusern zu halten, die sie urschprünglich ma ihren Göttern gebaut hatten. Ich mein, mich geht's ja nicks an, schließlich ham sie die Hütten nich für mich hingestellt, aber... so was macht man doch nich! Man geht doch nicht einfach irgendwo rein und sabbelt die Kacheln vonner Wand, wenn der Hausherr gerade ma nich da iss! Die Griechen, ja, die Griechen, die wußten das! Aber die Griechen sinn auch nich mehr dass, wassiema warn...«

Stille.

Niemand sagte etwas. Zeus spürte, daß sich die Weinmengen unaufhaltsam in sein Sprachzentrum durchnagten. Er mußte zum Ende kommen, bevor er lallend umfiel.

»Allllsoo«, grölte er, »habbich den Würmern was zum Wunnern gegeben. Denn, wenn die sich wunnern und nicht weiterkomm mit ihrer Ratio und ihrem Senssualissmuss und ihrer Scheissswissenschaft und Logik, wird ihnn ja wohl gaanicks anneres übrig bleim, als wieder an uns zu *glaum*. Nichwahr! Die wern sich nämmich wunnern. Und wie die sich wunnern wern. Die wern sich so oft umgucken, daß ihre Hälse am Ende wie Schiffsss... taue aussehen. Die Zeit iss ausn Fugn, die Sau ist ausm Stall, die Feier... kann beginn. Haha!... Wir... sinn... wieder... wer, wir... *Götter!*«

Und mit dem letzten Wort schleuderte Zeus einen mächtigen Blitz gegen die Zimmerdecke und fiel mit einem ohrenbetäubenden »Hips!« in eine göttliche Ohnmacht.

Die Götter standen fassungslos in den herunterrieselnden Putzresten. Athene sah Apollon an. Apollon erwiderte den besorgten Blick der weisesten griechischen Göttin.

»Na, das kann ja heiter werden«, sagte er tonlos.

»Oder auch nicht«, erwiderte Athene – und sollte natürlich recht behalten, jedenfalls, was die von Zeus angesprochenen Würmer betraf.

Für die sah es nämlich ganz und gar nicht heiter aus.

Im Gegenteil.

3

Cameron wanderte um den mattglänzenden, funkelnagelneuen Schreibtisch herum und sah durch die frisch geputzten Scheiben seines Büros hinunter auf den Hollywood Boulevard. Er öffnete das Fenster und stützte sich mit beiden Händen auf die Fensterbank.

Straßenlärm und Santa-Ana-Wind schlugen ihm unverzüglich ins Gesicht. Er sah nach rechts, wo sich vor der imposanten Fassade von Grauman's Chinese Theatre irgendwelche altmodisch behosten Touristen aus dem mittleren Westen gegenseitig ablichteten. Unter einem fast klaren Himmel krochen schwarze Limousinen rauchend über die Straßen und versuchten, dem Firmament das Blau auszutreiben. Langbeinige Frauen unter breitkrempigen Hüten stökkelten hüftschwingend in Boutiquen und gaben jenes Geld aus, das ihren Männern später fehlte, um sich eine teure Geliebte zu nehmen.

Cameron wandte sich ab. Er nahm in seinem Drehstuhl Platz, lockerte die Seidenkrawatte und ergriff den Poststapel. Es waren die üblichen Flyer, jene überflüssigen Werbesendungen, die der Post von L. A. wahrscheinlich bald einen Kollaps bescheren würden, und die wöchentlichen vier Umschläge von den vier Banken, bei denen Cameron seine Depots und Konten unterhielt

Cindy klopfte an, bevor sie eintrat. Sie stellte die volle Kaffeetasse auf den Schreibtisch und verschwand geräuschlos wieder ins Vorzimmer. Cameron nahm den ersten Umschlag und den Brieföffner mit dem Jadegriff und schlitzte den Umschlag auf. Midland hatte bezahlt.

Mit einem dünnen Lächeln legte Cameron den Auszug auf die Schreibunterlage. Erpressung war natürlich strafbar, aber wenn der greise Star-Zahnarzt seine sehr, sehr junge, sehr, sehr blonde Frau plötzlich doch wieder auf den Rücken legen wollte, nachdem der mit ihrer Suche beauftragte Detektiv herausgefunden hatte, daß Blondie in der Zwischenzeit immerhin zwei Chauffeure und einen Gärtner vernascht und anschließend mit ungesunden Löchern zwischen den Augenbrauen ausgestattet hatte, sollte Doc sich das doch wenigstens etwas kosten lassen.

Oder eben etwas mehr.

Cameron öffnete den zweiten Umschlag und stellte fest, daß auch Nastings pünktlich bezahlt hatte. Er sah auf und blinzelte in die Sonne. Die Zeit verging schnell. Knapp zehn Jahre war es jetzt her, daß Dave Link auf Nastings' Yacht *Scarletta* das Zeitliche gesegnet hatte. Damals war er, Cameron, gerade vierundzwanzig und noch ziemlich grün hinter den Ohren gewesen, wenn auch nur im sprichwörtlichen Sinne. Nastings, einer der mächtigsten Studiobosse der Stadt, hatte den jungen Detektiv mit dem »originellen« Namen gebeten, seine Freundin Rita Daniels zu beschatten, und Cameron hatte diesen Auftrag, seinen ersten wirklich großen, ausgezeichnet erfüllt. Übererfüllt. Er hatte nicht lange gebraucht, um herauszufinden, daß die kleine Daniels mit Chaplin zusammensteckte, und das häufig genug, um das Leben des agilen Clowns ernstlich zu gefährden.

Gesagt hatte Cameron seinem Auftraggeber aber zunächst nur, daß er eine Vermutung habe. Deshalb war er – genau wie Chaplin – zu der kleinen Überprüfungsfahrt auf der *Scarletta* eingeladen worden und hatte aufpassen sollen, wo der kleine Mann seinen »Spazierstock hinpackt«. So jedenfalls hatte Nastings es genannt.

Nach feucht-fröhlichen Stunden auf flacher See war dann alles so gekommen, wie es immer kam, nämlich ganz anders als erwartet, und statt Chaplin hatte schließlich Dave Link, mit einer Kugel im Kopf, mausetot auf dem Deck der 80-Meter-Yacht gelegen. Edda Priestley, eine der zwei Augenzeuginnen des Mordes im Suff, war anschließend von Teddy

Nastings auf einen gut dotierten PR-Posten gesetzt worden, und Cameron, der zweite Zeuge, bekam seither monatlich einen Scheck über zweitausend Dollar aus der prall gefüllten Portokasse des Studios. Pünktlich an jedem Monatsersten und aus fiskalischen Gründen für sogenannte »Beratungstätigkeiten«.

Der Berater legte den Auszug ab. Nastings' berufliches Erfolgsgeheimnis war ebenso simpel wie zeitlos. Er war dumm, laut, jähzornig, geldgierig und primitiv wie ein Eimer Wandfarbe. In Camerons Augen waren das viele gute Gründe, einen Privatdetektiv fürs Stillschweigen zu bezahlen.

Er sah sich die beiden anderen, unwichtigen Auszüge an und warf den Papierstoß dann auf den Schreibtisch. Es ließ sich leben als Privatdetektiv in L. A., wenn man es mit der Moral nicht genauer nahm als die Klienten aus der Traumfabrik.

Das schwarzglänzende Telefon auf der Schreibtischplatte klingelte. Cameron klemmte sich den Hörer zwischen Ohr und Schulter.

»Ja?«

»Ein Mr. Sattelburger für Sie, Mr. Cameron«, sagte Cindy.

»Was will er?«

»Das hat er nicht gesagt.«

Cameron biß sich auf die Unterlippe und überlegte. Einerseits ließ er sich nach Möglichkeit keinen Auftrag durch die Lappen gehen, solange der Auftrag vielversprechend klang. Andererseits wollte er am Nachmittag ins Kino, um sich den Capra-Film »You Can't Take It with You« zum zweiten Mal anzusehen und herauszubekommen, weshalb er beim ersten Mal kurz vor dem Ende wie ein Rudel Schloßhunde losgeheult hatte.

»Mr. Cameron?« fragte Cindy.

»Ja.« Nach einem kurzen Räuspern klang seine Stimme so,

wie seine Klienten es normalerweise erwarteten. Hart wie ein Sack Teppichnägel. »Ja, stellen Sie ihn durch.«

Es knackte in der Leitung, dann war Sattelburgers Stimme in Camerons Ohr. Sie war unangenehm hoch.

»Hallo?«

»Ja. Cameron. Was kann ich für Sie tun?«

»Sie sind Cameron Cameron, der Privatdetektiv?«

»Bin ich. Sonst noch was?«

»Mein Name ist Sattelburger.«

»Tut mir leid. Für Namensänderungen bin ich nicht zuständig ...«

»Was? Nein, nein, das meinte ich nicht ... Ich arbeite für den Bezirksstaatsanwalt ...«

»Gregory?«

»Sie kennen sich?«

»Nie von ihm gehört.«

Sattelburger schwieg einen Moment in die lange Leitung. Dann lachte er unsicher.

»Ach so, ein Scherz ... Äh. Mr. Gregory hat mich gebeten, Sie anzurufen.«

»Weswegen?« fragte Cameron und öffnete die linke Schreibtischschublade, in der er eine ständig gut gefüllte Wasserflasche und ein sauberes Glas aufbewahrte.

»Darüber möchte ich am Telefon nichts sagen.«

»Sie lesen zu viele billige Krimis.« Cameron öffnete die Flasche mit einer Hand und goß Wasser in das Glas.

»Ich kann Ihnen nur sagen«, murmelte Sattelburger vertraulich, »daß es um eine wirklich große Sache geht. Eine sehr große, sehr eigenartige Sache, die offenbar nicht nur Los Angeles, sondern das ganze Land betrifft.«

»Weiter nichts?«

»Wie? ... Oh ... Doch. Um die Bezahlung machen Sie sich bitte keine Sorgen.«

Er hatte das Zauberwort ausgesprochen.

»Ich bin in einer halben Stunde bei Ihnen. City Hall?«

»Ja. Danke. Bis dann ...«

Cameron legte auf und stellte das Glas ab. Er sah auf die Uhr, die nur um zwei Minuten nachging und 12 Uhr 17 anzeigte. Länger als zwei oder drei Stunden würde die Sitzung mit Gregory bestimmt nicht dauern, also bliebe anschließend genügend Zeit, in aller Ruhe ins Kino zu gehen.

Theoretisch.

Wenn es sich zum Beispiel um eine spurlos verschwundene Münze, einen ganz normalen Massenmord oder eine kapitalkriminelle Wirtschaftsintrige größten Ausmaßes gehandelt hätte.

Nur war das bedauerlicherweise nicht der Fall, wie Cameron sehr, sehr bald herausfinden sollte.

4

Erasmus hatte gerade die windschiefe Gartenpforte geschlossen und sich auf den Weg zur Veranda gemacht, als er die Abwärtsbewegung der Klinke in der hölzernen Haustür bemerkte. Er brachte noch ein ersticktes »Nein!« heraus, dann war der große, schwarze Schatten über ihm und warf ihn rücklings auf die kleine Wiese neben dem Weg aus Schieferplatten. Riesige Zotteltatzen drückten den Salatbar-Installateur zwischen die wildwachsenden Blumen, und gelbe Hauer glänzten vor seinem Gesicht.

»Aus, Baal. Aus«, sagte Erasmus und kraulte den schwarzen Neufundländer hinter den Ohren. Baal dachte gar nicht daran zu gehorchen. Statt dessen klatschte er seinem Herrchen eine ungeheuer nasse Zunge auf die Nase und wedelte fröhlich mit dem Schwanz.

»Komm her, Baal«, sagte eine sanfte weibliche Stimme.

Der Hund ließ unverzüglich von seinem Opfer ab und galoppierte zur Veranda zurück. Erasmus sah auf.

Diana saß auf der obersten Stufe der Verandatreppe und hielt freudestrahlend einen kleinen Geburtstagskuchen hoch, auf dem sich neununddreißig schlanke Kerzen drängelten. Baal saß atemlos hechelnd, aber vergleichsweise artig neben ihr.

»Herzlichen Glückwunsch«, sagte Diana strahlend.

»Oh.« Erasmus setzte sich auf. Dann kratzte er sich verlegen am Hinterkopf und sagte noch mal »Oh«.

Für einen Augenblick saßen die beiden da und lächelten sich an. Baal saß da und hechelte die beiden an. Nach einer langen, langen Weile fragte Diana Erasmus, ob er nicht ins Haus kommen wolle. Erasmus sagte erneut »Oh« und dann »Doch«.

Das Haus mit der Veranda war alt, zweistöckig und etwas baufällig. Außerdem war es unordentlich, und zwar trotz Dianas Einfluß. Bis vor einem Jahr hatte Erasmus allein unter dem löchrigen Dach mit den Erkern und Giebeln gelebt und zuweilen sogar Baal zwischen all den Büchern, den Joghurtbechern, leeren Keksdosen, alten Schildern, abgeblätterten Möbeln und Tonnen von Hochglanz-Werbesendungen verloren. Draußen, am Torpfosten neben der Gartenpforte hingen zwei weiße Emaille-Schilder, erstens »Weinbergers Salat-Bar-Service«, zweitens »Detektei Argwohn«, und beide Firmen waren in dem als Wohnhaus getarnten Chaos zu Hause. Erasmus hatte schon immer darin gelebt. Er war darin zur Welt gekommen, darin aufgewachsen, darin älter geworden, hatte seine Eltern darin betrauert, es mit Büchern und Joghurtbechern beladen und dann allen möglichen Gedanken nachgespürt. Bis zu Dianas Auftauchen war ihm gar nicht aufgefallen, daß es in den Augen der meisten Menschen ein bißchen unordentlich war.

Unheimlich unordentlich.

Daß dieses Chaos Erasmus nicht aufgefallen war, lag nicht etwa daran, daß er nicht auf seine Umgebung achtete. Er hatte sie durchaus registriert, nur hatte ihm gar nichts Unordentliches auffallen *können*, weil er unter Ordnung eben etwas vollkommen anderes verstand als die meisten Menschen, nämlich nichts. Rechte Winkel, in Reih und Glied stehende Bücherlegionen und aufgeräumte, staublose Regale waren ihm zwar nicht direkt zuwider, aber er empfand auch keine besondere Freude, wenn er sie sah.

Seit Diana mit ihm zusammenlebte, machte das Haus immerhin einen geringfügig aufgeräumteren Eindruck; es wirkte seither wie ein alter Schuppen, in den man alles Gerümpel wirft, das man nicht mehr brauchen kann. Erasmus war es egal; er redete anderen Leuten nicht in ihre Freizeitbeschäftigungen, und wenn Diana gern aufräumte, sollte sie ruhig aufräumen.

Erasmus mochte Diana. Genaugenommen mochte er sie sogar sehr, sogar etwas mehr als Baal, nur wußte er das nicht. Diana hingegen wußte, da sie auf wesentlich konventionellere Art und Weise ordentlich war als Erasmus, daß sie den sonderbaren Mann mit den struppigen Haaren und dem blauen Overall mehr liebte als alles andere auf der Welt. Das hatte sie sofort gewußt, schon als sie ihn vor einem knappen Jahr zum ersten Mal gesehen hatte. Als sie zu diesem komischen Haus gefahren war, um eine Salatbardüse bei Weinbergers Salat-Bar-Service abzugeben. Sie hatte geklingelt, Erasmus angesehen, ihm die Düse überreicht, ein bißchen gestottert, ihr Kurierklemmbrett in den Topf mit den Stiefmütterchen gestopft (wo es noch immer steckte) und war geblieben. Was Erasmus übrigens nicht gestört hatte. Ganz im Gegenteil. Er hatte die kleine, dunkelhaarige Kurierfahrerin ins Herz geschlossen und bei sich aufgenommen, so wie er alles bei sich aufnahm, was ihm gefiel und keinen festen Platz im Leben hatte. Und Diana gehörte in diese Kategorie. Ursprünglich hatte sie zwar Lehrerin werden und wenigstens eine Handvoll junger Menschen vor der geistigen Verödung retten wollen, war jedoch sehr schnell von backenbärtigen Mathematikerscharen mit breiten Ellenbogen abgedrängt worden und hatte sich schließlich auf dem Fahrersitz eines klapprigen Kurierautos wiedergefunden. Das war nicht der richtige Ort für eine Frau wie sie gewesen, und seit sie Erasmus kennengelernt hatte, wußte sie endlich, wo dieser Ort war.

Das ergab zwar keinen Sinn, aber es stimmte. Obwohl Diana erst zweiunddreißig war, wußte sie schon genug von den eigenwilligen Prinzipien des Lebens, um sich wegen solcher Dinge nicht den Kopf zu zerbrechen. Sie gehörte in dieses Haus, an die Seite dieses Mannes, der Salatbars reparierte, eine Okkultismus-Detektei betrieb, und der ihre körperlichen Vorzüge überhaupt nicht zur Kenntnis nahm, obwohl er der erste war, bei dem es sie nicht gestört hätte.

Diana stellte den Kuchen auf den kleinen Couchtisch, den sie zur Feier des Tages von Büchern befreit hatte. Dann drückte sie Erasmus einen Kuß auf die Stirn und sagte: »Jetzt mußt du die Kerzen ausblasen und dir was wünschen.«

Als Erasmus sich vornüberbeugte, um genau das zu tun, hatte er schon wieder vergessen, daß er sich von diesem Tag an nie wieder das Gesicht waschen wollte.

»Alle?« fragte er.

»Alle.«

»Auf einmal?«

»Auf einmal.«

»Knifflig.«

»Versuch's.«

Erasmus holte tief Luft und versuchte es. Als er alle Kerzen ausgeblasen hatte, sah er Diana an und lächelte zufrieden.

»Und jetzt«, sagte sie, »mußt du dir was wünschen.«

»Gut«, sagte er und schloß die Augen. Ohne lange nachzudenken, wünschte er sich, daß Diana niemals fortginge und daß sie ein ganzes Haus voller Kinder hätten. Er hatte sich schon oft gefragt, weshalb keine Kinder in seinem Haus waren – und wäre wahrscheinlich sogar auf die Lösung gekommen, wenn ihn nicht ständig irgendwelche interessanten Gedanken abgelenkt hätten.

Er schlug die Augen wieder auf.

»Und?« fragte Diana.

»Was, und?«

»Was hast du dir gewünscht?«

»Das darf ich nicht sagen. Sonst geht es nicht in Erfüllung.«

»Stimmt. Na gut, *ich* wünsche dir jedenfalls alles Glück dieser Erde«, sagte Diana. »Und, daß deine Wünsche in Erfüllung gehen. Alle. Und, daß du mindestens hundert Jahre alt wirst...«

»Vielen Dank... Und, daß wir mal einen Auftrag kriegen. Hat jemand angerufen?«

»Für ›Argwohn‹?«

»Ja.«

»Nur eine Frau...«

»Und? Was wollte sie?«

»Ach, nichts. Sie hatte irgendwo gelesen, daß manche Leute Gläser rücken, und wollte fragen, ob wir das auch mit Sofas und Klavieren machen.«

»Aha... Schade.«

»Ja.« Diana nickte. Niemand schien an einer okkulten Detektei interessiert zu sein. Seit sie bei Erasmus war, hatte es nur wenige Anrufe gegeben, und zwar meistens von Leuten, die dumme Witze vom Stapel ließen, giggelten, sie hätten geknickte Greise im Korn entdeckt, bei deren Anblick ihnen schlecht geworden sei, und über Okkultismus lachten wie über alles, was sie nicht begriffen. Diana vermutete stark, daß diese Leute von morgens bis abends kicherten und glucksten.

Das Telefon klingelte.

Erasmus ging zum Schreibtisch, wühlte sich durch einen Berg Werbesendungen und drückte sich den Hörer ans Ohr.

»Hallo ...?«

Das Telefon klingelte erneut.

»Das ist das andere«, sagte Diana erschrocken. »Das Argwohn-Telefon.«

»Oh. Und wo ist das?«

»Baal!«

Der große schwarze Hund trottete schwanzwedelnd auf Diana zu. »Baal, such das Telefon. Such.«

Gottlob war der Anrufer sehr geduldig. Nach dem zehnten Klingeln ortete der riesige Hund den beigefarbenen Apparat unter zwei alten Decken, diversen Büchern und einem Stoß Zeitungen und buddelte ihn aus.

»Detektei Argwohn«, hauchte Diana stolz in die Leitung und lauschte. Ihre Miene hellte sich auf, während sie dem Unsichtbaren zuhörte. Dann sagte sie: »Augenblick. Ich verbinde Sie mit Herrn Weinberger«, und drückte sich den Hörer an die Brust.

»Erasmus!«

»Was denn?«

»Ein Herr Ernst. Klingt wichtig.«

»Oh.« Erasmus nahm den Hörer entgegen und räusperte sich. »Ja, Weinberger.« Er hörte zu. Diana hatte ihn noch nie so konzentriert zuhören sehen. Wäre sie nicht so behütet aufgewachsen, hätte sie ihm das beige Ding aus der Hand gerissen oder »Und? Und? Und?« gerufen. Sie schwieg wohlerzogen und hatte das unangenehme Gefühl, platzen zu müssen.

Schließlich sagte Erasmus ernst: »Ja. Sie können herkommen. Natürlich. Doch, ich glaube auch, daß wir dafür zuständig sein könnten. Ob wir es verstehen, weiß ich allerdings nicht ... Ja, wir sind hier. Jederzeit ... Bis gleich.«

Er legte den Hörer behutsam auf und massierte sich nachdenklich den Nacken.

Diana schmiß ihre gute Kinderstube über Bord.

»Und? Und? . . .«

Erasmus sah auf. »Was?«

»Na, was hat er gesagt?«

»Oh. So wie es aussieht, haben wir einen Auftrag.«

»Ehrlich?« Diana klammerte sich mit leuchtenden Augen an Erasmus' Unterarm. »Geister? Unheimliches Klopfen? Möbel, die von allein durch die Wohnung schlittern? Oder übernatürliche Erscheinungen?«

»Wenn der Mann nicht verrückt ist oder uns auf den Arm nehmen will, ist es wesentlich schlimmer . . .« sagte Erasmus nachdenklich.

»Oh, fein!« jubelte Diana und fiel ihm um den Hals.

5

Ein großer weißer Schwan landete sanft auf dem Weiher im Wald von Glanwrhydd, breitete drohend die Flügel aus und näherte sich dem Ufer. Gwydiot blieb auf seinem moosbewachsenen Stein sitzen und betrachtete das Tier mit gerunzelter Stirn. Der Schwan flatterte und öffnete den Schnabel zu einem Schrei.

Als Gwydiot das Buch aufschlug und nach dem Kapitel »Flügelschlag des Schwans« suchte, fuhr der weiße Vogel plötzlich den Hals aus und schnappte nach der Hand des Magiers. Gwydiot schrie auf. Er ließ das Buch fallen, das daraufhin zielstrebig in Richtung Wasseroberfläche holperte, hechtete der kostbaren Handschrift hinterher, erwischte sie unmittelbar vor dem Eintauchen und mußte sich für dieses Fallenlassen der Deckung von der aggressiven Bestie ins linke Ohr beißen lassen. Gwydiot schrie erneut, holte mit dem dicken Buch aus und verpaßte dem Schwan einen wuchtigen Hieb auf den Schnabel. Unter gellendem Schreien floh das Tier in die Teichmitte. Gwydiot erhob sich, befühlte sein Ohrläppchen, das plötzlich fünf Zentimeter länger zu sein schien, und streckte wütend den Arm aus.

So nicht, Flattervieh.

Niemand durfte ihn auf seinem Territorium beißen, kein Wolf, kein König, und erst recht kein blöder Schwan. Die faltige Hand des Magiers bebte. Wie war das noch? Welcher Zauber verwandelte Federn in Blei? Lyyhd Arderdd Downannin? Grounngruff Machsaccup? Oder Arkk Arkk Flynadan? Ja. Letzteres. Gwydiot holte tief Luft. Der Schwan faltete die Flügel auf dem Rücken und rührte sich nicht mehr. Stille breitete sich aus, kein Vogel krakeelte mehr durch den Forst, und sogar das Teichwasser schien interessiert stillzuhalten. Gwydiot stand mit ausgestrecktem Arm da und hielt die Luft an.

Er wußte, daß Schwäne nicht starren können.

Jedenfalls nicht mit zusammengekniffenen Augen.

Der Schwan starrte ihn mit zusammengekniffenen Augen an.

Dann hob er langsam den rechten Flügel, ließ ihn wieder sinken, hob ihn erneut, ließ die Spitze kreisen, hob den linken, flatterte dann mit beiden und stieg majestätisch und mühelos aus dem klaren Wasser auf. Gwydiot atmete aus, ohne den Zauberspruch loszulassen, duckte sich unter dem heranfliegenden Vieh, um nicht wieder von dem schnappenden Schnabel erwischt zu werden, und stolperte kopfüber in eine Matschpfütze.

Als er schlammtriefend wieder auf den Beinen stand, war der Schwan verschwunden. Gwydiot lauschte, aber der Wald schwieg. Der Magier sah an sich herunter und spuckte einen Fluch aus, der einen in der Nähe herumstehenden Busch in Flammen aufgehen ließ. Seine helle Kutte war starr vor Dreck. Von oben bis unten vollgesaut. Gwydiot ächzte angewidert. Es gab nur eine einzige Matschpfütze im ganzen Wald von Glanwrhydd, und in die hatte er sich geschmissen. Matsch. Wenn Gwydiot etwas mehr haßte als Zaubersprüche, die im entscheidenden Augenblick versagten, dann war es Matsch.

Er sah zu Boden, entdeckte das Buch, dessen bunt verschnörkelter Deckel jetzt von einem häßlichen braunen Klecks verunziert wurde, und hob es auf. Schwäne. Gwydiot blätterte. Trauer der Pelikane, Zug der Kraniche, Torkeln des Kuckucks, Rauschen der Blätter... Flügelschlag der Schwäne. Zweimal rechts (mit Drehbewegung der Spitze), einmal links, aggressives Flattern, und das nicht am Ufer, sondern im Zentrum eines stehenden Gewässers. Das bedeutete dem Buch zufolge: »Hüte dich, den Zorn der Götter zu beschwören. Willst du nicht deinen Kopf tragen wie der Ritter seinen Helm in Friedenszeiten, so lasse den Dingen ihren gerechten Lauf. Plagt dich Sehnsucht nach der ew'gen Finsternis, so suche die Afallenau.«

Gwydiot klappte das Buch zu und verzog das Gesicht zu einem Fragezeichen. Die Afallenau? Die Apfelbäume? Wo hatte er das gelesen? Auf einem Stein? Auf einem alten Pergament? Als er gerade den Entschluß gefaßt hatte, in seine Hütte zurückzukehren und dort erstens die Kutte zu wechseln und zweitens nach einem Hinweis auf die vertrackten Afallenau zu suchen (obwohl er eigentlich keine besondere Sehnsucht nach der ewigen Finsternis verspürte), hörte er das Huftrommeln eines herannahenden Pferdes. Er wandte den Kopf in Richtung des schmalen Pfades, der, von einem breiteren Pfad abzweigend, zum Teich führte. Pferd und Reiter schossen in gestrecktem Galopp an der Abzweigung vorbei. Das Hufgetrappel wurde leiser und verstummte plötzlich. Dann wurde es wieder lauter. Der Reiter erreichte die Abzweigung zum zweiten Mal, galoppierte auf den schmalen Pfad, und prallte, bevor Gwydiot ihm eine Warnung hatte zurufen können, gegen einen der tief über dem Weg hängenden Äste. Erleichtert lief das ausgepumpte Pferd noch einige Meter weiter, während der gut gerüstete Ritter, den Gesetzen der Gravitation aufs Wort gehorchend, mit ohrenbetäubendem Scheppern zu Boden ging.

Gwydiot erreichte ihn, als er gerade wieder zu sich kam.

»Wo bin ich?« fragte der Ritter benommen.

»Im magischen Wald von Glanwrhydd.«

»Aha. Und wer seid Ihr?«

»Der Magier Gwydiot.«

»Oh!« Der Ritter riß die Augen auf. »Auch *Der weise Gwydiot* genannt?«

»Na ja«, sagte Gwydiot geschmeichelt.

»Der, den man den *Wahnwitzigen Waldmensch* ruft?«

»Äh ... Ja.«

Der Ritter rappelte sich auf und klopfte sich einige Blätter aus dem Kettenhemd. »Jener, den man den *bekloppten Beerenfresser aus dem dunklen Forst* nennt? Den *Stichlingspinner,* den ...«

»Der bin ich«, unterbrach Gwydiot möglichst würdevoll. »Und wie ist Euer Name, Ritter?«

»Äh ... Gawain.«

»Jener Gawain«, fragte Gwydiot honigsüß, »den man auch *Die tumbe Tafelrundennuß* ...«

»Genug der langen Vorrede«, räusperte sich Gawain. »Unser König wünscht Euch zu sehen, Magier.«

»Der König? Aus welchem Grund?«

»Er braucht Eure Hilfe. Schreckliche Dinge geschehen im Reiche Britannien. Stündlich erreichen Boten Camelot und berichten von unerklärlichen Geschehnissen. Der König benötigt Euren Rat ...«

»Oh.« Gwydiot dachte schaudernd an die Ergebnisse seiner letzten Orakelversuche. »Jetzt gleich? Sofort?«

»Jetzt gleich sofort, ja. Ich soll Euch nach Camelot bringen.«

»Na schön.« Der Magier nickte ernst. »Wenn der König es befiehlt. Ich werde mein Pferd satteln.«

»Vielleicht ...« sagte Gawain und stockte.

»Vielleicht was?«

»Äh. Vielleicht ... solltet Ihr vorher eine andere Kutte anziehen, Gwy ...«

Gawain verstummte, als ihn der Blick des Magiers traf. Er hatte das dumme Gefühl, er würde beim nächsten Wort wie eine Fackel zu lodern beginnen.

6

Der große Rabe Hugin segelte mit majestätisch ausgebreiteten Schwingen über die monotheistische Senke und hielt zielstrebig auf die pechschwarzen, feuchtglänzenden Türme von Asgard zu. Er hatte genug gehört, um seinem Herren Bericht erstatten zu können. Und was er gehört hatte, würde seinem Herren nicht gefallen. O nein, es würde ihm ganz und gar nicht gefallen. Die Idee an sich war zweifellos prima, nur stammte sie eben von einem Griechen, nicht von Odin selbst. Und wenn Odin etwas nicht ertragen konnte, dann waren es gute Ideen, die von anderen Leuten stammten.

Hugin durchstieß eine der schwarzen Wolken und ließ sich von einem eisigen Windstoß zum Sims von Odins Turmfenster hinauftragen. Sein Herr und Meister stand am gegenüberliegenden Fenster und sah mit seinem einen Auge hinaus in die undurchdringliche Nebelwand, die Asgard vom Irgendwas trennte und in die noch nie ein Gott eingetreten war. Manchmal zerriß die Wand in dicke Schwaden, eigenartige Nebelfiguren, die rasch zerstoben, aber nie konnte man irgend etwas erkennen, das einem wenigstens entfernt bekannt vorkam … Was mit einem Auge natürlich ohnehin nicht ganz einfach ist. Aber Odin hatte nun mal nur eins. Sein zweites befand sich schon seit langem nicht mehr in seiner Höhle, sondern im Kopf des Riesen Mirmir, der im Keller von Asgard den Quell der Weisheit bewachte. Einen Quell, aus dem Odin als einziger der Götter trinken durfte, eben weil er Mirmir netterweise sein Auge zur Verfügung gestellt hatte – aber das ist eine Geschichte, die nun weiß Odin schon oft genug niedergeschrieben wurde.

Auf der rechten Schulter des einäugigen Gottes hockte ein zweiter Rabe, nämlich Hugins für das Belauschen der Sterblichen zuständiger Bruder Munin. Odin bemerkte den Raben auf dem Sims und hob seinen rechten Arm, den man ohne weiteres für einen behaarten Baumstamm halten konnte.

»Hugin«, brummte er, als der Rabe sich auf seiner Schulter niederließ. »Was gibt es zu berichten?«

»Es wird dir nicht gefallen, Meister«, krächzte der Rabe.

»Sprich schon«, donnerte Odin.

»Äääh. Weißt du, es war natürlich keine besonders gute Idee, Meister, aber dieser Zeus … nu ja, er hat wohl das Zeitgefüge ein bißchen aus den Fugen gebracht, um die Sterblichen zum Glauben zurückzubringen, nichwahr. So wegen Wundern und so, wie gesagt, keine besonders gute …«

»Brillant«, grollte Odin. Es blitzte kurz und furchterregend in seinem Auge, dann stieß er einen Schrei aus, der jedem Sterblichen zwei Dutzend Blutgerinnsel beschert hätte und Asgard kurz erbeben ließ. Es gefiel Odin wie gesagt nicht, wenn andere Leute gute Ideen hatten. Die beiden Raben flatterten mit kurzen Schlägen zu einem Deckenbalken und warteten, bis der Zorn ihres Meisters verraucht war. In grimmige Gedanken versunken, stampfte Odin zum Fenster. Das ihm! Ihm, dem Verstandesriesen, dem größten der Asen! Wer war denn dieser Zeus? Ein dekadenter Lügner, ein frisierter Hurenbock, der sich mit Pinienkernen und Weintrauben vollstopfte. Einer, der Angst vor der Finsternis hatte und, wenn man den seit Ewigkeiten hartnäckig kursierenden Gerüchten Glauben schenken durfte, keinen halben Becher des widerwärtigen Harzweines vertrug, den die Griechen gallonenweise soffen. Und überhaupt: War nicht eigentlich dieses unterernährte Ding mit dem Panzerhemd zuständig für gute Einfälle, diese Athene?

Odin war wütend, aber seine Wut prallte an einer soliden Mauer aus Intelligenz ab. Der oberste Ase stürmte nicht bewaffnet über die Zugbrücke und machte sich vor der versammelten Götterschar lächerlich. Entscheidend war schließlich nicht, wer die Idee gehabt hatte, sondern wer am meisten aus ihr machte.

Odin stampfte zur Tür des Turmzimmers und riß sie mit einem Ruck auf.

»Thor! Baldur! Hödur! Hermodur! Ich will euch sehen!« donnerte er und knallte die Tür wieder zu. Sein Blick fiel auf die zitternden Raben. »Kommt her«, sagte er, und Hugin und Munin landeten wieder auf seinen Schultern. Odin setzte seinen Helm auf, nahm seinen Speer an sich, der übrigens auf den originellen Namen Gungnir hörte, und machte sich auf den Weg in den Versammlungssaal. *Von wegen, Zeus,* dachte er, und *das wollen wir doch mal sehen, wer hier am Ende die Nase vorn hat. Ich habe meine fähigen Söhne, du hast nur deine Bande von versoffenen, imbezilen Kindern. Paß auf, Zeus. Paß bloß auf.*

Als er die Tür zuwarf, schlich sich ein zierlicher, trotzdem ausgesprochen häßlicher Gedanke in seinen Hinterkopf. Loki. Loki durfte nichts davon erfahren. Diese unterernährte Naturkatastrophe von einem Gott war imstande, alles zu zerstören. Odin verscheuchte den Gedanken. Wenn er an seinen mißratenen, verlogenen Cousin dachte, wurde ihm regelmäßig speiübel.

»Unterbrich mich nicht!« keifte Hera und deutete mit dem rechten Zeigefinger auf die knallrote Nase ihres Göttergatten. Der inzwischen wieder einigermaßen nüchterne Zeus verschluckte seine Erwiderung. In all den Jahrtausenden hatte er seine Frau noch nie so zornig erlebt.

»Du hast es mit Leda getrieben«, fuhr Hera etwas beherrschter fort und begann, an den Fingern aufzuzählen, »mit Alkmene, Metis, Semele, Maia, Leto, Dione, Io und Europa ... und sogar mit dem kleinen Ganymed ...«

»Jetzt hör mal zu, Weib ...«

»Nein. *Du* hörst jetzt zu. Ich habe dir vergeben. Ich habe dir alles vergeben, jedes deiner kleinen, billigen Midlife-Crisis-Verhältnisse, alle Vergewaltigungen. Ich habe mich sogar damit abgefunden, daß du ständig einen in der Krone hast, mein Lieber ... Weil es göttlich ist zu vergeben ...« Sie überhörte Zeus' gelangweiltes Seufzen. »Aber! Wenn du jetzt durch deine unglaubliche Beschränktheit dafür sorgst, daß sich die gesamte Menschheit in Staub und Asche auflöst, wirst du mich kennenlernen, Zeus! Du weißt ganz genau, daß dein bescheuerter Bruder Poseidon und diese miese kleine Ratte Hades nur auf eine gute Gelegenheit warten, dich zu stürzen ... Ach was, wieso dich? *Mich* zu stürzen. Um Amphitrite, diese Wasserschnecke, auf den Thron zu heben. Oder dieses Flittchen Persephone. Und wenn du mir das antust, Zeus, dann ... dann fliegst du raus. Dann sind wir geschiedene Leute. So wahr mir Kronos helfe!«

»Hera ...«

»Ja, Zeus?« Hera verschränkte die Arme vor der Brust und zog neugierig die Augenbrauen hoch. »Du möchtest etwas sagen?« Sie setzte ein Lächeln auf, das schlimmer war als jedes Keifen. Zeus rappelte sich auf und rang beidhändig nach Worten.

»Ich ... hör mal, so schlecht ist die Idee doch gar nicht.«

»Schlecht? Oh, nein. Nein, die Idee ist nicht schlecht. Sie

ist *krank.* Du bist krank, Zeus. Du stehst nicht über den Dingen, du stehst mittendrin. Du bist... neidisch. Du *schmollst,* weil dich niemand mehr preist. Weißt du eigentlich, was das ist? Weißt du das? Das ist *menschlich!*«

Der Göttervater richtete sich zu voller Größe auf. Das genügte. Was zuviel war, war zuviel. Er ließ sich alles mögliche nachsagen, aber ganz bestimmt keine menschlichen Züge.

»Schluß jetzt, Weib«, brüllte er. »*Ich* bin der Vater der Götter. *Ich* bin der Herr der Dinge, der mächtigste Gott von allen. Du drohst mir nicht.« Sein Zeigefinger erhob sich drohend in die dicke Luft. »Ich, Zeus, habe *beschlossen,* dem Krabbelkram eine Lektion zu erteilen, und ich *werde* dem Krabbelkram eine Lektion erteilen. Und...«

Wenn dir das nicht paßt, kannst du deine Sachen packen und zurück zu unserer Mutter ziehen, wollte er fortfahren, kam jedoch nicht mehr dazu.

Jemand klopfte an die Tür.

Zeus fuhr herum und brüllte »Herein«. Poseidon trat ein.

»Äh... Störe ich vielleicht gerade?«

»Nein«, sagte Zeus.

»Ja«, sagte Hera.

Poseidon nickte und kam näher. Hera ließ sich wütend auf eine der Liegen zurücksinken und dachte darüber nach, wie es dem blöden Algenfresser wohl gefiele, mit angesägten Wagenrädern durch die Gegend zu holpern. Der Gott des Meeres blieb vor seinem Bruder stehen und legte ihm feierlich eine nasse Pranke auf die Schulter.

»Bruder«, spuckte er, »wir haben abgewählt.«

»Ihr habt *was?*«

»Abgewählt.«

»Abgestimmt.«

»Wie? Ach ja. Genau.«

Zeus seufzte. »Und?«

»Was, und?«

»Worüber habt ihr abgestimmt? Und mit welchem Ergebnis?«

»Äh.« Poseidon fand kurz und feucht zu altem Pathos zurück. »Ob wir dich unterstützen, Bruder. Machen wir. Vier zu drei. Einfache Mehrheit.«

Zeus dachte darüber nach. Der Rat hatte zwölf Mitglieder, er und Hera hatten nicht an der Abstimmung teilgenommen.

»Vier zu drei? Aber ihr wart doch zehn.«

»Stimmt. Fünf haben sich enthalten.«

»Fünf?«

»Wie? Ja. Zehn minus sieben. Warte mal. Vier. Vier Enthaltungen.«

»Drei.«

»Drei?« Poseidon begann, an den Fingern abzuzählen. Zeus fragte sich, ob es im Kopf seines Bruders eigentlich irgendwelche Gene gab, die nicht hoffnungslos verknäult waren. Er unterbrach das Abzählen.

»Wer hat gegen mich gestimmt, Poseidon?«

»Äh. Die blöde Athene, Apollon und Artemis.«

»Aha.« Zeus nickte grimmig. Das würde ihnen noch leid tun. »Weiter. Wer hat für mich gestimmt? Du?«

Poseidon nickte. »Wer? Ach so, ich. Ich, ja. Und Ares. Und Hestia und … äh. Demeter, glaube ich.«

Zeus überlegte. Dann hatten sich also Hephaistos, Hermes und Aphrodite enthalten. Und natürlich Hera, die ja damit beschäftigt gewesen war, ihn zusammenzustauchen. Das bedeutete aber immerhin, daß er die Zustimmung der Runde hatte, und in einer gesunden Demokratie hätte Zeus sich jetzt darauf verlassen können, daß die Minderheit bis zur nächsten Abstimmung nichts unternahm. In einer gesunden Demokratie hätte er von diesem Tage an alles veranstalten können, was ihm Spaß machte. Steuergelder veruntreuen, Telefongebühren heraufsetzen, die Preise für Flugbenzin senken und auch im übrigen genau das Gegenteil von dem tun, was er vor der Abstimmung versprochen hatte. Aber Zeus wußte, daß er es nicht mit einer gesunden Demokratie zu tun hatte. Er war umgeben von griechischen Göttern. Intriganten. Lügnern, mit denen verglichen Kaufleute und Diebe so unschuldig waren wie neugeborene Lämmer. Zeus wußte, daß er sie im Auge behalten mußte. Nicht nur die Abtrünnigen, nicht nur Athene, Apollon und dessen Schwester Artemis, nein, auch diejenigen, die sich enthalten hatten – und seine eigenen Leute.

Er bedachte Poseidon mit einem forschenden Blick. Poseidon erwiderte den Blick mit einem aufmunternden Lächeln. Fehlte nur noch, daß er die Hand hob und winkte.

Zeus seufzte. Ares und Poseidon waren eine ganz gute Hilfe, wenn es darum ging, Dinge zu verwüsten oder Leute möglichst zügig in Hades' Arme zu schicken. Für die anstehende Feinarbeit waren sie also ungefähr so geeignet wie eine Sense zum Nägelschneiden.

»Danke, Artemis«, seufzte Athene. »Auch wenn es nichts genützt hat.«

»Laß den Kopf nicht hängen, Athene«, erwiderte die Jagdgöttin tröstend und ließ ihren Bogen sinken, den sie auf Sprünge hin untersucht hatte. »Abstimmungen sind nicht der Weisheit letzter Schluß und erst recht nichts, woran man sich halten muß.«

Athene nickte und betrachtete nachdenklich den sanften Hang zu ihren Füßen. Sie und Artemis saßen im Schatten einer Platane vor den Toren der Wohnanlage, nicht weit entfernt von den laut wiehernd herumtollenden Kentauren und dem Ziegengott Pan, der Apollon gerade seine neueste Komposition vorspielte. Mit gerunzelter Stirn ließ sich Athene gegen den Stamm der Platane zurücksinken. Was sollte sie tun?

Apollon setzte sich neben sie.

»Wollt ihr Pans neues Stück hören?«

»Nein«, sagte Athene. »Wie kannst du jetzt an Musik denken, Apollon? Wir müssen etwas unternehmen.«

Apollon lehnte die Lyra behutsam gegen den Platanenstamm. Er zuckte ratlos die Achseln. »Was willst du denn tun? Zeus müßte schon seinen Befehl zurücknehmen, und ich weiß wirklich nicht, wie du ihn dazu bewegen willst.«

Athene schüttelte den Kopf. »Nein, das weiß ich auch nicht. Wir müssen einen anderen Weg finden ...«

»Was ist denn eigentlich passiert?« fragte Artemis. »Ich meine, welche Auswirkungen hat Zeus' Befehl für die Sterblichen?«

Athene wandte sich an die Göttin der Jagd. »Er hat die Zeit durcheinandergebracht, Artemis.«

»Na und? Ist das schlimm?«

»Schlimm? Schlimm ist geprahlt. Stell dir doch nur mal vor, was jetzt alles passieren kann ...«

»Lieber nicht«, sagte Apollon und ergriff seine Lyra. »Paßt auf, Kinder, ich spiele euch mal eben Pans neues Stück vor ...«

7

Ngh starrte durch die riesige Fensterscheibe der Düsseldorfer »Boutique Mimi« und machte große Augen. Er stieß Gnh seinen behaarten Unterarm in die sehnige Seite.

»Gnh! Hnk Hnk!« grunzte er und meinte: »Gnh! Hihi!«

»Hnk Hnk!« machte Gnh und grunzte belustigt.

Einige Passanten hörten auf, sich über den kurzen Blitz zu wundern, und betrachteten die beiden in Felle gehüllten Fälle für einen erstklassigen Orthopäden. Dann schüttelten sie fassungslos die Köpfe über die Unfähigkeit der Stadtverwaltung, die Straßen von solchem menschlichen Unrat zu befreien, und flanierten weiter. Gnh und Ngh waren dermaßen fasziniert von den hauchzarten Auslagen, daß sie nicht mal auf die Idee kamen, sich umzudrehen.

»Hunnnk!« machte Ngh plötzlich und tippte mit dem Zeigefinger gegen das Doppelglas.

Nadja Keilmann sah von ihren Fingernägeln auf und bemerkte einen kleinen, gebückten, unrasierten Mann, der mit dem Finger auf sie deutete. Neben ihm stand ein weiterer kleiner Mann, dem die Augen aus dem Kopf traten. Bis auf die dicken Keulen und die Tierfelle sahen beide aus wie Mickey Rourke in »Barfly«. Fand Nadja Keilmann und preßte die Knie zusammen. Sie lächelte unsicher und schob die Modezeitschriften in eine Schublade.

Ngh donnerte mit dem Kopf gegen die Scheibe.

»Mooaaaah!« sagte er.

Gnh, schon immer der etwas hellere der beiden Brüder aus dem räumlich nahegelegenen Neandertal, zupfte am Fell seines Bruders und zeigte auf den Eingang der Höhle, in der das Frauending hockte. Ngh ließ seinen Schädel los und folgte Gnh, der es nach wenigen Versuchen sogar schaffte, die Tür aufzudrücken. Eine teure Glocke hauchte einen arroganten Willkommensgruß in die Luft, und Ngh hob erschrocken die Keule.

Endlich mal ein Kerl, dachte Nadja Keilmann und glitt von der pinkledernen Sitzfläche ihres hohen Hockers. *Nicht wieder einer von diesen abgeleckten Schleimscheißern, die ihren frustriert vor sich hin masturbierenden Freundinnen einen Reizdress für die schönen Stunden allein kaufen.* Sie setzte ein Lächeln auf, das ihrem üblichen Verkäuferinnengrinsen nur äußerlich ähnelte, und verschränkte die Arme hinter dem Rücken.

»Guten Tag«, säuselte sie und legte den Kopf schief. »Kann ich Ihnen helfen?«

»Hongh matta matta fonngn, hn?« sagte Ngh zu Gnh. Was soviel bedeutete wie: »Schmucke Ische, finnste nich? Gute Figur, oder?«

Gnh erwiderte »Haggn hoggn futtk nogkn«, mit anderen Worten: »Nicht übel, aber sieht ein bißchen zickig aus, wenn du mich fragst, außerdem hat zum Beispiel die kleine Ghna wesentlich mehr Holz vor der Höhle.«

Nadja Keilmann fand die beiden Ausländer etwas eigenartig. Und etwas zu klein.

»Han wlln«, sagte Ngh, schöner formuliert: »Haben wollen.« Seine Augen begannen zu leuchten.

»Pfff«, sagte Gnh achselzuckend, also: »Tu, was du nicht lassen kannst, aber beschwer dich nachher nicht bei mir, wenn du dir blaue Flecken holst.«

Ngh sah Nadja Keilmann von unten in die Augen. Nadja Keilmann sah Ngh von oben in die Augen. Klein oder nicht klein, schon der Blick dieses Mannes ließ ihre Knie weich werden.

Ngh wußte, wie man Frauenknie noch weicher kriegte.

Er verpaßte dem Frauenwesen einen schnellen, nicht allzu harten Hieb mit seiner Keule und verfolgte zufrieden, wie es schlaff auf den Teppichboden vor seinen Füßen sackte. Er hatte lange gebraucht, um herauszufinden, wie hart man zuschlagen mußte. Die Nachbarsippen im Neandertal konnten ein langes, trauriges Lied von toten oder schwachsinnigen Töchtern singen.

Ngh packte das bewußtlose Frauenwesen am Kragen und schleifte es in Richtung Tür.

Vor der Scheibe hatte sich eine größere Menschenmenge versammelt, die mit geöffneten Mündern in die kleine Boutique glotzte.

Ngh entdeckte die Glotzenden und schrie erschrocken auf.

Einige der Leute draußen taten es ihm unverzüglich nach.

Custer staunte nicht schlecht. Nach einem sehr kurzen Unwetter hatte sich die Prärie unmittelbar vor der Ansammlung von Tipis plötzlich und unerwartet in eine graue, harte Piste verwandelt, die von hohen, glänzenden Gebäuden flankiert wurde. Seltsame Gefährte glitten wie von Geisterhand geschoben durch die Luft. Der General hob seinen Säbel und deutete auf eine Gruppe von Passanten. Der Trompeter gab das Signal zum Angriff und schreckte zwei Polizisten in Zivil auf, die am Straßenrand in ihrem radlosen Dienstmobil hockten und Hamburger frühstückten.

»He, Ed?« sagte der kleinere der beiden.

»Ja?«

»Sieh mal.«

Ed hörte auf zu kauen und starrte die Reiter an.

»Was'n das, Ed?«

»Keine Ahnung, Mike.«

Ed kniff die Augen zusammen. Was waren das für Spinner? Der Militärlook war doch schon seit 2004 so out, daß sogar die Arbeitslosen in den Küsten-Megapolen lieber nackt durch die Einkaufspassagen glitten, als solche Klamotten anzuziehen. Ketchup tropfte aus dem Hamburger und landete in den Fransen von Eds brauner Wildlederhose. Der weißbärtige Reiter brüllte »Aaaaaaattacke!«, und die Kavallerie-Abteilung galoppierte los. Fluchend feuerte Ed den angebissenen Hamburger aus dem Seitenfenster und setzte seinen Kopfschmuck aus Polyhysteren-Federn auf. Er war modebewußt genug, sich immer nach dem letzten Trend zu kleiden. Genau wie die Passanten, die jetzt schreiend vor der Reitertruppe flüchteten. Ed Wilks stieg aus, zog seinen Dum-Dum-Laser, stützte die Ellenbogen auf das Dach des Streifenwagens und pulverisierte General Custer mit einem gezielten Schuß zwischen die Schulterblätter.

Katrin Schweiger war 19. Sie stammte aus gutbürgerlichen Verhältnissen, hatte einen netten Freund, der einen geleasten Golf fuhr, noch bei seinen Eltern wohnte und sie nach ihrer Lehrzeit heiraten wollte, wählte die SPD, weil sie Engholm hübsch fand, ging häufig zum Friseur, kleidete sich modisch, mochte Tiere mit viel Fell, hatte noch nie einen Vorgesetzten kritisiert und war bis zu diesem Tag sehr glücklich gewesen, von der Allianz-Versicherung zur Sachbearbeiterin ausgebildet zu werden. Um fünf vor elf hatte sie noch zwischen neunzehn Kollegen und Kolleginnen in ihrem verglasten Großraumbüro hoch über der breiten Einfallstraße nach Hamburg gesessen. Um Punkt elf hatte es kurz gedonnert und geblitzt, obwohl der Himmel wolkenlos gewesen war, und Katrin Schweiger hatte erschrocken aufgesehen.

Ihre neunzehn Kollegen trugen plötzlich keine Anzüge mehr, sondern plumpe Lederhosen und dicke Felle. Sie schienen alle im gleichen Augenblick Perücken aufgesetzt und sich lange, ungepflegte Bärte ins Gesicht geklebt zu haben. Sogar die Frauen. Einige ruderten energisch, obwohl sie keine Ruder in den Händen hielten, und fielen unverzüglich rücklings von ihren Drehstühlen. Katrin Schweiger schluckte vernehmlich.

Einer der Männer drehte sich um.

Olaf der Starke starrte das zerbrechliche Mädchen mit der komischen Frisur an wie einen Geist. Eben hatten er und seine Mannschaft noch die sturmgepeitschte Nordsee durchrudert, und jetzt saßen sie plötzlich in einem sehr, sehr eigenartigen Kerker. Erik der Fischwürger, der auf dem Stuhl direkt neben Katrin Schweiger gelandet war, faßte der Auszubildenden neugierig in die Haare und bekam daraufhin einen mark- und helmerschütternden Schrei zu hören.

»Ruhe!« befahl Olaf und stampfte vor den Tisch des völlig verstörten Mädchens. »Du«, sagte er und hielt ihr einen dikken Zeigefinger ins Gesicht. »Wo sind wir hier?«

Katrin versuchte es noch mal mit Schlucken. Sie hätte die Frage gern zurückgegeben.

»Ich … glaube …« krächzte sie, »bei der Allianz.«

»Der Allianz? Gegen wen?«

»Der Allianz-Versicherung … Abteilung Autohaftpflichtversicherungen. Schadensregulierung.«

»Sie ist eine Hexe«, brummte Rollo der Schwarzseher.

»Quatsch!« Olaf setzte sich auf die Tischplatte, die knirschend protestierte, und sah das zopflose Mädchen interessiert an.

»Erklär mir, was das ist, eine Versicherung.«

Katrin Schweiger klammerte sich an die Schubladenunterseite. Sie schluckte noch einmal. Dann versuchte sie es. So einfach wie möglich.

»Eine Versicherung. Wir … Also, das ist so … Wir bekommen Geld von vielen Leuten, damit wir denen, falls was passiert, helfen können. Also, wenig Geld von ganz vielen, damit wir dann den wenigen, denen was passiert, viel Geld geben können …«

»Aha«, brummte Olaf und nickte. »Verstehe. So eine Art … gemeinsame Stammesschatztruhe, ja? Wenn einer krank wird, dann helfen ihm die anderen.«

»Ge … genau, ja.«

»Mmmh. Mmmh. Gute Idee. Magnus?«

Magnus der Ruderzähler spuckte den Plastik-Garfield aus, den er auf seinem Schreibtisch entdeckt hatte. »Ja, Olaf?«

»Merk dir das. Wir tun alle einen Teil unserer Beute in eine gemeinsame Truhe, und wenn einer von uns krank wird, dann kaufen wir ihm davon Met.«

Magnus schob den Kinnbart vor und nickte. »Gute Idee.«

»Sag ich ja.« Olaf wandte sich wieder an das zitternde Mädchen. »Und weiter?«

»Äh … was, weiter?«

Das Telefon auf Magnus' Tischplatte düdelte sein albernes Postsignal in das ungemütliche Büro. Der Wikinger stand auf, zog seinen Säbel und holte weit aus. Katrin Schweiger kreischte. »Nicht!«

»Was ist das?« fragte Olaf und zeigte auf das Telefon.

»Ein ... ein Telefon. Man spricht hinein. Man nimmt den Hörer ab und spricht hinein.«

»Magnus, nimm den Hörer ab.«

Magnus stieß das Düdelding argwöhnisch über den Tisch. Der Hörer löste sich und polterte auf die Platte. Eine Stimme quakte in den Raum. »Hallo? Herr Schneidegger? Hallo?«

Olaf der Starke schubste Magnus zur Seite und drückte sich den Hörer mißtrauisch ans Ohr. »Hallo?«

»Ja, Schulz, Herr Schneidegger, ich rufe noch mal an ... wegen meines Unfalles vom dritten Januar vorletzten Jahres. Äh ... Ihr Versicherungsnehmer Krall hatte mich seinerzeit angefahren, und ich warte jetzt schon seit ... längerem auf mein Geld, obwohl Sie mir schon mehrfach ... versichert haben, die Überweisung sei unterschrieben. Ich meine, ich weiß ja, daß Sie viel zu tun haben, aber wenn ich den Rollstuhl nicht bald bezahle, wird er wieder abgeholt, und was soll ich dann machen, ich meine, ich kann doch nicht ins Krankenhaus ... *robben* ...«

»Was tun Sie da drin?« fragte Olaf, der zwar ein sehr aufgeschlossener Wikinger war, aber trotzdem nicht fassen konnte, wie der Mann in das komische Ding kam.

»Wie bitte? Sind Sie nicht Herr Schneidegger?«

»Ich bin Olaf der Starke.«

»Oh.«

»Was wollen Sie?«

»Herr ... Herr Derstarke, ich will mein Geld.«

»Sind Sie ein Mitglied des Stammes?«

»Was? Doch, ja ... könnte man sagen ...«

»Und wieviel brauchen Sie von diesem ... Geld?«

»Erstmal ... Zwölftausendeinhundert Mark und sechsundneunzig Pfennige.«

Olaf ließ den Hörer sinken und wandte sich an Katrin Schweiger. »Haben wir zwölftausendeinhundert ... Mark?«

Sie nickte. Olaf drückte sich den Hörer wieder ans Ohr.

»Wir haben zwölftausendeinhundert Mark. Also komm da raus, und hol dir dein Geld.«

Schweigen.

»Ich ... könnte jemanden vorbeischicken ... äh ... jetzt gleich?«

»Brauchst du es nicht jetzt gleich?«

»Doch.«

»Dann hol es dir.«

Olaf starrte den Hörer noch ein Weilchen unschlüssig an und legte ihn dann auf den Tisch. Noch wußte er nicht, daß er eine schwere Glaubenskrise im Leben des Versicherungsnehmers Schulz ausgelöst hatte. Ebensowenig wußte er, wo er und seine Mannschaft waren und ob es einen Ausweg aus dieser Lage gab. Aber falls es den gab, sagte ihm sein Wikingerverstand, konnte er ihn nur finden, wenn er das Prinzip des Mysteriums ergründete, in das er geraten war. Eines der anderen Telefone klingelte. Olafs Männer saßen planlos vor den grau-weißen Plastiktischen und nestelten an ihren Beilen und Säbeln. Ihr Anführer bellte die Marschroute durch den Raum.

»Männer! Vielleicht ist dies eine Prüfung der Götter. Eine Prüfung, die wir bestehen müssen. Wenn unser Handeln den Göttern gefällt, werden wir auf unser Schiff zurückkehren dürfen ...«

»Du mußt es ja wissen«, brummte Rollo.

»Rollo, wenn du nicht sofort mit der Stänkerei aufhörst, lasse ich dich kielholen.«

»Sehr witzig. Wo denn?«

Olaf räusperte sich und ließ den Schwarzseher links liegen.

»Also«, sagte er laut, »wenn Mitglieder des Allianz-Stammes aus diesen kleinen Rohren rufen und Sorgen haben, geben wir ihnen, was sie brauchen. Sagt ihnen, sie sollen gleich herkommen und sich ihr Geld holen.« Er wandte sich an die fassungslos dasitzende Katrin Schweiger. »Wie heißt das hier?«

»Schadens... Schadensregulierung Autohaftpflicht.«

Erneut wandte sich Olaf an die neuen Allianz-Mitarbeiter. »Sagt den Stammesbrüdern, sie sollen in die Autoregulierung kommen ... Rune. Magnus. Halvar. Holt viel von diesem ... Geld.«

Die drei Wikinger erhoben sich und marschierten mit gezückten Säbeln los, um viel Geld zu suchen. Die anderen Besatzungsmitglieder griffen zögernd nach klingelnden Telefonen. Olaf nickte zuversichtlich. Er glaubte felsenfest, das Prinzip begriffen zu haben.

Katrin Schweiger starrte den Zopfkopf mit dem Helm ungläubig an. Sie hatte plötzlich die gleiche Vermutung wie er. Ihr Gehirn keifte: *Ätsch, das hast du doch immer gewußt, daß die hier alle nicht ganz sauber sind, diese gierigen, unbarmherzigen, linken Halsabschneider. Dieser bärtige Riese muß ein Geist sein. Ein Geist aus der Zeit, als der Versicherungsgedanke noch ein schöner, wahrer, guter, hehrer war...* Katrin Schweiger sprang auf, machte den Mund zu und strahlte über das ganze Gesicht. »Äh ...« sagte sie.

»Ja, Mädchen?« brummte Olaf.

»Ich ... Ich könnte Ihnen den Mann zeigen, der die Bankvollmacht hat ...«

»Die ... Bankvollmacht?«

»Äh, ja ... Das Geld.«

»Rune! Magnus! Halvar! Hierher! Das Mädchen führt euch!«

Heiko Nattermann, Mitglied im Ring Deutscher Makler und passionierter Squashspieler, stand plötzlich nicht mehr in dem winzigen, schimmligen, zugluftigen Loch, das er der Familie mit den sechs hustenden, kreischenden Kindern als Luxuswohnung hatte andrehen wollen, sondern auf dem Parkettboden eines großen, hohen, sehr, sehr geschmackvoll eingerichteten Saales. Einige Meter von ihm entfernt saßen Männer mit weißgepuderten Perücken an einem verschnörkelten Tisch und sahen erstaunt in seine Richtung. Zögernd machte Nattermann zwei Seitenschritte nach rechts und sah aus dem Fenster, neben dem er gelandet war. Ein normaler Mensch wäre angesichts dieser plötzlich veränderten Umstände natürlich erst mal in Ohnmacht gefallen oder wenigstens sprachlos gewesen, aber Heiko Nattermann war eben nicht normal, sondern Makler. Er erkannte auf den ersten kurzen Blick, daß diese noble Hütte eine Mordscourtage einbringen würde. Eine richtige Monstercourtage. Mit diesem Garten! Einem Garten, den ein Geometrielehrer im Leimrausch entworfen haben mußte. Geschorene Rasenflächen, Springbrunnen und fein gestutzte Büsche, die in gleichmäßigen Abständen Sandwege flankierten, die ihrerseits streng rechtwinklig aufeinandertrafen. Ein sehr beruhigender Anblick. Ein sehr angenehmer Anblick, fand Nattermann, vor dessen geistigem Auge bunte Bilder auftauchten. Ein neuer Wagen. Urlaub in der Karibik. Nackte Negerinnen. Drinks, in denen kleine Sonnenschirme steckten. Anzüge wie Sonny Crockett. Und Hummer.

Mit gezückter Visitenkarte wandte er sich vom Fenster ab und schlenderte betont gelassen auf die Sitzenden zu. *Komische Käuze,* dachte Nattermann. *Sehen ja unheimlich schwul aus mit diesen Puderbaffis auf den Köpfen. Und dann diese Klamotten. Diese Schühchen. Lieber Himmel! Wie Fasching im Blindenheim. Die können doch nicht alle Tassen im Schrank haben. Na, was soll's: Hauptsache, sie können den Vertrag unterschreiben.*

»Gestatten Sie«, sagte er mit einem Lächeln, das von Ohrläppchen zu Ohrläppchen reichte, »Nattermann, Nattermann Immobilien Augsburg. Ich hätte Ihnen da einen sehr interessanten Vorschlag zu unterbreiten, meine Herren.«

Ludwig der Vierzehnte bekam den Mund nicht mehr zu. Erst blitzte es in seinem Prachtschloß, dann saß ein Mann auf dem Boden, der frisiert war wie die besten Pferde im königlichen Stall, und nun wagte dieser unverschämte Crétin es, ihm, dem Sonnenkönig, dem Mittelpunkt des Universums, unaufgefordert eine kleine weiße Karte vor die gepuderte Nase zu halten. Der Sonnenkönig war nicht amüsiert.

Aber das hatte Nattermann auch nicht erwartet. Er traf selten Leute, die sich spontan freuten, ihn zu sehen. Das brauchte seine Zeit. Er setzte sich auf einen der freien Stühle und tat, was er gelernt hatte. Er schleimte sich fest.

Es sollte das letzte Mal sein.

Die bayerischen Landtagsabgeordneten Maischinger, Regler, Hersching, Kuhn und Hoibler verschwanden während einer gemeinsamen Waldwanderung am vierzehnten August des Jahres 1988 blitzartig in der Zeit und tauchten viertausend Jahre früher an genau der Stelle wieder auf, über die sie gerade gewandert waren. In einem Waldstück, das zu jener grünen Vorzeit noch gesund und munter vor sich hin wucherte, vor Beeren und Pilzen schier aus den paradiesischen Nähten platzte, und aus dessen Flüssen man die Fische mühelos mit der Hand fangen konnte.

Maischinger hatte ein Feuerzeug in der Hosentasche und wurde nach kurzer Diskussion und geheimer Stöckchen-Abstimmung zum König gewählt. Regler trug einen Schlüsselanhänger mit Nagelschere bei sich und wurde zum Verteidigungsminister ernannt. Hersching, der hundert Mark vor dem Versaufen in der kleinen Waldwirtschaft hatte retten können, wurde Finanzminister, Kuhn – wegen seiner Anfälligkeit für Krankheiten – Gesundheitsminister und Hoibler das, was er vorher auch gewesen war, nämlich Fraktionssprecher. Nach genau einer Woche (und diversen hartnäckigen Streitereien darüber, wer für was nicht zuständig und wo denn nun eigentlich das verdammte Volk sei) waren die fünf verhungert, weil keiner von ihnen einen Kühlschrank oder eins von diesen netten Silbertabletts mit den Horsd'œuvres hatte aufspüren können.

In ihrer Heimatzeit wurde ihr Verschwinden erst wesentlich später bemerkt, und das auch nur, weil Regler seinen Dienstwagen im Halteverbot abgestellt hatte.

All dies war nicht mehr und nicht weniger als die Spitze eines Eisberges. Eines Eisberges, der blitzumzüngelt durch die gesamte Menschheitsgeschichte ragte, vom ersten Tag bis weit, weit in die Zukunft hinein.

Eine Zukunft, die sich veränderte.

8

Cameron blätterte nachlässig in den *Black-Mask*-Heften, die auf Gregorys Bürofensterbank in der Sonne verwelkten, und betrachtete die fernen Gipfel der San-Gabriel-Mountains. Er dachte kurz an sein Haus in den Foothills, an die Ruhe, die ihn dort erwartete, nahm dann das zerkaute Streichholz aus dem Mundwinkel und drehte sich nach dem Bezirksstaatsanwalt um. Er spitzte die Lippen.

»Verstehe«, sagte er und kratzte sich kurz zwischen Schläfe und Augenbraue. Er war geschlagene zehn Minuten vor dem massiven Schreibtisch des nicht minder massiven Bezirksstaatsanwalts Dick Gregory auf und ab gewandert und hatte praktisch nichts gesagt, abgesehen von gelegentlichen »Hmmh«s und »Aha«s. Gregory, ein ständig schwitzender, von dunklem Stoff umhüllter Fels, schob sein imposantes Doppelkinn vor und sagte: »Kriegen Sie raus, wer oder was dahintersteckt.«

Cameron betrachtete das Streichholz und sehnte sich nach einer Zigarette. »Das ist kein normaler Fall, Gregory.«

»Wenn meine Schwiegermutter mit einem Kellner nach Reno durchgebrannt wäre, hätte ich nicht ausgerechnet Sie angerufen. Ich weiß, daß Sie teuer sind. Aber ich weiß auch, daß Sie gut sind. Oder *waren* Sie gut?«

Cameron lächelte mit der linken Gesichtshälfte. »Was Sie mir da erzählen, klingt, als wäre es einem betrunkenen Skriptschreiber zwischen Couch und Sekretärin eingefallen. Eine Bande Mönche, die sich am Strand von Venice geißelt, ein Wagentreck auf dem MGM-Gelände, den niemand bestellt hat, weil dort gerade kein Western gedreht wird – und ein Haufen Vermißtenmeldungen aus allen Teilen der Stadt ...«

»Aus allen Teilen des Landes.«

»Das macht es nicht einfacher.«

»Ich muß was mit den Ohren haben. Wer hat gesagt, es sei einfach?«

»Wollten Sie nicht noch was sagen?«

»Wieviel?«

Diesmal lächelte Cameron mit beiden Gesichtshälften.

Fünf Minuten später trat er auf die Stufen vor dem Rathaus und stieß einen kurzen, anerkennenden Pfiff aus. Vierhundert am Tag plus Spesen waren ein Haufen Steine, jedenfalls für Gregorys Verhältnisse. Cameron wanderte die paar asphaltwarmen Schritte zu seinem Wagen. Er öffnete das Verdeck des deutschen 370er Benz-Cabrios, um das ihn so mancher Glamour-Star beneidete, setzte sich hinters Lenkrad und brachte eine filterlose Craven A zum Glühen. Er lehnte sich zurück und starrte durch die blaßblauen Rauchschwaden ins Leere. Gregory hatte ihm vorgeschlagen, zuerst die vorläufig festgenommenen Mönche in die Mangel zu nehmen, aber Cameron hatte andere Pläne. Für seine Begriffe stank die ganze Geschichte regelrecht nach einem schlechten Atelier-Scherz. Nach einem Werbegag, der nur dem maroden Hirn eines der Götter von Hollywood entsprungen sein konnte. Er wollte zunächst mit den angeblich nicht bestellten Siedlern sprechen, die noch immer auf dem MGM-Gelände herumsaßen und mittlerweile wahrscheinlich von einer Horde verrücktgewordener Sensationsjäger verstört worden waren. Einer von diesen Pseudo-Cowboys würde die Zähne schon auseinanderkriegen. Cameron drehte den Zündschlüssel im Schloß, klemmte sich die Craven in den Mundwinkel und bog in den Verkehr ein. Sobald einer dieser Typen redete, würden natürlich auch die anderen auslaufen wie zerschossene Fässer. Woraufhin dann auch die Mönche plötzlich mit der Geißelei aufhören und ihren Auftraggeber verraten würden. Man mußte die Dinge nur aus der Nähe betrachten und seinen Verstand mobilisieren, dann verschwanden alle Wolkenschleier. Das dachte Cameron, als er an der Ecke Spring Street und Sunset Boulevard anhalten mußte, weil vor ihm ein Stau entstanden war. Irgendwann, dachte er, wird nicht mehr jeder dritte Angelino einen Wagen haben, sondern jeder drei. Irgendwann wird diese teuer verpackte Stadt im Verkehr ersaufen, unter einem dichten, rauchigen Nebel, der über ihr hängt wie ein Baldachin aus grauem Samt.

Cameron richtete sich auf und spähte seitlich über das Dach des vor ihm stehenden DeSoto nach vorn. Seine Smog-Vorahnungen lösten sich in Luft auf. Für einen Augenblick vergaß er sogar, daß er eine Zigarette im Mundwinkel hatte. Die Craven baumelte ihm für Sekundenbruchteile an der Unterlippe, dann löste sie sich, stürzte auf den Asphalt und kullerte rauchend davon. Cameron bemerkte es nicht.

Vor ihm, auf der Kreuzung, waren Reiter. Keine Polizisten. Es waren auch keine Knallchargen aus irgendeinem

Kostümfilm, obwohl Cameron das gern geglaubt hätte. Sogar mitten in L.A., wo die Passanten ja nun weiß Gott keinen Wert darauf legten, besonders dezent zu wirken, fielen diese Typen auf wie graue Mäuse in einem Vanille-Eisbecher. Und wären diese Reiter mit den runden Halbhelmen und den Schaffellen und den albernen Zöpfen und Bärten Komparsen gewesen, hätten sie bestimmt Flugblätter verteilt oder Tickets verschenkt. Aber das taten sie nicht. Einer der Reiter hievte gerade eine schreiende, strampelnde Fußgängerin in den Sattel seines Kleinpferdes. Auch das hätte Cameron vielleicht noch als hundsmiserablen Publicity-Gag akzeptiert. Vielleicht. Wenn da nicht die anderen Reiter gewesen wären. Die, die ihre Ponys säbelschwingend und grölend durch die in alle Himmelsrichtungen davonstiebende Menge trieben. Hier und da erwischte einer der Reiter einen Passanten am Hals oder am Rücken. Die Passanten waren echt. Genauso echt wie die Säbel.

Was eigentlich nicht verwunderlich war, weil ja auch die Hunnen, die sich ins Los Angeles der vierziger Jahre verirrt hatten, entsetzlich authentisch waren. Cameron begann, leichte Zweifel an der Richtigkeit seiner mutigen These zu entwickeln, die Siedler, Mönche und Reiter seien Bestandteile einer Werbekampagne. Hollywood war irre, aber so irre nun doch nicht.

Cameron duckte sich, um einem heranfliegenden Hunnensäbel auszuweichen. Das Metall sirrte über die Windschutzscheibe, entlockte der Luft ein anerkennendes »Wuusch«, und Cameron fühlte eine leichte warme Brise über seinen Scheitel streichen. Er sah auf den Rücksitz und entdeckte den besseren Teil seines Hutes. Der mordlustige Hunne brachte sein Pferd einige Meter entfernt abrupt zum Stehen und wendete. Cameron wartete nicht. Der weiße Mercedes schoß mit durchdrehenden Reifen aus der Blechschlange und kreischte quer über den Gehweg und ein

Rasenstück davon. Cameron Cameron hatte das unwahrscheinlich dumme Gefühl, an den kompliziertesten Fall seines Lebens geraten zu sein.

9

Als die wacklige Türklingel über dem Durchgang zur Küche quer durch Erasmus' Haus schrillte, stand Diana vom Sofa auf und tappte mit ausgestrecktem Arm durch die unordentlichen Bücherberge zur Tür. Sie konnte den Blick nicht von der staubigen Mattscheibe des kleinen Schwarzweiß-Fernsehers wenden, den Baal und sein Herrchen unter einer Tonne zerlesener Taschenbücher ausgebuddelt hatten. Während sie durch das Chaos stolperte, starrte Erasmus gebannt auf den Bildschirm und strich seinem ruhig neben ihm sitzenden Hund mit der rechten Hand über den riesigen schwarzen Kopf. Ein oberflächlicher Betrachter hätte auf die Idee kommen können, er wolle den Hund beruhigen.

Dianas tastende Hand erreichte die Türklinke und drückte sie herunter. Sie zog die Tür auf und wollte zum Fernseher zurückwanken, als sich jemand räusperte und sie aus ihrer Trance riß.

»Sie erlauben, daß ich eintrete?« fragte eine kühle Stimme.

Diana drehte sich um.

»Wie?«

Vor ihr stand ein knapp vierzigjähriger, glatthaariger Mann, der in einem eleganten dunkelgrauen Anzug steckte und einen großen Aktenkoffer bei sich trug. Dianas ausgelastetes Gehirn hatte keine größeren Kapazitäten mehr frei, um den Kerl einzusortieren, also legte es seiner Besitzerin den schnellen Schluß nahe, der da draußen sei garantiert einer der unzähligen Zeugen des wehrlosen Jehova und könne getrost wieder weggeschickt werden. Als Diana ihm gerade mitteilen wollte, daß sie und Erasmus trotz der angespannten Lage nicht unbedingt zu den Auserwählten gehören wollten, setzte der Mann ein ungeduldiges Lächeln auf und stellte sich vor.

»Ich habe einen Termin mit Herrn Weinberger. Mein Name ist Ernst ... BKA.«

»Oh«, sagte Diana und trat zur Seite. Ihr Gehirn kappte alle Leitungen zum Fernseher und stellte dem Problem vor der Tür größere Kapazitäten zur Verfügung. »E ... Herr Weinberger«, sagte sie laut. »Der Herr vom Telefon ist da.«

»Das Telefon funktioniert«, murmelte Erasmus, ohne den Blick von der Mattscheibe zu wenden. »Sag ihm bitte, wir haben im Moment keine Zeit für so was.«

»Erasmus!« zischte Diana, und brachte Hund und Herrchen so immerhin dazu, kurz aufzusehen. Ernst nutzte die günstige Gelegenheit und betrat das Haus. Es gelang ihm nicht ganz, seine Verwirrung wegen der originellen Bürogestaltung zu verbergen. Das hatte er sich anders vorgestellt. Irgendwie moderner. Irgendwie technischer, metallischer, plastischer, hektischer und professioneller. Und vor allem ... ordentlicher.

»Ernst, Herr Weinberger«, sagte er und hielt dem kleinen Mann mit der wirren Frisur die Rechte hin.

»Ja«, nickte Erasmus und schüttelte die Hand. »Das kann man wohl sagen.«

Nach einem kurzen, verwirrten Sprung fiel der Blick des Berufskriminalisten auf den Fernseher. Hinter einem sprechenden Reporterkopf waren Menschenmengen, Absperrungen, Wasserwerfer und ein vollverglastes Bürogebäude zu sehen.

»Darf ich Platz nehmen?«

Wortlos bugsierte Erasmus einen weiteren Bücherstapel vom Sofa auf ein freies Teppichstück und wies mit der Hand auf den abgewetzten Bezug. Ernst setzte sich, plazierte den geräumigen Koffer auf seinen Knien, ließ die Schnappschlösser aufspringen und holte eine dünne Aktenmappe und ein enorm kompaktes Telefax-Gerät heraus.

»Sie haben keinen Fax-Anschluß, oder?«

Erasmus schüttelte den Kopf, ohne den Blick vom Bildschirm zu wenden. Während er aufstand, um das Programm zu wechseln, hielt Ernst ihm das Gerät hin.

»Hängen Sie das hier an Ihren zweiten Telefonanschluß. Sie werden es brauchen.«

Ein verunsichert an seiner unpassenden Krawatte nestelnder Sportmoderator erschien auf dem Bildschirm. »'n Abend allerseits«, raunte er jovial in seinen Backenbart, hängte ein »Äh« an, füllte eine kurze Pause mit lautem Blätterrascheln und las dann ungläubig von einem der vor ihm liegenden Bogen ab. »Vor dem letzten Spieltag der Fußball-Bundesliga benötigt Schalke 04 heute im Waldstadion nur noch einen Punkt... um den Titel zu verteidigen...« Er warf einen Blick zur Seite. »Sagt mal, soll das 'n Aprilscherz sein...?«

Diana nahm dem Mann im grauen Anzug das kompakte Technikwunder ab und bestaunte es kurz und ehrfürchtig, bevor sie es auf dem Schreibtischstuhl abstellte. Ernst betrachtete den kleinen Mann im blauen Overall und fragte sich, ob es besonders klug gewesen war, ausgerechnet ihn anzurufen. Zwar war die Detektei »Argwohn« beileibe nicht die einzige, die man auf diesen »Fall« angesetzt hatte, aber ihr Besitzer wirkte wahrhaftig nicht wie jemand, der kompetent und zügig mit chaotischen Zuständen aufräumte. Ernst stellte den Koffer auf den Boden und räusperte sich, weil Erasmus noch immer wie paralysiert den Fernseher anstarrte.

»Wie Sie ja selbst sehen, Herr Weinberger, stecken wir in Schwierigkeiten. Ungeheuren Schwierigkeiten.«

Der Sportmoderator auf dem Bildschirm schleuderte seinem unhörbaren Regisseur die Frage entgegen, wieso »Siebert bitteschön nie Präsident von Schalke« gewesen sei. Das wisse er doch wohl genau, daß »der Dicke den Club in die Grütze geritten« habe. Erasmus schaffte es endlich, seinen Gast anzusehen.

»Ich habe Ihnen hier«, fuhr Ernst erleichtert fort, »in dieser Mappe, die letzten Unterlagen mitgebracht, bin aber sicher, daß mittlerweile schon wieder Dutzende von Meldungen aus der ganzen Welt in unserer Zentrale in Wiesbaden eingegangen sind. Wir... wissen bisher nicht genau, wer oder was hinter diesen Vorfällen steckt, vermuten aber, daß wir es mit einem ungewöhnlichen Fall von Massenhypnose oder...«

»Quatsch«, brummte Erasmus kopfschüttelnd.

»Bitte?«

»Wie soll denn das Massenhypnose sein? Darf ich die Mappe mal sehen?«

Ernst reichte ihm die Mappe. Erasmus überflog die Seiten und nickte, obwohl er nicht verstand, was dahintersteckte. Er nickte, weil die Unterlagen das bestätigten, was er in den letzten zwei Stunden von den Reportern erfahren hatte, die draußen durch die große weite Welt rasten. Obwohl die verschiedenen Vorfälle inhaltlich scheinbar nicht zusammenhingen, gab es gewisse Übereinstimmungen. Während es bei den plötzlich überall auftauchenden Menschen keine Gemeinsamkeiten zu geben schien, waren die meisten der ebenso plötzlich Vermißten in der Dienstleistungsbranche beschäftigt, also zum Beispiel bei Banken, Versicherungen, Werbeagenturen, in Behörden oder als Makler. Noch auffälliger als das war jedoch, daß die jeweiligen Zeugen dieser Vorfälle in allen bisher bekannten Fällen von kurzen Blitzen und Donnerschlägen oder Sturmböen berichteten. Was das zu bedeuten hatte, wußte Erasmus natürlich nicht. Er konnte es sich nicht mal denken. Aber es sah aus wie die einzige Spur in dem unheimlichen Chaos, das die Welt erfaßt zu haben schien. Er schloß die Mappe und sah wieder auf. Der Kriminalist schüttelte tadelnd den Kopf.

»Sehen Sie?« Er deutete auf den Fernseher. »Die Allianz-Versicherung. Seit gut einer Stunde hermetisch abgeriegelt. Niemand weiß genau, was im Inneren des Gebäudes vorgeht, aber wie es aussieht, sind irgendwelche Terroristen eingedrungen. Die Verluste gehen schon jetzt in die Hunderttausende ... Finanziell, meine ich ...«

Erasmus deutete ebenfalls auf den Bildschirm. »Aber die Leute, die da vorn von der Polizei abgedrängt werden ... für mich sieht es aus, als würden die jubeln.«

»Stimmt.« Ernst nickte und zog den Finger wieder ein. »Das tun sie auch. Die Polizei ist angewiesen worden, die Leute nicht mehr ins Gebäude zu lassen.«

»Aber weshalb gehen denn Ihre Leute nicht rein und räumen das Haus?«

»Wir haben bereits dreißig Schwerverletzte zu beklagen, Herr Weinberger. Allem Anschein nach sind die Besetzer erstens bewaffnet und schrecken zweitens vor nichts zurück. Sie haben sogar gekochte Dachpappen aus den Fenstern im vierten Stock gegossen. Die Bundeswehr ... sollte eigentlich schon auf dem Weg sein, nur scheinen gewisse Truppenteile plötzlich nicht mehr auffindbar zu sein ...« Wieder schüttelte er seinen gutfrisierten Kopf. »Erbärmliche Truppenmoral. Haben wir ja schon damals während der Golf-Krise gesehen. Außerdem ... bis die da sind, könnten die Allianzkonten bereits leergebucht sein. Offenbar haben die Terroristen den Bankbevollmächtigten in ihrer Gewalt und finden immer neue Wege, die Kontosperrungen zu umgehen ... es handelt sich also ganz offensichtlich um Professionelle ...«

»Sie sprechen immer von Terroristen, Herr ... wie war doch gleich Ihr Name?«

»Ernst.«

»Aha. Gibt es denn schon ein Bekennerschreiben?«

»Äh ... ja. Bisher zweiundvierzig.«

Erasmus tarnte sein Lächeln als sorgenvoll verkniffenen Gesichtsausdruck. Diana fragte vom Schreibtisch aus, ob irgendwer Interesse an einer Tasse Kaffee habe. Ernst schüttelte den Kopf und warf einen Blick auf seine Armbanduhr.

»Ich muß wieder zurück in die Zentrale. Hier...« Er drückte Erasmus einen Umschlag in die Hand. »Falls Ihnen Unkosten entstehen ... Ach ja«, sagte er und hatte die Tür schon fast erreicht, »schließen Sie bitte sofort das Gerät an ... und kontakten Sie mich, sobald Sie etwas wissen. Oder wenn Sie Unterstützung brauchen. Ich verständige Sie umgehend, falls wir vor Ihnen Ergebnisse haben.«

Und bevor Erasmus hätte sagen können, daß er sich das nun wirklich beim besten Willen nicht vorstellen konnte, war der dynamische Kriminalist mit einem letzten Gruß nach draußen verschwunden. Die Tür fiel ins Schloß. Diana stöpselte das Telefax-Gerät in die Telefonsteckdose des Salatbar-Service und wiederholte ihre Frage.

»Kaffee?«

»Ja, gern.« Erasmus erhob sich und ließ einen Blick durch den Raum wandern. Er runzelte die Stirn und nagte an seiner Unterlippe. »Und dann brauche ich ein bißchen mehr Platz. Nein. Viel mehr Platz ...«

10

Gwydiot bezweifelte allmählich, daß er sich die tiefen Stirnrunzeln jemals wieder aus dem Gesicht würde reiben können. Er saß jetzt schon seit mehr als einer Stunde neben seinem König und lauschte dem wirren Stammeln der beiden Sprecher des seltsam gekleideten Menschenrudels, das man nahe Camelot aufgegriffen hatte. Einige dieser Kreaturen hatte man in Tintagel gefunden, andere in den Dünen von Boscastle, wieder andere weiter im Landesinneren, und alle schienen vor allem eines gemeinsam zu haben, beziehungsweise gemeinsam nicht zu haben, nämlich Verstand.

Der eine der beiden Anführer, in seiner Zeit ein mäßig erfolgreicher Werbekaufmann aus Torquay, drohte dem vor ihm sitzenden König jetzt mit ausgestrecktem Zeigefinger. »Hören Sie mal zu, Sie. Sie mit Ihrer komischen Krone. Ich weiß nicht, wo wir hier sind und warum Sie uns entführt haben, aber ich berufe mich auf die Dings, die Berner Konventionen. Außerdem habe ich überhaupt kein Geld, also können Sie sich die Erpresserei sowieso aus dem Kopf schlagen ...«

Lancelot hielt dem Burschen eine Schwertspitze an den Kehlkopf und brachte ihn so zum Schweigen. Der König wandte sich an Gwydiot. »Nun, Meister Gwydiot? Was sagst du?«

Der Magier schüttelte den Kopf. Er hatte eine lange, unbequeme Reise hinter sich, eine Reise, in deren Verlauf er dreimal vom Pferd gefallen und in besonders dünnflüssigen Matschpfützen gelandet war. Er war erschöpft und konnte sich nicht richtig konzentrieren. Hinzu kam seine düstere Ahnung, daß ihm Konzentration in diesem Fall auch nicht weiterhelfen werde, mithin nur das Orakeln bliebe. Und damit hatte er in letzter Zeit ja so seine bescheidenen Schwierigkeiten gehabt. Gwydiots Kopf brummte.

»Erlaubt Ihr, daß ich eine Frage an diese ... Gestalten richte?«

Mit einer einladenden Geste erlaubte Artus. Gwydiot erhob sich und zupfte seine Kutte zurecht.

»Ihr wißt, wo ihr euch befindet?« fragte er einen jener Männer, die bisher noch nichts gesagt hatten. Der Mann im mausgrauen Anzug fuhr zusammen. Was durchaus verständlich war, wenn man bedenkt, daß Lester Growning noch vor wenigen Stunden im Jahre 1972 an seinem Schreibtisch gesessen und Zahlenkolonnen in eine Rechenmaschine eingegeben hatte – wie an jedem Wochentag seit 1952. Bis der Mann in der schmutzigen Kutte ihn angesprochen hatte, war er auf der Suche nach einem Wort gewesen, das all dies hier beschrieb, seinen plötzlichen Aufenthalt bei diesen komischen Männern mit den Rüstungen und Kronen und Bärten. Er war fast sicher, es früher einmal gekannt zu haben. Hatten seine Freunde es nicht gerufen, als sie ihn an seinem einundzwanzigsten Geburtstag zu Hause erwartet hatten?

»Äh.« Lester Growning wurde etwas kleiner und grauer. Dann sagte er sehr bescheiden: »In Camelot?«

»Richtig«, erwiderte Gwydiot. »Und was tut ihr hier?«

»Verhört werden?«

»Nein, ich meine, wie kommt ihr hierher? Und was wollt ihr hier? Woher kommt ihr?«

»Also, ich komme aus Plymouth, Sir. Wie... ich weiß nicht, wie ich hierher gekommen bin.« Zustimmendes Murmeln der anderen untermalte sein Flüstern. »Und ich, also, ich kann ja nur für mich sprechen, ich will hier eigentlich gar nichts, Sir. Ich würde nur gern... irgendwann... wieder an meinem Schreibtisch sitzen und Zahlenkolonnen addieren, wenn es Ihnen recht ist...«

»Schreibtisch? Zahlenkolonnen?«

»Äh, ja... Buchhaltung, Sir.«

Gawain erhob sich und trat auf den zitternden Kolonnenaddierer zu. Er zückte sein Schwert und hielt es dem Mann an den Hals. »Wahnsinniger!« zischte er. »Wage es nicht, dem weisen Gwydiot oder dem König von Britannien Lügen aufzutischen, wenn dir dein kümmerliches Leben lieb ist.«

Während Lester Growning versuchte, seinen Kehlkopf an der Schwertspitze vorbeihopsen zu lassen, legte Gwydiot dem Ritter beschwichtigend die Rechte auf den Unterarm.

»Gemach, Gawain. Dies ist kein Problem, das sich mit Gewalt lösen läßt.«

»Es gibt keine unlösbaren Probleme!«

»Das habe ich nicht gesagt... Hört genau zu, Ritter. Wir müssen schon unseren Verstand bemühen.«

»Unseren was?«

Gwydiot wandte sich an Artus und unterdrückte ein ohrenbetäubendes Seufzen. »Herr, darf ich Euch bitten, mich mit diesen Männern allein zu lassen?«

»Wie du willst, Gwydiot.«

»Ich danke Euch.« Gwydiot winkte einigen der Wachen, die aufmerksam um die Gruppe herumstanden. »Schafft sie in einen anderen Saal und...«

Er wurde vom Eintreten eines schmutzigen Boten unterbrochen, der sich japsend vor der Tafelrunde verneigte und auf die Erlaubnis wartete, zu sprechen.

»Sprich«, sagte der König.

»Sire, Boten berichten, im Bodmin Moor seien Dämonen aufgetaucht, die lodernde Feuer aus langen Eisenrohren schleudern und flache, laubumrankte Schüsseln auf den Köpfen tragen. Was sollen wir tun?«

Artus sah Gwydiot fragend an. »Was schlägst du vor, Magier?«

»Ich kümmere mich darum. Sobald ich mit diesen hier gesprochen habe. Gleich. Tragt Ihr inzwischen nur bitte dafür Sorge, daß sie nicht das ganze Königreich dem Erdboden gleichmachen.«

Gwydiot kramte mit zitternden Fingern in seiner Kuttentasche. Eine leichte Panik beschlich ihn. Er hatte sein Medizinsäckchen vergessen. Die Kräuter, die Kopfschmerzen vertrieben. Die Kräuter, die brummende Schädel kurierten und das Magengrollen in die Flucht schlugen. Die Kräuter, die immer alles so schön bunt machten und Musik in seinen Kopf zauberten.

Er zwang sich zu einem souveränen Lächeln.
»Nur keine Sorge«, sagte er aufmunternd.
In seinem Kopf dröhnten schwere Hammerschläge.

11

Zeus lag allein auf einer Liege im Aussichtszimmer von Olympos, sah hinunter auf die Welt und lächelte breit. Das sah doch ganz gut aus. Nun würde es nicht mehr lange dauern, bis der Krabbelkram entdeckte, daß es Dinge zwischen Himmel und Erde gab, denen mit nackter Logik nicht beizukommen war, Dinge, die sich nicht einfach wegrationalisieren ließen. Der Göttervater goß einen halben Liter Wein neben seinen Becher, bevor es ihm gelang, seine Hand in die richtige Position zu zittern. Er giggelte kurz. Das war doch gar nicht so schwer gewesen. Warum war ihm dieser göttliche Einfall eigentlich nicht schon viel früher gekommen? Ein Rudel Blitze in die Zeit, die ja nicht vergangen und damit ein für allemal futsch war, sondern sich wie eine gigantische Zwiebelschale durch die Dimensionen wand, und schon purzelten und polterten hier und da Sterbliche durch die entstandenen Löcher, hinein in andere Epochen. Unerklärlich, dachte Zeus, und mußte wieder giggeln. Er hatte seinen Blitzen keine besonderen Anweisungen gegeben, nur die, ein paar Löcher zu bohren. So weit, so gut. Das einzige Problem mit den Blitzen war, daß sie sich, je weiter sie sich von ihrem Herrn und Meister entfernten, gern selbständig machten und hier und da über das Ziel hinausschoßen. Aber wie, fragte sich Zeus, sollten sie in diesem Fall schon über das Ziel hinausschießen? Es spielte doch absolut keine Rolle, wer wann wo in die Löcher stürzte. Hauptsache, es gab ordentlich was zum Wundern.

Zeus stieß kurz auf, drehte sich grinsend auf den Rücken und versank unverzüglich in einen göttlichen Schlummer.

Bald würde sein Name wieder mit Ehrfurcht genannt werden.

Sehr, sehr bald.

Munin, Odins für das Belauschen der Menschen zuständiger Rabe, tappte in kleinen Kreisen über den massiven Versammlungstisch der Asen, der um den Stamm der im Keller wurzelnden Weltesche Yggdrasil gebaut war. Es war eine unpraktische Konstruktion. Und es war nicht das erste Mal, daß die Asen es merkten. Das Problem bestand nämlich darin, daß Munin für diejenigen Götter, die gerade durch den Stamm von ihm getrennt waren, praktisch nicht zu hören war, und er deswegen ständig alles zweimal sagen mußte. Was natürlich seinen Gedankenfluß empfindlich störte. In dieser Hinsicht war Munin nicht besonders rabisch oder göttlich, sondern sehr menschlich. Er verlor häufiger den Faden, verhedderte sich empfindlich und vergaß bei der ganzen Wiederholerei, was er eigentlich hatte sagen wollen oder gerade gesagt hatte.

Aber was sollte man dagegen tun? Vielleicht die Weltesche abschlagen? Um dann in der Tischmitte Knabberkram aufzustellen? Die Weltesche Yggdrasil einfach aus dem Weg hacken, jenen Baum, der im Quell der Weisheit wurzelte? Ein Mensch hätte auf diese Idee kommen können.

Es wird wieder mal Zeit für eine dieser lästigen, augenfeindlichen, scheinbar völlig unqualifizierten Randbemerkungen, aus der diesmal sogar die Experten für Asenfragen eine Menge lernen können – aber selbstverständlich nicht müssen . . .

Gewisse Leute behaupten hartnäckig, die Asen seien tot. Diese Leute sollten den Asen lieber nicht zu nahe kommen – was sie, selbst wenn sie es unvernünftigerweise wollten, natürlich ohnehin nicht könnten, weil sie eben Menschen sind. Wer sonst könnte auch mit Hilfe des Verstandes auf die absurde

Idee kommen, die Götter seien seine Ebenbilder und konsequenterweise sterblich?

Also, um das ein für allemal klarzustellen: Odin ist zwar vom Fenriswolf angeknabbert worden, aber natürlich umgehend wieder auferstanden, genauso wie Thor nach seiner Schlägerei mit der Midgardschlange, und Baldur weilt auch nicht im Reich der Toten. Nicht mehr.

Das ist Schnee von gestern. Kunstschnee, der, um bei der windschiefen Metapher zu bleiben, zu allem Überfluß auch noch auf die falschen Pisten geschossen wurde.

***Baldur** und **Hödur** sitzen zur Zeit rechts neben Odin, seine beiden anderen Söhne, **Thor** und **Hermodur**, sitzen zu seiner Linken. Die übrigen Stühle sind von **Heimdall, Iduna, Forseti, Frigg, Uller, Magni** und **Modi** besetzt.*

*Die Verwandtschaftsverhältnisse sind nicht ohne weiteres zu entwirren, aber so viel steht fest: Odins Vater **Bor** kam zur Welt, weil die Ur-Kuh **Audhumla** einen Eisblock für einen Salzleckstein hielt und ausgiebig daran lutschte. Bor zeugte anschließend mit **Bestla**, einer Riesin, einige Söhne, unter anderem Odin. Odin heiratete Frigg und setzte Thor, Baldur, Hödur und Hermodur in die Welt.*

*Thor trägt ständig einen Hammer bei sich, ist aber trotzdem kein Handwerker. Der Hammer hört auf den Namen Mjölnir und ist eine gräßliche Waffe, die wie ein gut konstruierter Bumerang stets zu ihrem Besitzer zurückkehrt. Thor sorgt mit diesem Hammer für Blitze, Erdbeben, Unwetter, Feuer und andere Katastrophen. Seine Frau **Sif**, Mutter von Magni, Modi und Uller, sitzt nicht mit am Tisch.*

*Ebensowenig wie Baldurs Gattin **Nanna**. Sie und Sif halten sich im Hintergrund, sind schrecklich nette und wichtige Personen und dürfen leider keine Entscheidungen fällen. Ohne sie wären ihre Männer völlig aufgeschmissen, aber davon wissen die beiden Kerle natürlich nichts. Sie würden es nur bemerken, wenn ihre Frauen einfach verschwänden und ihnen den Haushalt und die Kinder überließen ... Wäre Thor ein Sterblicher, verfiele er sicherlich sehr schnell auf die irrwitzige Idee, er habe seine herausragende Stellung nur sich allein zu verdanken ...*

Sie wollten eine nette Randbemerkung lesen, nicht gezwungen werden, über Ihre Beziehung nachzudenken? Haben Sie Ihre Frau heute schon geküßt? Schon gut.

Baldur.

Baldur bewohnt »Breidablick«, den schönsten, lichtesten Flügel des Wohnblocks »Asgard«, und kann nur durch einen Mistelzweig getötet werden, weil seine Mutter allen anderen Kreaturen und Pflanzen das Versprechen abgenommen hat, Sohnemann nichts zuleide zu tun. Außerdem ist er ein ziemlich heller Kopf und Forsetis Vater.

Dieser Forseti zeichnet sich vor allem dadurch aus, daß er genauso helle ist wie sein Vater und jeden Streit schlichten kann – wenn er will.

Hödur, Baldurs Bruder, ist blind. Was keineswegs bedeutet, daß er deswegen unbrauchbar ist. Er ist der einzige unter den Göttern, der Sterbliche und Kollegen schon nach wenigen Worten richtig einschätzen kann, weil er nicht nach gekonnt zurechtgezuckten Gesichtszügen urteilen muß, sondern sich allein nach dem Klang der Stimme richten kann. Loki (zu dem wir gleich kommen) kann ihn nicht leiden, aber Loki kann sowieso niemanden leiden.

Magni und Modi, Thors Söhne, sind stark und entsetzlich tumb, Uller, Thors anderer Sohn, ist der erste Popper der Göttergeschichte und tut nichts – außer Skifahren.

Hermodur ist aggressiv und für Botendienste zuständig. Träte er in menschlicher Gestalt auf, wäre er ein Postbote, der morgens den Hund beißt.

Heimdall bewohnt ganz allein den Flügel »Himinbjörg«, der sich unmittelbar hinter der Zugbrücke befindet, die natürlich auch einen Namen trägt, nämlich Bifröst. Heimdall ist der Gott des Morgens und entsprechend goldhaarig. Er schläft wenig und trötet in seiner freien Zeit gern auf seinem Horn herum. Doch, natürlich hat das Ding einen Namen. Gjallerhorn, falls es jemanden interessiert.

Iduna versorgt die Götter mit ihrem Lebenselixir – im übertragenen Sinne –, nämlich Äpfeln. Daß sie zufällig den Namen einer Versicherung trägt, hat überhaupt nichts zu sagen.

Im Hof von Asgard wiehert Sleipnir, Odins achtbeiniges Rennpferd. Dieses Pferd stellt die verwandtschaftliche Verbindung zu jenem Asen her, der nicht am Tisch sitzen darf, sich jedoch keineswegs aus den Götterangelegenheiten heraushält. Sein Name ist ***Loki****.*

Loki ist etwas zu kurz geraten, kompensiert diesen Mangel jedoch durch eine Verschlagenheit, die ihresgleichen sucht. Wegen dieser Gemeinsamkeit mit der Griechenfamilie von gegenüber kann Odin ihn nicht ausstehen. Will man Loki aus irgendwelchen unerfindlichen Gründen schmeicheln, nennt man ihn listig, will man ihn beleidigen, bezeichnet man ihn – wie seine Götterkollegen, als »miese kotzbrockige Natter«. Loki zeugte die Midgardschlange, den Fenriswolf und Sleipnir. Er hat also durchaus modern zu nennende Ansichten, was den Verkehr mit anderen Lebewesen angeht, und kann darüber hinaus jede Tiergestalt annehmen, die ihm gerade in den Kram paßt.

Wir werden noch von ihm hören.

O ja. Und ob.

Munin wanderte an Thors Metbecher vorüber und wiederholte seinen letzten Satz. »... die Sterblichen sind verzweifelt. Glaubt mir, ich weiß, wovon ich rede. Ich weiß, wovon ich rede. Viel fehlt nicht mehr, dann werden sie zu glauben beginnen.« Er erreichte Iduna. »Viel fehlt nicht mehr, dann werden sie zum Glauben zurückfinden. Und an wen werden sie glauben? Hmmh? An wen werden sie glauben? Sie werden die Blitze als Zeichen der Götter deuten, vielleicht als Zeichen des Zeus, vielleicht auch als Zeichen jener Götter, an die sie in den betreffenden Epochen gerade glauben ...«

»Was war das?« fragte Thor um den Stamm herum. »Was hast du zuletzt gesagt?«

»Äh. Jener Götter, an die sie gerade glauben ...«

»Wer?«

»Die Sterblichen.«

»Ah ja. Danke. Nur weiter.«

Munin blieb stehen. Was hatte er sagen wollen? Er krächzte verlegen und scharrte nervös auf der Tischplatte. »Was sagte ich gerade?«

»Jene Götter, an die sie gerade glauben«, warf Thor ein.

»Ah«, sagte Munin nickend. »Stimmt, jetzt weiß ich's wieder... Danke... Aber... ich weiß nicht, was ich als nächstes sagen wollte ...«

Odin ließ seine Handfläche wuchtig auf den Tisch klatschen und beendete das hilflose Stammeln. »Wir haben genug gehört, Munin. Komm her.« Der Rabe flatterte gehorsam auf seinen Schulterstammplatz und suchte still und verzweifelt nach dem verlorenen Faden.

»Dieser Zeus und seine Bande halten sich offenbar für ziemlich schlau ...«

»Sind sie doch auch«, sagte Baldur nickend.

»Sind sie nicht! Und unterbrich mich nicht, wenn ich rede.« Munin seufzte, während Odin fortfuhr. »Was soll denn daran *schlau* sein, Baldur? Was will er denn, der blöde

Grieche? Daß sie an *ihn* glauben. Bah! Sie werden an ihre Götter glauben, an diese komischen Figuren, die da unten durch die Senke schleichen, an die Inder und das ganze Zeug. Aber doch nicht an Zeus oder...«

»Warum nicht?« unterbrach Baldur ihn erneut. »Denk an die Blitze. Vielleicht verstehen sie, wer da zuschlägt...«

»Hast du was mit den Ohren, Sohnemann?« donnerte Odin.

Baldur schwieg.

»Die Idee«, fuhr Odin mit erhobenem Zeigefinger fort, »die Idee ist gar nicht so schlecht. Aber die Ausführung ist halt rettungslos griechisch.«

»Was meinst du?« fragte Thor und beugte sich vor.

»Ich meine...« Odin ließ eine Pause entstehen. Aus dem Keller drang das leise Plätschern des Weisheitsquells nach oben. »Ich meine, wir sollten das Prinzip übernehmen. Wir machen das gleiche wie Zeus. Nur ersetzen wir die Blitze durch etwas Eindrucksvolleres. Etwas Eindeutigeres. Etwas, das die Sterblichen mit der Nase darauf stößt, daß sie es nicht mit einer Naturkatastrophe oder einem x-beliebigen Gott zu tun haben, sondern mit uns.«

»Und was soll das bitte sein?« Baldur hatte sich jetzt ebenfalls vorgebeugt und sah seinen Vater fragend an.

»Äpfel«, sagte Odin und ließ es wirken.

»Grandios«, dröhnte Thor nach einer Pause.

»Riesig«, nickte Hermodur. Die anderen Götter pflichteten ihnen lautstark bei. Das war ein großartiger Einfall. Ein göttlicher Einfall. Ein Einfall, der eines Odin würdig war. Natürlich Äpfel. Natürlich das, was den Asen Leben schenkte. Sogar ein Blinder mußte dann erkennen, daß sie, und nur sie, ihre Finger im Spiel hatten.

Ein Blinder zweifelte daran, sagte jedoch nichts. Hödur kratzte sich am Hinterkopf und verzog skeptisch den Mund. Wer sagte denn eigentlich, daß Äpfel für die Sterblichen etwas Besonderes waren? Er hatte da so seine Zweifel, mochte sich aber nicht unbeliebt machen, indem er das Freudengeheul störte. Hätte er seinen imposant aufragenden Vater gesehen, dessen leuchtende Augen, dessen geballte Faust, wäre es ihm vielleicht ebenso ergangen wie den meisten der anderen Götter, deren Verstand (sofern vorhanden) angesichts der ausgelassenen Stimmung Urlaub machte.

Baldur sagte: »Klingt gut.« Und während Odin seinem klugen Sohn für diese nette Bemerkung die Rechte auf den Rücken sausen ließ, registrierte Hödur beruhigt, daß er mit seiner Auffassung wenigstens nicht ganz allein dastand.

In einer der düsteren Ecken des Versammlungssaales hockte eine ungewöhnlich große Ratte und kochte vor Wut. Dafür, dachte die Ratte, werden sie büßen. Das wird ihnen noch leid tun. Verglichen mit dem, was sie dafür auf die Helme kriegen, war die ganze Keilerei mit meinen Kindern ein Osterspaziergang.

Mit »schlecht« war Lokis Laune wirklich nur sehr unzureichend beschrieben.

»Aber es *muß* einen Weg geben«, sagte Athene händeringend und machte sich zum zwanzigsten Mal auf den Weg zu dem großen Stein, der fünf Meter von der Platane entfernt im hohen Gras lag. »Wir dürfen das nicht zulassen.«

Weder Apollon noch Artemis warfen ein, immerhin habe eine Abstimmung mit eindeutigem Ergebnis stattgefunden. Als Mitbegründer der Demokratie wußten sie, daß ein solches Ergebnis niemanden an irgend etwas band. Apollon entzupfte seiner Lyra einige traurige Töne.

»Was?« fragte er.

»Zeus niederschlagen«, schlug Artemis vor.

»Und dann?« fragte Athene und kehrte zurück. »Mal davon abgesehen, daß du mit Ares und Poseidon fertig werden müßtest. Ein bewußtloser Zeus nützt uns nichts. Er müßte seinen Befehl schon zurücknehmen, sprich seine Blitze zum Rückzug auffordern, und das wird er bewußtlos leider nicht können. Nein. Wir müssen ihn ... überreden.«

»Du weißt ganz genau, daß Zeus ein starrsinniger alter Mann ist«, sagte Apollon. »Bevor der sich von uns überreden läßt, geht die Welt unter...« Er fing einen vorwurfsvollen Blick ein. »Verzeihung. Ich hab's nicht so gemeint.«

Athene wanderte wieder zurück zu dem Stein und sah hinunter ins Tal. Ein sanfter, warmer Wind ergriff ihre Haare und spielte damit. Athene bemerkte es nicht. Es war nicht richtig, daß Götter sich in Menschengeschicke einmischten. Und wenn die Sterblichen nicht von allein begriffen, daß gewisse Dinge unerklärlich waren und blieben, glaubten sie eben weiter felsenfest an die grenzenlose Macht ihres beschränkten Verstandes. Was unbestreitbar vollkommener Blödsinn war, aber in Athenes Augen beileibe kein Problem, mit dem sie und ihresgleichen sich zu beschäftigen hatten.

Hätte Zeus sich damit zufriedengegeben, ein kleines PSI- oder Naturwunder zu veranstalten oder ein Genie auf die Welt loszulassen, wäre Athene natürlich nicht beunruhigt gewesen. Das konnte man machen. Ab und zu. Die Weltgeschichte konnte kleinere Eingriffe verkraften, ohne gleich krachend aus dem Leim zu gehen, und die Wirkung blieb ja in der Regel nicht aus. Zumindest fanden so einige Sterbliche den Glauben an das Unerklärliche wieder, auch wenn andere versuchten, das Rätsel mit abstrusen Thesen über mutierte Erbmassen zu erklären. Spinner und Trottel gab es überall, zu jeder Zeit, an jedem Ort. Aber die würden auch jetzt, nach Zeus' Eingriff, nicht das Richtige entdecken, sondern von schwarzen Löchern, Massenhypnose oder gigantischen Magnetfeldern reden. Und wenn Zeus persönlich vor ihnen auftauchte.

Athene hatte einen Blick auf die Welt der Sterblichen riskiert. Sie hatte gesehen, daß die Blitze noch keine allzu großen Löcher geschlagen hatten, daß sie das Zeitgefüge bisher nur an wenigen, vergleichsweise unwichtigen Stellen durchbohrt hatten. So weit war an Zeus' Plan eigentlich nichts auszusetzen. Vielleicht wurde die Welt dadurch sogar besser, denn immerhin schienen sich die losgelassenen Blitze bevorzugt die nutzlosen, kranken Teile der jeweiligen Gesellschaften auszusuchen. Noch hatte dieser Eigensinn der Götterblitze also durchaus positive Auswirkungen.

Nur wußte Athene, was mit dem fragilen Gebilde, das die Menschen geschichtliche Entwicklung nannten, passieren konnte, wenn die Blitze plötzlich an den falschen Stellen einschlugen. Wenn das geschah, stünde plötzlich kein Stein mehr auf dem anderen, wären Dinge plötzlich objektiv nicht mehr da, die subjektiv, in den Köpfen der Menschen, sehr wohl da waren. Die Illusion der Objektivität, diese kollektive Subjektivität, würde sich in nichts auflösen; und was war Gegenwart ohne Vergangenheit, ohne verbindliche Erinnerungen? Alle Gegenwarten und Zukunften würden sich in Hypothesen verwandeln, in Konjunktive und launische Vielleichts. Und wenn die Erde dann nicht schnell genug infolge eines Krieges explodierte, der vorher nicht existiert hatte, wären ihre Bewohner binnen Tagen oder Wochen nicht mehr in der Lage, die Welt, in der sie sich häuslich eingerichtet hatten, auch nur annähernd zu begreifen. Den Sterblichen bliebe nur noch ein einziger Halt, nämlich der Glaube.

Athene verschränkte die Arme vor der Brust und legte die Stirn in tiefe Sorgenfalten. Verstand allein genügte nicht. Aber genügte der Glaube? Allein? In einer Welt, die keinen einzigen Anhaltspunkt mehr bot? Keine Möglichkeit, die goldene Mitte, das rechte Maß zu finden?

Kopfschüttelnd verscheuchte sie all diese unerfreulichen Überlegungen und machte sich auf den Rückweg zur Platane.

Es mußte einen Weg geben.

ZWEITER TEIL

UNZUVERLÄSSIGE ZEITEN

(Allegro vivace)

Es ist ein großer Unterschied
zwischen etwas noch *glauben*
und es wieder *glauben.*
Noch *glauben, daß der Mond auf die Pflanzen würke,*
verrät Dummheit und Aberglaube, aber es wieder *glauben*
zeugt von Philosophie und Nachdenken.

LICHTENBERG

Oh Tempora! Oh Morris!

GROUCHO MARX

1

Verschüttet unter massiven Geröllschichten schlummert im Menschen, sogar im Menschen des ausklingenden zwanzigsten Jahrhunderts, das Talent zur Improvisation, die Fähigkeit, auch ohne gigantische Hilfsapparate, die sich Verwaltungen nennen, problemlos mit dem Leben klarzukommen.

Was nun keineswegs bedeuten soll, daß mit dem Verschwinden Hunderttausender wertvoller Aktensortierer und Immobilienverwalter plötzlich alles im sozialen Zusammenleben gerechter wurde; das war beileibe nicht der Fall. Die Zahl jener, die falsch parkten, ohne den Verkehr zu behindern, nahm erschreckende Ausmaße an. Häuser und Wohnungen wurden zu ihrem tatsächlichen Wert vermietet, weil sich mit dem Verschwinden zahlreicher Makler plötzlich eine anarchische Subkultur entwickelte, in der Wohnraumanbieter und Wohnraumsuchende unmittelbar miteinander zu tun hatten. Zuwendungen an mittellose Mütter konnten urplötzlich nicht mehr auf den Zehntelpfennig genau abgerechnet werden, sondern wurden vom verbliebenen Behördenpersonal achtlos auf die angegebenen Konten geschludert – in manchen Fällen bekamen alleinerziehende Frauen fast hundert Mark mehr, als ihnen per Existenzminimalverordnung zustand. Ja, sogar die Mißbräuche und Kleinbetrügereien nahmen zu. Asoziale Individuen, die vor der großen Verwirrung Zigarettenautomaten mit 20-Sloty-Stücken geplündert hatten, nutzten die chaotische Situation aus, um Zehntausende zu erschwindeln. Und niemand fand angesichts der über alle Epochen der Menschheitsgeschichte hereinbrechenden Verwirrung mehr die Zeit, kostspielige

Statistiken zu erstellen, um mit deren Hilfe zu belegen, wie sich die Kostensituation veränderte. Alles war plötzlich ein bißchen ungenauer. Viel ungenauer.

Die behördlichen Personalkosten sackten binnen kürzester Zeit ins Bodenlose. Und obwohl sich die oben erwähnten ruchlosen Individuen nach Kräften mühten, gelang es ihnen nicht, die zivilisierten Staaten der Welt um so viel Geld zu erleichtern, wie diese durch die unerwartete Rationalisierung einsparten.

Manche Menschen der neuesten Neuzeit ertappten sich bei einem abgrundtief schlechten, häßlichen Gedanken. Manche Menschen meinten allen Ernstes, der Preis für die veränderte Situation sei nicht zu hoch gewesen. Dank guter Kinderstuben wußten die meisten allerdings im gleichen Moment, daß dies kein menschenfreundlicher Gedanke war, und verscheuchten ihn sehr schnell wieder. Etwas Derartiges durfte man nicht einmal denken. Aber andererseits ... Nein, bloß nicht.

2

Dicke Regentropfen vereinigten sich zu kleinen Sturzbächen und floßen in immer neuen Flußbetten über die Scheiben des Büros am Hollywood Boulevard. Cameron saß mit dem Rücken zu der bleigrauen Landschaft aus Himmel und Erde und zerdrückte eine Craven in dem runden Marmoraschenbecher auf seinem Schreibtisch. Er hatte es zuerst mit dem klassischen Ansatz versucht. Wer hatte ein Motiv, wer hatte eine Gelegenheit, wer hatte kein Alibi für die Tatzeit? Anschließend hatte er es mit einem weniger klassischen Ansatz versucht, die Motiv- und die Alibifrage unbeantwortet zu den Akten gelegt und sich statt dessen gefragt, wer die technischen Möglichkeiten besaß, irgendwelche Schauspieler an x-beliebigen Orten auftauchen und Menschen verschwinden zu lassen.

Während draußen auf der Straße immer wieder Schwachsinnige durch den Regen getaumelt waren und grölend verkündet hatten, der prophezeite Weltuntergang nahe einschließlich mehrköpfiger Tiere und Huren, und das gerade beginnende Armageddon sei eine Strafe der Götter für den Sündenpfuhl Hollywood, hatte Cameron sich schweren Herzens eingestehen müssen, daß er nicht durchblickte. Ganz und gar nicht.

Das Telefon auf der Schreibtischplatte zerschrillte das Klopfen des Regens und die gedämpften Rufe von der Straße. Cameron räusperte sich. Dann nahm er den Hörer von der Gabel und stellte überrascht fest, daß seine Hand zitterte.

»Ja?«

»Mr. Cameron«, säuselte Cindy, »ein Mr. Futterman möchte Sie sprechen ... Unbedingt.«

»Sagen Sie ihm ...«

»Das habe ich schon, aber er läßt sich nicht abwimmeln.«

»Stellen Sie ihn durch.«

Es knackte, dann hatte Cameron die Stimme seines offiziellen Vorgesetzten im Ohr. Nastings' Privatsekretär Horace Futterman klang so angenehm wie ein Blizzard.

»Cameron?«

»Ja. Ist es wichtig?«

»Es geht um unsere Zahlungen an Sie, Cameron.«

»Ich bin im Moment ziemlich beschäftigt, Futterman. Rufen Sie mich nächste Woche wieder an ...«

»Das wird nicht nötig sein.«

»Auch gut. Wiederhören ...«

Futtermans Stimme wurde scharf, bevor Cameron auflegen konnte. »Jetzt hören Sie mir mal gut zu, Schnüffler. Mr. Nastings wird seine Zahlungen an Sie mit sofortiger Wirkung einstellen. Um es offiziell zu formulieren, Sie sind gefeuert. Sie stehen nicht mehr auf unserer Gehaltsliste.«

»Aha«, sagte Cameron. Er betrachtete seine manikürten Fingernägel und stützte sich mit beiden Ellenbogen auf die Schreibtischplatte. »Beabsichtigt Ihr Boss, auf seine alten Tage eine Reportage über den Bau zu schreiben?«

»Nein, das beabsichtigt er nicht. Wie Ihrer geschätzten Aufmerksamkeit bisher offenbar entgangen ist, besteht für Mr. Nastings kein Anlaß mehr, sich von Ihnen erpressen zu lassen.«

»Was für ein häßliches Wort, Futterman.«

»Für eine häßliche Angelegenheit, Cameron. Jedenfalls bekommen Sie keinen Cent mehr.«

»Dann richten Sie Ihrem Boss und Brötchengeber aus, daß ich meine Unterlagen an die Presse und die Staatsanwaltschaft weitergebe.«

»Sie haben keine Unterlagen.« Futterman klang unanständig selbstsicher. »Bei einem Blick in die Zeitungen vom Tag nach dem ... Unfall werden Sie feststellen, daß Mr. Link nicht auf der *Scarletta* war. Wie es nach unseren bisherigen Ermittlungen aussieht, hat es in Hollywood nie einen Mr. Dave Link gegeben. Sie werden des weiteren feststellen, daß Mr. Chaplin am fraglichen Tag von einem Unbekannten angeschossen wurde, aber für diese Information brauchen wir keinen Berater. Sonst noch Fragen?«

»Ja. Wie wird man mit Ihrer Phantasie Sekretär?«

»Immer noch komisch?«

»Wußte nicht, daß Sie was davon verstehen.«

»Sehen Sie sich vor, Schnüffler«, sagte Futterman. Cameron spürte sein drohendes Lächeln. »Es sind schon Schlauere als Sie aus dem Hafenbecken gezogen worden.«

»Hören Sie auf, Futterman, sonst muß ich meine Hose in die Reinigung bringen ...«

»Bis dann, Cameron.«

Es knackte in der Leitung. Der eleganteste, cleverste Detektiv von L. A. saß reglos da und starrte den Telefonhörer in seiner Hand an, als hätte er noch nie einen gesehen. Was war eigentlich los? Was passierte mit ihm? Weshalb wachte er nicht auf? Er erhob sich, knallte den Hörer auf die Gabel und schloß die Tür zu seinem Privatzimmer auf. Er ging zügig zum Wandsafe, in dem er Kopien seiner Unterlagen und Fotos aufbewahrte. Er öffnete die Safetür, nahm den großen braunen Umschlag heraus und griff hinein.

Nichts.

Er spähte in den Umschlag.

Nichts. Gähnende Leere. Keine Fotos. Keine Zeitungsausschnitte, keine Protokolle, nur ein bißchen wertlose Luft. Für einen Augenblick glaubte er, jemand müsse ihm das ganze Zeug geklaut haben, während er sich im Rathaus mit Gregory unterhalten hatte. Aber dann hätte Cindy mit den Dieben unter einer Decke stecken müssen. Und sie hätte sein Privatzimmer aufbrechen müssen. Und den Safe.

Unmöglich.

Cameron legte den Umschlag zurück in den Safe und zog einen zweiten heraus. Die Fotos von Midlands blonder Frau. Alles da. Nichts fehlte. Er schloß die Safetür behutsam wieder und ging zurück in sein Büro. Die Hände in den Hosentaschen vergraben, blieb er vor dem Schreibtisch stehen. Es gab eine simple Erklärung. Eine Erklärung für alles. Für die Hunnen, die Siedler, den nie dagewesenen Dave Link, die Mönche, die sich irgendwo geißelten, für alles. Aber wenn er diese ebenso einfache wie unglaubliche Science-Fiction-Erklärung akzeptierte, konnte er sein Gehirn eigentlich auch gleich der medizinischen Forschung zur Verfügung stellen. Es mußte noch eine andere Lösung geben, eine weniger naheliegende, aber dafür realistischere Erklärung für diesen Irrsinn.

Cameron setzte sich wieder, brachte seine männliche Intuition barsch zum Schweigen und schaltete seinen Verstand ein. Frage: Welche Folgen hatte dieses Chaos? Antwort: Anarchie. Instabilität. Zusammenbruch des geregelten Lebens. So weit, so gut. Nächste Frage: Wem nützte das? Wer konnte ein Interesse daran haben, daß sich die Vereinigten Staaten von Amerika in ein gigantisches Irrenhaus verwandelten? Wer? Cameron schlug sich mit der flachen Hand vor die Stirn.

Die Krauts. Natürlich. Die Nazis.

Während er sich gegen die Stuhllehne zurücksinken ließ und seine Unterlippe mit den Zähnen malträtierte, fragte er sich fassungslos, weshalb er nicht gleich an die braunen Stechschreiter gedacht hatte. Das lag doch auf der Hand. Na schön. Damit war die Frage »Wer?« beantwortet. Weiter. Wie hatten sie es angestellt? Sie mußten Unmengen von Agenten eingeschleust haben. Cameron nickte. Genau. Sie hatten Tausende von Leuten bestochen, die plötzlich meldeten, irgendwo sei ein Blitz eingeschlagen und zack! sei einer der Verwandten nicht mehr dagewesen. Und einige von diesen Dreckskerlen hatten sich als ahnungslose Siedler verkleidet. Und als Mönche. Und als Hunnen. Den Deutschen war doch alles zuzutrauen, sogar das Erschlagen wehrloser Frauen und Kinder. Und Futterman? Auch ein Nazi, klar. Blond, groß, blauäugig, ehrgeizig und humorlos wie eine Backsteinmauer. Die Burschen mußten in sein Büro eingedrungen sein, als er und Cindy nicht dagewesen waren. Das war eine Erklärung, schließlich hatte er schon seit längerer Zeit nicht mehr nachgesehen, ob die Unterlagen noch an ihrem Platz waren. Das Ganze war ein von langer Hand vorbereitetes Manöver. Wahrscheinlich planten sie einen Angriff. Zuerst Österreich, dann die Tschechoslowakei, und jetzt die Staaten. Oder auch nicht. Cameron schnalzte anerkennend. Vielleicht handelte es sich nur um ein Ablenkungsmanöver. Vielleicht wollten sie unbemerkt ein kleineres

Land einnehmen, während die USA mit sich selbst beschäftigt waren. Norwegen zum Beispiel. Oder Ungarn. Oder Polen.

Cameron wischte sich mit dem Handrücken über die Stirn. Dabei fiel sein Blick durch die geöffnete Tür zu seinem Privatzimmer auf das Bücherregal an der gegenüberliegenden Wand. Einige der sonst so akkurat aufgereihten Bücher standen schief. Cameron kniff die Augen zusammen und sah genauer hin. Jemand hatte sein signiertes Exemplar von »You Can't Take It with You« geklaut. Jenes Theaterstücks von George S. Kaufman und Moss Hart, dessen Verfilmung durch Capra sich Cameron am Nachmittag eigentlich zum zweitenmal hatte ansehen wollen – bevor ihm die Nazis dazwischengekommen waren.

Er rief nach Cindy.

»Ja, Mr. Cameron?«

»Haben Sie meinen Kaufman aus dem Regal genommen?«

»...?«

»Eines meiner Bücher, drüben, in meinem Privatzimmer.«

»Ich betrete Ihr Privatzimmer nicht, Sir«, sagte Cindy entrüstet.

Cameron nickte.

»Suchen Sie mir die Nummer von B. Dalton Pickwick heraus, Hollywood Boulevard. Und die von World Book and News in der Cahuenga.«

»Sofort.«

Cameron telefonierte mit den beiden Buchläden seines Vertrauens, bevor er auch noch im *Palace* anrief, das die Verfilmung zeigte.

Als er den Hörer knapp fünf Minuten später wieder auf die Gabel drückte, hatte er Sodbrennen. Die Bücher waren verschwunden, die Filmrollen ebenfalls. Und zwar nicht nur aus dem *Palace*. Louie, der Vorführer, hatte ihm vollkommen verstört mitgeteilt, auch im *Globe* und im *Orpheum* seien keine mehr vorhanden. Und das lag, wenn Cameron seine Informanten richtig verstanden hatte, daran, daß George S. Kaufman 1935 in New York ums Leben gekommen war. Dann konnte er das Theaterstück natürlich nicht geschrieben haben. Hatte er aber. Cameron hatte es gelesen und die Verfilmung gesehen. Er hatte die Bilder doch im Kopf. Er wußte ganz genau, daß es den Film gab.

Er wehrte sich nach Geisteskräften gegen die Schlüsse, die ihm Hirn und Herz nahelegten, aber es nützte nichts. Seine noch so junge Nazi-Theorie begann zu siechen und sich zügig in ihre Bestandteile aufzulösen.

Cameron stoppte den Prozeß, indem er erneut zum Telefon griff. Er war mit seinem Latein am Ende und brauchte einen kühlen Kopf. Und da er den momentan nicht hatte, mußte eben jemand anders damit dienen.

3

Die sonnenwarmen Holzstufen knarrten unter Dianas nackten Füßen, als sie ins Erdgeschoß hinuntertappte. Es war ein schöner Morgen. Einer der seltenen wolkenlosen Morgen über der Hansestadt Hamburg, dem in der Regel klatschnassen Tor zur Welt. Aus kahlen Baumkronen begrüßte ein knappes Dutzend optimistischer Singvögel den nahenden Frühling und die junge Frau im Streifenpyjama, die müde nach unten schlurfte. Am Fuß der Treppe blieb sie stehen, warf einen Blick zum Fernseher, durch dessen staubige Mattscheibe ein stummer Sprecher Schreckensmeldungen verlas, und sah sich nach Erasmus um. Er war nicht ins Bett gegangen, das hatte Diana gehört – beziehungsweise nicht gehört, denn keine Treppenstufe hatte Laut gegeben. Das Telefon des Salatbar-Service klingelte, und schnarrend machte sich das kompakte Fax-Gerät an die Arbeit, vor dem bereits Dutzende zusammengerollter Seiten den Boden bedeckten.

Aber wo war Erasmus? Diana sah zum Schreibtisch, auf dem offenbar mehrere Bücherstapel kollabiert waren. Sie kniff die müden Augen noch etwas hartnäckiger zusammen, blieb vor dem abgestoßenen Eichentisch stehen und entfernte Buch um Buch, bis sie auf zottelige Haare stieß.

»Erasmus«, flüsterte sie und drückte ihm einen Kuß auf den Hinterkopf. Die Zotteln gerieten fast unmerklich in Bewegung.

Diana flüsterte »Aufwachen«, und strich sanft über das haarige Etwas, das sich wie eine charakterlose Hauskatze in ihre Hand schmiegte. Erasmus rutschte in einen Halbschlaf, genoß das Streicheln, hob schließlich den Kopf und blinzelte Diana aus verschlafenen Augen an.

»Guten Morgen«, brummte er müde, aber sehr freundlich.

»Guten Morgen«, flüsterte Diana. »Wie wär's mit Frühstück?«

»Ich muß eingeschlafen sein.«

»Ja, mußt du wohl. Ist ja auch kein Wunder. Möchtest du frühstücken?«

Erasmus nickte und tastete suchend nach seiner Brille. »Gern. Hast du gut geschlafen?«

»Es geht so. Ich kann nicht richtig gut schlafen, wenn du nicht oben bist.«

»Verzeihung ... ich kann mich erinnern, daß ich eigentlich ... raufkommen wollte, aber dann muß ich wohl eingenickt sein ... Es ging immer weiter«, sagte er und deutete vage auf den Bildschirm, »und ich konnte nicht aufhören.«

»Und? Weißt du schon, was dahinterstecken könnte?«

»Nein, keine Ahnung ... oder genaugenommen doch, aber keine Erklärung, weil meine Ahnung eben nur eine Ahnung ist und nichts, was ich irgendwie beweisen oder wenigstens fadenscheinig belegen könnte... wenn du weißt, was ich... wo ist denn meine Brille?«

Diana entdeckte das Metallgestell unter einer zusammengerollten Fax-Seite und reichte es ihm. Erasmus setzte es auf und sah sofort zum Verlieben aus.

»Na schön«, sagte Diana etwas lauter und richtete sich auf. »Laß uns erst mal das Frühstück auf den Tisch stellen... in der Küche, hier sind ja alle Tische besetzt. Und dann erzählst du mir, was ich verpaßt habe und was für eine... Theorie du hast. Holst du die Brötchen?«

Erasmus' Gehirn lief noch immer nicht auf vollen Touren. Er sah Diana unverwandt an und fragte sich, weshalb sie eigentlich nicht verheiratet war. Weshalb kein Mann in den Genuß kam, Tisch und Bett mit dieser liebreizenden Morgenfee zu teilen, die sogar verschlafen hinreißend aussah und zudem auch noch intelligent, warm und nachsichtig war. Er tastete sich gerade an die Frage heran, weshalb *er* sie eigentlich nicht bat, seine Frau zu werden, als sie ihn – natürlich unbeabsichtigt – aus dem Grübeln riß.

»Erasmus?«

»Was? Ja!«

»Holst du die Brötchen?«

»Ja. Oh, ja. Klar.«

»Fein.«

Diana nickte zufrieden, verpaßte ihm noch einen zarten Kuß, diesmal auf die Wange, und klatschte barfüßig an den Bücherbergen vorbei in die Küche. Für die Kaffee-Zubereitung war sie zuständig, und zwar schon seit langem. Sie hatte zweimal versucht, Erasmus' Kaffee zu trinken. Beim ersten Mal hatte er das Pulver vergessen und beim zweiten Mal das Wasser.

Zwanzig Minuten später saßen die beiden zwischen lauwarmen Brötchen, dampfendem Kaffee und einigen vorwitzigen

Sonnenstrahlen am aufgeräumten Küchentisch. Erasmus lobte den Kaffee überschwenglich, bevor er Dianas bohrende Fragen nach den Vorfällen der Nacht beantwortete.

»Also«, sagte er und zersäbelte ein Brötchen, »wie es aussieht, wird es immer schlimmer. Ich habe mir gestern bis kurz vor dem Einschlafen die Dings ... angesehen, diese Papiere, die das Gerät ausspuckt, dieses ...«

»Telefax«, sagte Diana und pustete sich eine Haarsträhne von der Nasenspitze.

»Genau. Telefax. Das Papier ist übrigens fast alle. Aus diesen ... Faxen geht ganz eindeutig hervor, daß sich die Situation gravierend verändert hat.«

»Inwiefern?« Diana biß ab und kaute interessiert.

»Na ja. Zuerst waren es größtenteils Meldungen über irgendwelche Vermißten, und zwar ziemlich detaillierte. Meldungen, meine ich. Das gemeinsame Merkmal waren die Blitze. Und der Donner ...«

»Atmosphärische Störungen?«

»Glaube ich nicht. Es wäre zwar möglich, daß Menschen in Magnetfeldern verschwinden ... gibt ja genügend Leute, die das für die Erklärung dieser Bermuda-Geschichten halten, aber mich überzeugt das nicht. Kein bißchen. Weshalb ...« Erasmus unterbrach sich und mampfte. »Weshalb sollten diese Felder urplötzlich massenhaft Menschen verschlukken? Und weshalb treten sie nicht mehr nur lokal begrenzt auf, also nicht nur an bestimmten Stellen, sondern überall auf der Welt? Nein.« Er schüttelte den Kopf. »Mal ganz davon abgesehen, daß damit noch nicht erklärt wäre, weshalb all diese anderen Leute auftauchen. Absolut nicht ...«

»Wieso? Wer ist denn aufgetaucht?«

»Äh ... Wikinger. Zum Beispiel.«

»Wikinger.«

»Ja. Diese Terroristen, die die Allianz-Versicherung besetzt hatten und offenbar etliche Millionen aus dem Fenster geschmissen haben... sinnbildlich... sind allem Anschein nach Wikinger. Das Gebäude ist um zwei Uhr morgens geräumt worden, und man hat die Besetzer festgenommen. Der Anführer nennt sich laut BKA Olaf der Starke.«

»Ziemlich originell. Möchtest du noch Kaffee?«

»Gern.« Während Diana die Tassen auffüllte, sprach Erasmus weiter. »Aber das ist noch lange nicht alles. Zum Beispiel sind in der Innenstadt von München Reiter aufgetaucht. Mongolen. Und du weißt ja, wie die Mongolen mit Leuten umspringen, die ihnen nicht gefallen.«

»O Gott.«

»Ja.« Erasmus nickte ernst. »Verständlicherweise waren die Schwabinger nicht ganz nach dem Geschmack der Mongolen. Genausowenig wie die Mongolen nach dem Geschmack der Schwabinger... Insgesamt achtzehn Tote. Gräßliche Geschichte. Aber leider nicht die einzige.« Erasmus biß wieder ab und starrte konzentriert ins Leere. »Also: Es blitzt und donnert und stürmt, und plötzlich sind irgendwelche Menschen nicht mehr da. Wobei es sich interessanterweise vor allem um Politiker, Beamte, Makler und kaufmännische Angestellte handelt. Keine Kinder, kaum Arbeiter, kaum Künstler.«

»Willst du damit etwa sagen, daß diese Blitze nur diejenigen treffen, die sowieso völlig überflüssig sind?«

»Nein. So was würde ich nie sagen.« Erasmus schmunzelte über den Brötchenrand. »Du kommst aber auch auf Ideen, Diana. Lieber Himmel.«

»Tschuldigung.«

»Nein, nein, vielleicht hast du ja recht. Zumindest ist das ein sehr auffälliges Merkmal. Oder besser: war ein sehr auffälliges Merkmal, denn mittlerweile hat sich etwas getan, wie ich ja schon sagte.«

»Und zwar?«

»Na ja.« Erasmus kratzte sich unschlüssig an der Schläfe.

Jetzt kam der schwierigere Teil. Der, den er sich noch viel weniger erklären konnte als den ersten. »In den letzten Stunden sind auch Leute ohne Blitze und Donner verschwunden. Und natürlich auch aufgetaucht. Mit Äpfeln.«

Diana ließ den Brötchenrest fallen, versuchte ihn aufzufangen und beförderte ihn nach einigem Hin und Her mit einer eleganten Vorhand auf den Kühlschrank. Sie leckte sich ungläubig einige Marmeladenspritzer von den Fingern. »Mit was? Mit Äpfeln?«

»Mmmh.«

»Du nimmst mich auf den Arm.«

Erasmus schüttelte empört den Kopf. »Würde ich nie.«

»Mit Äpfeln. Aha. Gab es schon mal atmosphärische Störungen mit Äpfeln?«

»Nicht, daß ich wüßte. Nein. Es sind keine atmosphärischen Störungen. Und für einen verfrühten Aprilscherz sind die ganzen Wikinger und Ritter und Mongolen und Neandertaler entschieden zu authentisch. Ich habe natürlich nachgesehen, ob sich so was irgendwann schon mal ereignet hat, zumindest so was Ähnliches, aber ich habe nichts gefunden.«

»Moment.« Diana hob beide Hände und kramte kurz nach Worten. »Moment mal. Laß mich mal kurz rekapitulieren, damit ich den Faden nicht verliere. Ich brauche ein bißchen Ordnung in meinem Kopf, sonst kann ich gleich wieder ins Bett gehen ... Wir haben einen Haufen Verschwundene, und wir haben einen Haufen Aufgetauchte. Soweit richtig?«

»Richtig. Und zwar jeweils begleitet von Blitzen oder Äpfeln.«

»Und du hältst es für ziemlich ausgeschlossen, daß Menschen für diese Vorfälle verantwortlich sind.«

»Ziemlich, ja. Oder glaubst du an ... Dings. Doktor No?«

»Nein ... Na schön. Dann muß das Ganze also ein natürliches Phänomen sein.«

»Nicht von vornherein auszuschließen«, nickte Erasmus

zustimmend. »Nur müßte es irgendeinen Grund für dieses Phänomen geben, eine Ursache. Irgend etwas müßte es ausgelöst haben.«

»Eine Umweltkatastrophe.«

»Nie. Nie und nimmer. Davon hätten wir gehört. Die ganze Welt ist verkabelt und verdrahtet, jede Hütte im Busch hat Fernsehen und einen von diesen Anschlüssen für diese Dinger, diese ...«

»Fax-Geräte.«

»Genau. Wenn irgendwo etwas derart Gravierendes passiert wäre, wüßten wir es ...« Erasmus schwieg für einen Augenblick, bevor er einen neuen Faden aufnahm. »Es ist ziemlich interessant«, sagte er versonnen und blinzelte in die Märzsonne.

»Was ist interessant?«

»Ein guter Detektiv, ich meine, ein normaler Detektiv wie die mit den kleinen grauen Zellen in den Romanen, würde sich fragen, wem das Ganze nützt.«

»Und?«

»Du solltest sehen, was die Leute tun. Im Fernsehen. Sie gehen raus auf die Straßen und Plätze und beten. Schon erstaunlich, wie viele religiöse Menschen es plötzlich gibt ... oder gläubige, ich weiß nicht. Und wie viele Verrückte. Fanatiker, die alles durcheinanderbringen, von der Offenbarung Johannes' bis hin zu irgendwelchen Steuertricks ... Also, wenn du mich fragst, wem das Ganze nützt ... wenn ich mich frage ... es nützt denen, die schon immer an die unerklärlichen Dinge geglaubt haben. Und natürlich den Göttern.«

»Es gibt keine Götter«, hielt Diana sachlich fest.

»Natürlich gibt es Götter.«

»Die Götter sind Erfindungen der Menschen.«

»Na gut, aber es gibt etwas Unerklärliches.«

»Kann schon sein. Aber keine Götter.«

»Die große Stubenfliege.«

»Irgend so was. Von mir aus.«

Erasmus betrachtete das trotzige Gesicht unter den lockigen Haaren. Es war ein schönes Gesicht. Kein Gesicht wie die auf den Werbeprospekten. Ein Gesicht, das man sich auch wütend vorstellen konnte. Aber nicht zu wütend. Er liebte dieses Gesicht, auch wenn es gerade schmollte. Da er verstand, weshalb es schmollte, sagte er dem Gesicht nicht, daß er es liebte. Er fand seinen Faden wieder.

»Je länger man sich mit den Erkenntnissen der Menschheit beschäftigt«, murmelte er, »desto skeptischer wird man. Und aus dieser Skepsis, die sich auf Wissen und Erfahrung gründet, erwächst der Glaube an eine höhere Macht ... Ich meine ja bloß«, fuhr er etwas lauter fort, »daß es keinem Menschen direkt nützt. Höchstens indirekt, wenn man den Nutzen bedenkt, den der Glaube an das Unerklärliche besitzt. Und wenn es keinem Menschen nützt, hat es auch kein Mensch verursacht, weil wir nun mal grundsätzlich nur Dinge tun, die uns nützen. Ergo ist kein Mensch für diesen Irrsinn verantwortlich.«

»Dann eben die Natur.«

»Vielleicht. Das wäre die logische Konsequenz.«

»Aber dein Gefühl sagt dir, daß etwas anderes dahinterstecken muß.«

Erasmus nickte. »Sieh dir die Unterlagen an.«

»Ich möchte lieber glauben, daß es die Natur ist.« Diana trank einen großen Schluck Kaffee. Er schmeckte ihr nicht mehr.

4

Unter einem weißen Rauchschleier deuteten diverse meterlange Holzkohlefinger vorwurfsvoll in den ansonsten eher freundlichen Nachmittagshimmel über Nordwestbritannien. Verwirrte Vögel kreisten empört kreischend über dem, was noch vor wenigen Stunden ihre Heimat gewesen war, und bombardierten die weit unter ihnen versammelte Menschengruppe mit übelriechenden Geschossen.

Gawain wurde dünnflüssig auf den Helm getroffen und brummte »Äääähl«. Während er anschließend unter angewidertem Schnauben einen der letzten Büsche zerhackte, die das Feuer unbeschadet überstanden hatten, sah Gwydiot verzweifelt gen Himmel. Er stand zwischen den Männern des Königs und der sechsköpfigen Alptraumhorde, die den vorher grünen Wald von Camarogghyn mit Hilfe von Panzerfäusten in einen gigantischen Holzkohlegrill umfunktioniert hatte; sechs offenbar rettungslos imbezilen Kreaturen, die laubumrankte Schüsseln auf den Köpfen trugen, in laubfarbenen Gewändern steckten und sich zu allem Überfluß auch noch freiwillig *Schlamm* in die trotzigen Gesichter geschmiert hatten. Gawain ließ sein Schwert fluchend in den Busch sausen und keuchte: »Nimm das, Unkraut!«

Gwydiot seufzte.

»Wir sagen nichts«, behauptete der Anführer der Getarnten.

Der Magier winkte ab. Erstens war das völlig paradox, und zweitens wußte er, daß er sowieso nichts mehr hören wollte – schon das Gespräch mit den Buchhaltern und Werbefachleuten aus den siebziger Jahren des zwanzigsten Jahrhunderts war schlimmer gewesen als zwanzig Orakelversuche.

Gawain gab dem Busch den Rest, trampelte noch ein bißchen auf den wehrlosen Blättern herum und stampfte dann auf den Magier zu.

»Sollen wir sie töten?« fragte er hoffnungsvoll.

»Nein.« Gwydiot schüttelte den Kopf. »Sperrt sie ein.«

»Aber sie haben fünfzehn Männer getötet. Und den ganzen Wald verbrannt«, protestierte Gawain schwertfuchtelnd.

»Vielleicht brauchen wir sie noch, Ritter. Später.«

»Wozu denn?«

»Würdet Ihr die Güte besitzen, das Denken anderen zu überlassen, Gawain? Ginge das?«

»Wem denn?«

»Herr im Himmel«, ächzte Gwydiot.

»Ja«, nickte Gawain zufrieden. »In Ordnung. Ich dachte schon, Ihr dachtet an Euch...«

»Gawain«, mischte sich Artus ein. »Schluß jetzt.«

»Wir sagen nichts«, sagte der Anführer der Getarnten mutig.

»Ja. Das sagtet Ihr bereits«, erwiderte Gwydiot gelangweilt, und während Gawain die zusammengebundenen Soldaten mürrisch abführte, wandte sich der Magier an den König, der von seinem hohen Roß auf ihn herabsah. Gwydiot breitete resigniert die Arme aus.

»Herr, ich will aufrichtig sein. Mir ist bisher vollkommen schleierhaft, was all dies zu bedeuten hat. Ich werde die Bäume und Fische um Rat fragen und Euch anschließend mitteilen, was zu tun ist.«

»Auf deinen Schultern ruht große Verantwortung, Magier.«

»Das weiß ich, Sire.«

»Gut. Ich erwarte deine Antwort. Bald.«

Und mit einem letzten majestätischen Nicken zerrte der König am Zaumzeug seines Schimmels. Als er das Pferd endlich gewendet hatte und gerade an der Spitze seiner Gefolgschaft davonsprengen wollte, näherte sich von Westen ein Reiter. Artus zügelte das Pferd und kniff die Augen zusammen. Auch Gwydiot sah in die Richtung der schnell näherkommenden Staubwolke.

»Lancelot«, sagte der König.

Was sich wenige Sekunden später als völlig richtig erwies. Lancelot brachte sein Pferd atemlos zum Stehen, nachdem er an der Gruppe vorbeigeschossen war, wendete, und trabte auf den König zu.

»Artus!« keuchte er. »Artus ...!«

»Was gibt es, Lancelot?«

»Gwen... hwyfar. Die Königin ...«

»Was ist mit ihr?«

»Weg«, schnaufte Lancelot.

Der König beugte sich weit über den Hals seines Pferdes und ging dem Erschöpften mit beiden Händen an den Kragen. »Weg? Weg? Was hat das zu bedeuten? Sprich schon.«

»Na, weg«, erwiderte Lancelot erstickt. »Verschwunden. Nicht mehr da. In Luft aufgelöst. Futsch. Weg eben.«

»Wie ist das passiert?« fragte Gwydiot.

»Sie hat gesponnen«, keuchte Lancelot über Artus' Hände in Gwydiots Richtung. »In ihrer Kammer. Mit ihrer Zofe. Und plötzlich ... war sie weg.«

»Einfach so?«

»Ja... Nein. Dort, wo unsere Königin gesessen hatte, lagen zwei Dutzend bildschöne Äpfel, Magier...«

»Äpfel?« fragte Arthur.

»Äpfel?« fragte Gwydiot.

»Äpfel«, keuchte Lancelot. »Sire, ich bitte um Vergebung, aber wenn Ihr mich nicht bald loslaßt, ersticke ich, und wenn es Euch nichts ausmacht ...«

Artus ließ sich nicht zweimal bitten. Während Lancelot sich die Abdrücke vom Hals massierte und die rauchige Luft tief einatmete, wandte sich der König der Briten mit zornig zusammengewachsenen Augenbrauen an den Magier.

»Bald«, zischte er, »bald, Gwydiot«, und sprengte nach dieser Drohung davon, in Richtung Camelot. Seine Leute folgten, und Gwydiot stand plötzlich mutterseelenallein in der weiten Ebene vor dem niedergebrannten Wald von Camarogghyn – mal abgesehen davon, daß seine treue Stute

Shynddmaar wenige Schritte von ihm entfernt an verkohlten Grassoden zupfte.

Na toll, dachte der Magier, während er der kleiner werdenden Staubwolke nachsah. *Bald, Gwydiot.* Pfff. Warum war er nicht in seinem ruhigen Wäldchen geblieben? Warum hatte er sich keinen vernünftigen Beruf ausgesucht? Warum war er nicht Ritter oder wenigstens Torfstecher geworden? Weshalb hatte er Merlins Ruf folgen und Magier werden müssen? Jetzt steckte er bis zu den Ohren im Schlamm, beziehungsweise Schlammassel, und hatte keinen blassen Schimmer, wie er wieder herauskommen sollte.

Blitze. Und Äpfel. Zwei Dutzend Äpfel für Gwenhwyfar. Eigentlich kein schlechter Tausch für die verzogene Kuh. Wenigstens bändelten Äpfel nicht mit irgendwelchen milchgesichtigen Rittern an und sorgten so für böses Blut am Hofe.

Gwydiot schüttelte den Kopf, verschränkte die Hände im Rücken und schlenderte verdrossen zu seinem Pferd. *Plagt dich Sehnsucht nach der ew'gen Finsternis, so suche die Afallenau.* Er kletterte in den Sattel. Das hatte zwar irgendwie mit Äpfeln zu tun, ergab jedoch keinen Sinn. Wozu sollte er die Afallenau suchen? Es konnte nur im übertragenen Sinne gemeint sein, konnte nur bedeuten, daß er jenen Gegenstand suchen mußte, der die Äpfel hervorbrachte. Jene Äpfel, die an Gwenhwyfars Stelle an der Spindel gesessen hatten. Und es bedeutete außerdem, daß diese Suche nicht ganz ungefährlich sein würde. Avalon, dachte Gwydiot. Die Apfelinsel.

Er drückte Shynddmaar die Hacken in die Flanken, und die kleine braune Stute setzte sich in Bewegung.

»Zu den Herrinnen vom See … aber nicht so schnell«, raunte Gwydiot dem Pferd ins Ohr. »Das ist meine letzte saubere Kutte.«

Shynddmaar legte einen Zahn zu.

Auf einer kleinen Lichtung nahe Avalon, der von ewigen Nebeln umhangenen Paradiesinsel, steht ein riesiger, ungewöhnlicher Stein. Und zwar an einer Stelle, an der man eigentlich keinen Stein erwartet, nicht nur, weil außer diesem kein weiteres Exemplar in der Nähe herumsteht oder -liegt. Es ist einfach nicht der richtige Ort für einen Stein, auch nicht für einen ungewöhnlichen. Eher für eine kleine Bank, auf der man nachmittags allein oder gemeinsam schweigend in der Sonne sitzt und das Wandern und Wogen der Blätterschatten auf dem Waldboden beobachtet.

Was also macht der Stein da?

Nichts. Was sollte er? Ein Stein kann nicht fröhlich durch die Gegend hopsen, nicht mal ein so ungewöhnlicher Stein wie dieser.

Knappe anderthalb Meter über dem Boden ragt ein steinernes Blasrohr aus der rechten Seite des Brockens, ein Rohr, durch das man in ihn hineinrufen kann. Das ist an sich natürlich noch nichts Besonderes. Aber daß Merlin für alle Ewigkeit in diesem Fels gefangen ist und als unsterblicher Steinbewohner Fragen beantworten kann, würde die abgelegene Lichtung in anderen Zeitaltern zu einem touristischen Wallfahrtsort erhoben haben. Gottlob befinden wir uns in einer Epoche, in der die Leute noch andere Sorgen haben als die, möglichst schnell irgendwelche weit entfernten Steine oder Schlösser anzuglotzen und zu fotografieren, statt sich zum Beispiel um ihre hustenden Nachbarn zu kümmern.

Verantwortlich für die verhinderte Touristenattraktion ist Niniane, eine der gutaussehenden *Ladies of the Lake,* der Herrinnen von Avalon – die übrigens durch die Bank ziemlich launische Zauberinnen sind und nicht mal davor zurückschrecken, Ritter zu ersäufen, sich in die Tagespolitik einzumischen oder eben alte Magier in große Steine zu verwandeln.

Shynddmaar sprengte auf die kleine Lichtung, entdeckte

ein Büschel leckere Waldgewächse und bremste scharf ab. Mit einem überraschten Aufschrei segelte Gwydiot in hohem Bogen über den gesenkten Kopf des Pferdes, rutschte wenig elegant durch das taufeuchte Gras und mußte all seine Fingernägel und Fußspitzen einsetzen, um nicht stirnlings gegen den zackigen Fels zu donnern. Er spuckte einige Grashüpfer und -halme aus und warf Shynddmaar einen langen, tadelnden Blick zu, bevor er sich erhob. Nachdem er seine grüngestreifte Vorderseite einige Sekunden lang verzweifelt betrachtet hatte, ging er zurück zu seinem unschuldig grasenden Begleiter, nahm das Orakelbuch aus der Satteltasche und ließ sich dann vor dem Stein nieder.

Er kniff die Augen zusammen und spähte in die Baumwipfel. Weit oben lärmte ein Buntspecht Löcher in den Stamm. Gwydiot beobachtete ihn. Kurz-lang-kurz-kurz-kurz-lang-kurz-sehr lang-sehr kurz. Er schlug das Buch auf, suchte das Kapitel über das »Klopfen der Spechte« heraus und entschlüsselte das Hämmern. *»Der Ort, an dem die Riesen tanzten, ward Ende und Anfang zugleich. Der weise Mann richtet seine Schritte, wohin sein Herz befiehlt.«*

Aha.

Erneut sah Gwydiot unschlüssig nach oben. Diesmal entdeckte er einen Kuckuck. Er schlug das Kapitel »Torkeln des Kuckucks« auf und beobachtete den Vogel. Der Kuckuck stand reglos auf einem hochgelegenen Ast, hob nach einiger Zeit das rechte Bein, stürzte wie ein Stein in die Tiefe und bohrte sich kopfüber in den Waldboden. Gwydiot stutzte und runzelte die Stirn. Seit wann stürzten denn Kuckucke einfach von Ästen und blieben im Boden stecken? Er blätterte das Kapitel durch und fand erst am Ende, was er gesucht hatte, nämlich: *»Erstens: Der Wege zum Ziel sind viele, und doch wird ein Begleiter vonnöten sein. Zweitens: Blasen Winde durch die Zeiten wie durch die Häuser blinder Baumeister, wird Finsternis kommen über die Welt. Drittens:*

Mancher Kuckuck lernt das Fliegen nie. Viertens: Ist dunkel alles um dich, so befrage den Stein des Weisen.«

Nachdenklich klappte Gwydiot das Buch zu. Tanzende Riesen? Begleiter? Blinde Baumeister? Er stand auf und klemmte sich das Orakelbuch unter den Arm. Merlin hatte das Ding verfaßt, also sollte Merlin gefälligst auch erklären, was es mit all dem krausen Gestammel auf sich hatte. Das einzige Problem bestand nun darin, daß man zwar in den Stein hineinsprechen konnte, aber Merlin erstens nicht immer Lust hatte zu antworten, und zweitens, wenn er zufällig gerade Lust hatte, nur gegen die Innenseite klopfen konnte, um sich verständlich zu machen.

Es war also nicht ganz leicht, mit dem Stein zu sprechen.

Gwydiot näherte sich dem Blasrohr bis auf wenige Zentimeter und räusperte sich. »Merlin?«

Nichts.

»Äh«, sagte er etwas lauter, »Merlin, ich bin's, Gwydiot. Hört Ihr mich?«

Ein zaghaftes Klopfen.

»Fein«, sagte Gwydiot erleichtert. »Wir... wir haben ein klitzekleines Problem, Meister, und ich müßte Euch einige Fragen stellen...«

Stille. Gwydiot konnte förmlich sehen, wie Merlin die Augen verdrehte. Er suchte kurz nach den richtigen Worten. »Also, folgendes... Im Königreich irren seit kurzem sehr seltsame Vögel herum, wenn Ihr wißt, was ich meine...«

Zweifaches Klopfen.

»Nicht. Aha... Menschen, die, jedenfalls ihren Worten nach zu urteilen, nicht aus unserer Zeit stammen, tauchen allerorten auf, und Menschen, die sehr wohl aus unserer Zeit stammen, verschwinden plötzlich, als habe der Erdboden sie verschluckt. Und der König hat keine Königin mehr, aber dafür zwei Dutzend Äpfel... Ich... ich habe natürlich die Fische und die Spechte und die Kuckucke beobachtet, aber... ich verstehe es nicht.«

Stille. Was sollte Merlin auch antworten?

»Also«, fuhr Gwydiot fort, »zuerst habe ich einen Hinweis auf dicke Männer erhalten, die angeblich in ferner Zukunft auf Erden wandeln und die Bedürftigen berauben werden, anschließend einen Hinweis auf die Afallenau... von einem ziemlich aggressiven Schwan. Und dann... äh... soll ich meine Schritte nach dem Herzen richten, weil man einen Begleiter braucht, um den Weg zu finden, wenn Winde durch die Zeit blasen wie durch die Häuser blinder Baumeister... Genau. Wißt Ihr zufällig, was damit gemeint sein könnte, ehrwürdiger Merlin?«

Klopfen.

»Ihr *wißt* es?«

Klopfen. Gwydiot konnte sein Glück nicht fassen.

»Und was?« fragte er enthusiastisch.

Er beendete die auf seine Frage folgende Stille schließlich, indem er sich verzweifelt mit der Rechten ins Gesicht patschte. Auf »Und was?« konnte man natürlich nicht mit »Ja« oder »Nein« antworten. Das heißt, man konnte schon, nur war es eben nicht besonders sinnvoll oder hilfreich. Gwydiot überlegte angestrengt, bevor er erneut in das steinerne Rohr sprach.

»Hat es möglicherweise etwas mit den Sachsen zu tun?«

Zweifaches Klopfen.

»Nicht. Gut. Sind... die Apfelbäume, ich meine, ist mit den Apfelbäumen Avalon gemeint?«

Einfaches, zaghaftes Klopfen.

»Vielleicht?«

Klopfen.

»Und mit dem Stein des Weisen seid Ihr gemeint. Richtig?«

Energisches Klopfen.

»Wißt Ihr, was das Orakel mit dem ›Begleiter‹ meint?«
Zweifaches Klopfen.
»Verstehe. Schade. Und die Riesen?«
Klopfen. Gwydiot legte die Stirn in tiefe Falten und grub in seinen Erinnerungen. Irgend etwas in der hintersten Ecke seines Gehirns versuchte zu schreien. Gwydiot konnte den Gedanken sehen, aber nicht hören. Das Ding strampelte und wand sich, war jedoch leider gründlich geknebelt und gefesselt. Die Riesen. Der Tanz der Riesen. Ein Festsaal? Ein Saal, der so hoch war, daß sich kein Riese an den Deckenbalken eine Beule stoßen konnte? *Der Ort, an dem die Riesen tanzten, ward Anfang und Ende zugleich.*
»Der Ort, an dem die Riesen tanzten ...« murmelte er, mehr zu sich selbst. Ein energisches Klopfen rüttelte ihn auf.
»Ja«, sagte er ungeduldig. »Ich überlege ja, Meister ... Ist es ein Ort in Britannien?«
Erleichtertes Klopfen.
»Ein Saal?«
Rabiates, zweifaches Klopfen.
»Nördlich von hier?«
Zweifaches Klopfen.
»Südlich?«
Zweifaches Klopfen.
»Östlich?«
Klopfen.
»Östlich, aha ...« Und blitzartig entfesselte und entknebelte sich der Gedanke in Gwydiots Kopf und legte dem Magier die richtigen Worte auf die Zunge. »Der Steinkreis!« rief er. »Die Steine, die von Kliomar in die Ebene von Salisbury transportiert wurden! Vom Ort, an dem die Riesen tanzten! Natürlich! Was bin ich doch für ein Schwachkopf!«
Gwydiot überhörte das zustimmende, einfache Klopfen, das seinen Temperamentsausbruch an dieser Stelle begleitete. »Das Grab von Uther Pendragon!« fuhr er begeistert

fort: »Anfang und Ende … Richtig. Richtig.« Er wanderte aufgeregt vor dem Stein hin und her, während er weitermurmelte. »Vom Altar aus gesehen, geht die Sonne am Tag der Sommersonnenwende genau über dem Fersenstein auf. Das ist der Anfang. Und … und … gegenüber steht das Tor zur Unterwelt, in dem die Sonne zur Wintersonnenwende untergeht. Das ist das Ende.« Er sprach wieder in das Rohr. »Richtig, Meister?«

Stolzes Klopfen.

»Soll ich dorthin gehen?«

Klopfen.

»Gut …« Gwydiot rieb sich zufrieden die Hände. Dann überlegte er und wandte sich wieder an den Stein. »Aber … Moment mal. Das Orakel sagt, ich solle nur dorthin gehen, wenn ich Sehnsucht nach der Finsternis habe. Bedeutet das etwa, ich werde sterben, Merlin?«

Sekundenlang zerdröhnte das Zwitschern der Vögel die Stille. Dann hörte Gwydiot es klopfen. Einmal.

Zweimal.

Dreimal.

»Jein?« erwiderte er empört. »Was heißt ›Jein‹? Ich dachte, Ihr wärt im Besitz allen Wissens und aller Weisheit. Wer soll mir das denn sagen, wenn nicht Ihr, Herr im Himmel?«

Klopfen.

Verdutzt trat der Magier einige Schritte zurück und glotzte den Stein an. »Wie bitte?«

Stille.

»Was sollte das heißen, ›Ja‹?«

Stille.

»Antworte!«

Der Stein schwieg. Gwydiot, schon ziemlich zermürbt von der unschönen Aussicht, auf dem Weg zu den Steinen der Riesen möglicherweise das Zeitliche segnen zu müssen, trat mit dem Fuß gegen den tumben Fels und hüpfte anschließend fluchend über die Lichtung. Er kehrte zornig zurück und blieb einige Meter vor dem Stein stehen. Er schaffte es sogar, den Fuß wieder leicht auf den Boden zu setzen, ohne das Gesicht zu verziehen.

»Merlin! Würdest du bitte weiter mit mir sprechen?«

Beleidigte Stille.

»Gut!« motzte Gwydiot. »Fein! Großartig! Dann... wenn das so ist, werde ich... dem König berichten, daß du nicht mit uns zusammenarbeiten willst, du alter Dickschädel!... Soll ich das machen, ja?!«

Stille.

»Na schön, wie du willst!« Übelste Verwünschungen murmelnd, stampfte der Magier mit besonders weiten Schritten zu seinem Pferd zurück und verstaute das Buch energisch in der Satteltasche. Er wandte sich nach dem Stein um, als könne der ihn sehen. »Wie du willst!« rief er noch einmal drohend, warf sich schwungvoll auf Shynddmaars Rükken, fiel auf der anderen Seite in eine Farngruppe, schwang sich noch einmal hinauf und riß den Kopf des grasenden Pferdes dann theatralisch nach oben.

»Du enttäuschst mich, Merlin!« schrie er verletzt, wendete das Pferd und galoppierte davon. In seinen Augen standen Tränen. Tränen der Wut, Tränen der Trauer und Tränen der Verzweiflung. Weshalb hatte Merlin ihn im Stich gelassen? Weshalb mußte er, ein unbedeutender, kleiner, absolut nicht ehrgeiziger Magier, ganz allein mit diesem Problem fertig werden und in irgendeine Finsternis reiten, nach der er keine Sehnsucht hatte?

Gwydiot fühlte sich von aller Welt verlassen.

Der Stein stand unbewegt im Licht der Nachmittagssonne und schwieg. Natürlich hatte Merlin nichts, aber auch gar nichts von dem Ausbruch seines besten Schülers mitbekommen. Das letzte, was er gehört hatte, war die Frage gewesen, wer Gwydiot denn eine Antwort geben solle: Herr im Himmel? Und darauf hatte Merlins Antwort korrekterweise »Ja« gelautet. Was anschließend geschehen war, konnte er nicht einmal ahnen, denn Gwydiot hatte bei seinem Wutausbruch natürlich völlig vergessen, weshalb das kleine Blasrohr in der Steinseite steckte, und von der Mitte der Lichtung aus herumkrakeelt.

Merlin glaubte wirklich felsenfest, sein Schüler habe ihn verstanden.

5

»Und was jetzt?« fragte Apollon mit einem sorgenvollen Blick auf die kleine, bunte Beule, die Athenes Stirn zierte. »Was willst du jetzt unternehmen?«

»Das hätte er nicht tun dürfen«, zischte Athene in die reglose Parkluft und ballte die Hände zu gefährlichen Fäusten. »Ich habe ihn gefragt. Und zwar *nett.* Das ist ja wohl kein Grund, mir einen Eisenbecher an den Kopf zu werfen.«

»Du weißt doch, wie er ist, wenn er was getrunken hat.«

»Natürlich. Jeder weiß, wie er dann ist. Und keiner weiß, wie er ist, wenn er nichts getrunken hat.« Sie tippte sich mit den Fingerspitzen auf die Beule und verzog das Gesicht. »Das wird ihm noch leid tun, Apollon ...«

»Na schön«, seufzte ihr Bruder und breitete die Arme aus. »Was tun wir?«

»Ich habe nachgedacht. Wenn wir den alten Säufer nicht mit Argumenten überzeugen können, müssen wir eben zu anderen Mitteln greifen. Da du zu Recht einwendest, bewußtlos könne Zeus seinen Befehl schlecht rückgängig machen, bleibt uns jetzt nur noch eine Möglichkeit ...«

»Und zwar?«

Athene sah ihrem Götterbruder sekundenlang sehr ernst in die Augen. Dann sagte sie: »Wir müssen gegen das Gesetz verstoßen.«

»Welches Gesetz?« fragte Apollon arglos.

»*Das* Gesetz.«

Der Gott der seriösen Literatur wurde schlagartig kalkweiß. »Nein«, brachte er kopfschüttelnd heraus, »nein, ausgeschlossen, Athene. Bei aller Liebe, Schwester, nichts zu machen ... Damit lieferst du uns alle auf Gedeih und Verderb sterblicher Macht aus.« Er ließ ein weiteres, äußerst energisches Kopfschütteln folgen.

»Apollon, wir haben keine andere Wahl.«

»Trotzdem. Dann müssen wir uns eben fügen ... Das können wir nicht, kommt nicht in Frage.« Erneut schüttelte er trotzig den Kopf. Das konnte nicht der richtige Weg sein. Unmöglich. *Das* Gesetz, ungeschriebener Bestandteil der in einigen Fällen recht zahlreichen Köpfe sämtlicher Götter, besagte nämlich schlicht und ergreifend, daß es schnöden Sterblichen keinesfalls erlaubt werden dürfe, den Sitz der Götter aufzusuchen. Und wie die meisten ungeschriebenen Gesetze war auch dieses äußerst sinnvoll, weil seine Verletzung den Verlust aller göttlichen Macht zur Folge haben mußte. Was ist schon ein Gott, wenn er einem Menschen von Angesicht zu Angesicht gegenübersteht? In seiner eigenen Behausung? Apollon erinnerte sich schaudernd an Herakles, den ungeschlachten, rohen Krieger, den man den Göttern hatte gleichstellen müssen, nachdem er seine bescheuerten Prüfungen bestanden hatte. Und das wollte Athene noch einmal riskieren? Sich in die Hände eines dieser Würmer begeben, alle Macht über ihn verlieren, indem sie ihn nach Olympos führte?

»Nein, Schwester«, sagte er sehr bestimmt und erhob sich. »Wir werden uns schon etwas Besseres einfallen lassen müssen.«

»Ach ja?« Die Arme vor der Brust verschränkt, lehnte sich Athene gegen den Platanenstamm. Sie setzte ein übertrieben neugieriges Gesicht auf. »Fein. Ich höre.«

»Tja ...«

»Und zwar bitte möglichst bald, Apollon«, flötete die Göttin honigsüß. »Wie dir nicht entgangen sein dürfte, haben sich Zeus' Blitze inzwischen restlos selbständig gemacht. Mag ja sein, daß die Idee anfangs – wenn auch zufällig – relativ gut war, aber mittlerweile haben wir es mit einer echten, richtigen, wahrhaftigen, verheerenden Katastrophe zu tun. Also ...?«

»Ja, ja, ich überlege ja. Aber schmink dir gefälligst diesen blöden, ironischen Unterton ab ...«

»Verzeihung.«

Während Apollon nachdenklich auf und ab wanderte, landete Hugin behutsam im Wipfel der Platane. Athene bemerkte das sanfte Rascheln der Blätter und sah nach oben, entdeckte jedoch nichts. Apollon unterbrach seine Wanderung, senkte den Kopf und sandte ein lautes, resigniertes Seufzen in die warme, unbewegte Luft. Er wandte sich an seine Schwester, die ihn mit gekonnt gespielter Neugier anlächelte.

»Und wie?« fragte Apollon matt.

»Das ist der richtige Ton«, erwiderte Athene, erhob sich und kam auf ihn zu. »So gefällst du mir, Bruder.«

»Frag nicht, ob ich mir selbst gefalle ...«

»Also, paß auf ... erstens werde ich versuchen, Tyche anderweitig zu beschäftigen ... Dann sind wir wenigstens vor olympischen Schicksalsschlägen sicher.«

Im Quellfluß zu ihren Füßen blubberte es kurz, aber weder Athene noch Apollon schenkten dem trüben Wasser Beachtung. Hugin spähte von seinem Platanensitz aus in den Fluß und bemerkte ein schwaches Glitzern.

»Zweitens«, fuhr Athene fort, »werde ich Hades aufsuchen und ihm klarmachen, daß er und seine Unterwelt-Kollegen unmöglich mit dem Ansturm von Toten fertigwerden können, der auf sie zukommt, wenn Zeus nicht umgehend aufhört.«

»Gut«, nickte Apollon.

»Drittens ... Hera. Ich werde mit Hera sprechen. Wir müssen Zeus von allen möglichen Seiten bekämpfen und unter Druck setzen, damit er den Überblick verliert. Vor allem aber müssen wir ihn von unserem Vorhaben ablenken. Wenn er bemerkt, was wir im Schilde führen, wird er die von uns auserwählten Sterblichen am Näherkommen hindern.«

»Klingt logisch. Und was sollen Artemis und ich tun?«

»Ihr sprecht mit all jenen, die sich aus der Abstimmung herausgehalten haben. Und – möglichst behutsam – mit denen, die auf Zeus' Seite stehen. Macht ihnen klar, daß wir im Begriff sind, unsere Existenzgrundlage zu verlieren ... Nur hütet euch vor Ares und Poseidon. Die beiden anzusprechen ist ebenso gefährlich wie hoffnungslos ...«

»Man weiß ja nie ...«

»Doch.« Athene nickte entschieden. »In diesem Fall schon. Die beiden sind nicht mal helle genug, um auf eine plumpe List hereinzufallen. Da könntest du ebensogut versuchen, einen Fluß zum Wechseln der Richtung zu bewegen. Aber ... Hephaistos sollte sich auf unsere Seite schlagen. Oder zumindest weiter aus allem heraushalten. Aphrodite ist unwichtig ...«

»Entschuldige«, unterbrach Apollon seine Schwester. »Aber da habe ich so meine Zweifel. Wenn sie und Eros losziehen und deinem auserwählten Sterblichen einen Pfeil verpassen, interessiert der sich garantiert nicht mehr für die Lösung irgendwelcher Probleme. Du weißt doch, was sie dann tun. Sie schlagen sich mit irgendwem ins nächste Gebüsch und vergessen die Welt um sich herum ...«

Wieder nickte die taktisch bewanderte Göttin der Weisheit.

»Ja, du hast recht. Also sollten wir versuchen, auch Aphrodite und Eros für uns zu gewinnen.« Sie dachte kurz nach. »Doch, das ist gar nicht schlecht. Vielleicht können wir so auch Ares ablenken.«

»Stimmt. Der ist immer ganz scharf auf Aphrodite.«

»Eben ...«

Hugins linkes Bein war kurz vor dem Einschlafen. Der Rabe schüttelte es, geriet dabei aus dem Gleichgewicht und flatterte mit kurzen Flügelschlägen auf einen tiefergelegenen Ast. Die Köpfe der Verschwörer flogen herum.

»Das ist doch ...« sagte Athene fassungslos und stürzte zum Fuß des Baumes, wo noch immer Artemis' Bogen und Pfeilköcher lagen.

»Der Rabe des Asen«, hängte Apollon verdutzt an.

Hugin dachte »Oh, oh« und breitete ohne langes Zögern die Flügel aus. Er stürzte sich todesmutig von der Platane und flüchtete, Millimeter über der Grasnarbe dahinschießend, vom Grundstück der Griechen. Ein gut gezielter Pfeil verfehlte seinen Scheitel nur um Deckfederbreite und prallte von einem aus dem Gras ragenden Stein ab. Hugin schlug einige gewagte Lufthaken, riß den Schnabel unmittelbar vor einem Erdhügel in die Höhe, überschlug sich fast und stürzte dann, unter seinem schwarzen Gefieder kreidebleich, hinunter in die Senke. Er hatte seinen Job noch nie so sehr gehaßt wie in diesem Moment.

Athene schleuderte den Bogen zornig zu Boden und fluchte nach Leibeskräften. Das hatte noch gefehlt. Jetzt würden also auch die widerwärtig primitiven Götter von gegenüber wissen, was sie plante. Die bescheuerten Metsäufer. Die unzurechnungsfähigen Zopfträger. Die Apfelfresser. Jetzt? Erst jetzt? Sie wandte sich mit offenem Mund an Apollon.

»Die Äpfel!« sagte sie.

Apollon starrte sie an wie eine Schwachsinnige.

»Welche Äpfel?«

»Die Äpfel! Meine Güte! Jetzt wird mir alles klar. Ich muß blind gewesen sein!« Athene schlug sich mit der flachen Hand vor die Beule und schrie kurz auf. Apollon runzelte irritiert die Stirn und sah sich nach einem geeigneten Fluchtweg um.

»Verstehst du nicht?« fragte Athene, und wartete Apollons Kopfschütteln gar nicht mehr ab. »Ich dachte, diese Äpfel, die seit kurzem in den Zeitlöchern auftauchen, wären Nebenprodukte der Blitzeinschläge, das Resultat von Energieüberschüssen oder so was ... Aber das sind sie nicht.«

»Sondern?«

»Na, die Asen. Die Asen mischen mit, Apollon. Äpfel. Äpfel und Met. Verstehst du nicht?«

»Ziemlich weit hergeholt, wenn du mich fragst.«

»Ich bitte dich. Wer sonst sollte sich etwas so Phantasieloses einfallen lassen wie *Äpfel?* Mmmh? Sag doch selbst. Das *kann* nur diesen tumben Barbaren eingefallen sein. Die sind doch keinen Deut intelligenter als ihre Helme ...« Wieder überlegte sie, und wieder sah Apollon sie skeptisch an.

»Hast du die Sterblichen schon ausgewählt, die ... äh ... hierher ...«

Athene nickte und sah sich mißtrauisch um. »Ja«, sagte sie. »Eine Zufallsauswahl. Ein Wurm ist so gut wie der andere, da macht es keinen Unterschied ...« Sie unterbrach sich kurz. »Aber nicht hier, wo die Bäume Ohren haben. Komm mit ...« Sie hakte sich bei Apollon ein und zog ihn flüsternd mit sich.

Einige Sekunden verstrichen – sofern man an diesem Ort überhaupt vom Verstreichen von Zeit sprechen kann. Luftblasen torkelten an die Oberfläche des Quellflusses und zerplatzten. Zuerst waren es nur wenige, wie von einer

Kröte, dann immer mehr, wie von einem Rudel Kröten, und schließlich genug, um entweder auf eine von skrupellosen Gentechnikern zusammengeklonte Kröte oder einen Taucher hinzudeuten.

Die Spitzen von Poseidons Dreizack bohrten ein Loch in den Fluß, bevor der Gott des Meeres vorsichtig bis zur Bartkante auftauchte. Unter nassen Haaren spähten zwei zusammengekniffene Augen in den Park. *Weg*, dachte Poseidon, und entspannte sich merklich. Sie waren etwas zu früh gegangen, die Verräter, und das hatte er dem blöden Raben von nebenan zu verdanken, aber auch ohne die letzte fehlende Information hatte er mehr als genug gehört. Sterbliche. Hier, in Olympos. Das mußte er Zeus erzählen. Und zwar schnell. Bevor er all diese verwirrenden Dinge wieder vergaß.

Der Gott des Meeres wuchtete seinen massigen Körper aus dem Wasser und schlich tropfend davon. Schmutzige Wolken wehten durch die Fluten, und aus dem aufgewühlten Schlamm des Quellflusses wand sich ein riesiger, schleimglänzender Aal an die Wasseroberfläche, kroch ans Ufer, verwandelte sich dort in einen zornig dreinblickenden Adler und startete mit kraftvollen, eleganten Flügelschlägen gen Asgard. Der Rabe Hugin war nur noch als schwarzer Fleck in der fernen Luft über der Senke zu erkennen, und der Adler wußte, daß er sich ein bißchen ranhalten mußte.

Zeus hatte unterdessen eine kurze Unachtsamkeit seiner zornigen Gattin genutzt, um zu flüchten und Hermes ins Gewissen zu reden. Mit Erfolg.

»Ich weiß deine Unterstützung zu schätzen, Hermes«, sagte er und legte dem diebischen Götterboten beide Hände auf die Schultern. »Dir ist ja bekannt, daß Ares und Poseidon ... na ja ... sie sind nicht gerade begnadete Strategen.«

»Ich weiß, Vater.«

Hera stürmte vom Nebenzimmer aus herein, stützte die

Fäuste in die Hüften und schnaubte: »Zeus!« Poseidon schlappte im gleichen Moment vom Flur aus herein und schnaubte ebenfalls »Zeus!«, allerdings im Unterschied zu Hera nicht zornig, sondern feucht. Der Göttervater wand sich aus der Klemme, indem er seiner Frau ein barsches »Raus!« entgegenbrüllte und Poseidon mit einer Handbewegung zu sich winkte. Wutentbrannt knallte Hera die Tür zu. Poseidon blieb vor Zeus und Hermes stehen und tropfte den Boden voll.

»Bruder, Athene und Apollon haben etwas vor.«

»Und was?«

»Uns aufzuhalten.«

»Ja, Poseidon«, lachte Zeus, »das weiß ich. Ich habe der kleinen Kopfgeburt vorhin einen Becher an die Stirn geschmissen ... Laß sie nur machen.« Er winkte gelangweilt ab.

»Aber sie wollen uns dings ... saumontieren ... äh.«

»Sabotieren«, assistierte Hermes.

Poseidon verzog argwöhnisch das Gesicht. »Woher weißt du das, Hermes?«

»Ich wußte es nicht.«

»Ach? Hast du das vielleicht erraten, oder was?«

»Nein.« Hermes schüttelte geduldig den Kopf und fragte sich insgeheim, wie ein Gott allein so unwahrscheinlich beschränkt sein konnte. »Ich wollte dir nur die richtige Vokabel reichen, lieber Onkel.«

»Aha«, spuckte der Meergott.

»Und wie, Poseidon?« mischte sich Zeus ungeduldig ein. »Wie wollen sie uns sabotieren?«

»Äh ... mit dem Gesetz.«

»Mit dem Gesetz? Was soll das heißen, mit dem Gesetz?«

»Na, mit *dem* Gesetz. Sie wollen Sterbliche herführen.«

Sekundenlang hätte man sogar eine Feder fallen hören können. Dann platzte Zeus der Kragen.

»Nein! *Oooh* nein! So haben wir nicht gewettet. Dieses

verlogene, durchtriebene, linke Stück Fliegendreck!« Ein Blitz löste sich aus seinen Fäusten und pulverisierte eine der unschuldig vor dem Fenster herumstehenden Platanen. Hermes und Poseidon traten vorsichtshalber einige Schritte zurück. Der Göttervater verschränkte die Arme hinter dem Rücken und stampfte mit weiten Zornesschritten über den Marmor. Nach einigem Hin und Her blieb er stehen und starrte Poseidon an.

»Wen?« fragte er.

»Was, wen?« echote Poseidon verwirrt.

»Na, wen sie herholen will, verflucht noch mal. Die Namen, Poseidon, die Namen! Ich werde diese Krabbler in ihre Bestandteile auflösen, bevor ich mir mein Töchterchen vornehme... dieses kleine Miststück. Widerliche Dreckschnalle, bescheuerte.«

Poseidon trat verlegen von einem Fuß auf den anderen. Es platschte leise. »Weiß ich nicht«, murmelte er.

»Wie bitte?«

»Ich weiß es nicht.«

»Du *weißt* es nicht? Und warum nicht? Hattest du im entscheidenden Moment Wasser im Ohr, du blöder Schwamm?«

»He... he... hüte deine Zunge, Bruder«, sabberte Poseidon. »Natürlich habe ich hingehört. Nur war da dieser blöde Asenrabe, deshalb sind Athene und Apollon abgehauen, bevor sie sich über die Namen unterhalten konnten...«

»Der Asenrabe?« Zeus imitierte einen Karpfen.

»Ja. Dieses schwarze Vieh, du weißt schon... von Omin.«

»Odin«, korrigierte Hermes und klaute Poseidon unbemerkt den Dolch aus dem Gürtel. Zeus klappte den Mund zu und runzelte die Stirn. Die Asen? Auch noch? Das komplizierte die ganze Angelegenheit beträchtlich. Er wandte sich mit gebieterisch ausgestrecktem Zeigefinger an Hermes. Da er zur Abwechslung mal beinahe nüchtern war, wirkte die Geste sogar ausgesprochen majestätisch.

»Hermes, weiß jemand, daß du uns unterstützt?«

»Wie? Nein, bisher nicht...«

»Dann begib dich zu Athene und ihren sauberen Verbündeten. Biete ihnen deine Hilfe an. Und finde heraus, wie die Sterblichen heißen.«

»Ja, Vater.« Hermes setzte ein diabolisches Lächeln auf und machte sich unverzüglich auf den Weg. Zeus sah ihm nach und spürte, daß auch seine Mundwinkel unmerklich aufwärts zitterten. *Das* war *sein* Spiel. Das Einschleusen von Doppelagenten, das Vortäuschen, das Auftreten hinter Masken, das geschickte Hintergehen, das Lügen und Betrügen. Und Hermes war der mit Abstand qualifizierteste Unsterbliche für diesen Job. Es gab keinen arglistigeren Gott als den der Kaufleute. Mit einem breiten Grinsen wandte Zeus sich an seinen nassen Bruder.

»Jetzt, Poseidon«, sagte er drohend, »werden sie bereuen, daß sie sich mit uns angelegt haben.«

»Bestimmt.« Poseidon nickte eifrig, obwohl er nicht ganz begriffen hatte, weshalb sich Hermes auf die Seite der Verräter schlagen durfte, ohne dafür ein paar Dutzend wuchtige Faustschläge auf die Nase zu bekommen.

»Bitte Ares zu mir«, sagte Zeus. »Sobald Hermes die Namen in Erfahrung gebracht hat, wird es ihm und dir obliegen, den Sterblichen den Garaus zu machen.«

»Wie bitte?«

»Ihr dürft sie dann töten. Abmurksen. Durchbohren. Ersäufen, Poseidon.«

Die Augen des Meergottes begannen zu leuchten. Das hatte er verstanden. »Au ja«, sagte er und platschte zügig los, um seinen kriegerischen Neffen zu suchen. »Das wird Ares bestimmt Spaß machen... Einen Mordsspaß...«

Zeus sah ihm seufzend nach und beschloß, die heikle Aufgabe doch lieber Hermes allein zu überlassen.

Hera gab ihre Horchstellung an der Verbindungstür auf und eilte hinaus auf den Gang, um Athene und die anderen zu suchen. Sie hatte genug gehört. Mehr als genug.

Hugin hatte den Schnabel gestrichen voll. Er hockte beleidigt auf dem Tisch in Odins Kammer und ließ sich von Munin die zerfledderten Federn geradeziehen, während sein Herr und Meister ihn ungeduldig anstarrte und rhythmisch auf die Tischplatte trommelte. Hugin war beleidigt, weil der oberste Ase sich nicht die Bohne für die persönliche Leidensgeschichte seines geflügelten Kundschafters interessierte, sondern nur für das, was die Griechen planten. Kein Wort des Bedauerns war durch den grauen Bart gedrungen, nur blöde Fragen. Und jetzt schmollte der Rabe. Erst schoß man ihm einen Pfeil über den Scheitel, dann zertrümmerte er sich fast den Schädel an einem Maulwurfshügel, und schließlich wurde er aus heiterem Himmel von einem riesigen Adler attackiert. Nicht, daß er deswegen gleich eine Gefahrenzulage fordern wollte, aber ein bißchen Anteilnahme war ja wohl nicht zuviel verlangt.

»Kommt dieses Vieh angeschossen und zerrupft mir die ganzen Federn«, krähte er kläglich. »Gibt's ja gar nicht, ich bin doch kein junger Rabe mehr. Mir ist jetzt noch ganz schwindlig von den ganzen Loopings und Sturzflügen und Kreisereien ... Aua! Nicht so grob, Munin!«

»Zeihung«, murmelte sein Bruder und zupfte vorsichtiger.

»Was hab ich dem denn getan?« nuschelte Hugin mürrisch. »Fliegt man einfach so nichtsahnend und herzensgut durch die Gegend und kriegt plötzlich einen Schnabel in den Hintern gerammt, meine Herren ...«

»Wir haben es gehört, Hugin«, donnerte Odin gebieterisch und ließ seine flache Hand mit lautem Krachen auf den

Tisch fallen. »Und jetzt komm gefälligst zur Sache. Was haben sie vor?«

Wäre Hugin kein Götterrabe gewesen, hätte er fristlos gekündigt. Da er aber nun mal einer war, krähte er nach einer letzten, angemessen kurzen Schmollpause: »Sterbliche herzuholen.«

Odin stutzte kurz, zog die linke Augenbraue hoch und nickte dann bedächtig. Das war mal wieder typisch griechisch. »Und wer hat das vor?« fragte er.

»Äh ... diese Göttin der Weisheit und der Typ mit der Leier. Ach ja, und die Jagdgöttin, wenn ich die beiden richtig verstanden habe.«

»Aha. Das heißt, sie sabotieren Zeus. Griechen. Bah. Keinen Respekt vor Mutter und Vater«, murmelte Odin. »Und wen haben sie ausgewählt?«

Hugin schwieg.

»Wen, Rabe?«

»Weiß ich nicht.«

»Du ...?«

»Ja, woher denn, verflucht noch mal?« jammerte Hugin. »Sie haben mich entdeckt. Und ich wollte nicht als Bratkrähe enden, mit einem Spieß vom Schnabel bis zum ...«

»Ist ja gut«, raunte Munin und klopfte seinem Bruder beschwichtigend auf die zerzausten Rückenfedern.

Odin erhob sich kopfschüttelnd und stampfte grimmig zur Tür. Er öffnete sie, trat hinaus auf den Flur, brüllte steinerschütternd nach seinen Söhnen und Heimdall und begab sich dann hinunter in den Versammlungssaal. Dort angekommen, trat der oberste Ase nachdenklich ans Fenster und ließ seinen einäugigen Blick über die endlosen Nebel streifen. Griechen, dachte er. Nachtscheue Säufer ohne Moral. Im Gegensatz zu ihm und seinesgleichen mußten die Hellenen nicht befürchten, wegen ihrer verfluchten Lügen bestraft zu werden. Odin mußte an den Eisriesen denken, den er und die anderen Asengötter vor langer Zeit übers Ohr gehauen hatten. Er schüttelte sich angewidert. Ein schlechtes Gewissen hatte die Asen nach der Tat geplagt, und da ein schlechtes Gewissen schwächte und den Boden für alle möglichen Strafen bereitete, hatten sie sich wegen dieser Lappalie mit Lokis Höllenbrut herumschlagen müssen. Solche Dinge waren den Griechen natürlich vollkommen fremd. Gewissen? Schuldgefühle? Von wegen. Für die gehörte Unaufrichtigkeit zum täglichen Sein, und wo das Bewußtsein fehlte, Unrecht getan zu haben, konnten Vergeltungsmaßnahmen sich auf den Kopf stellen – sie kamen einfach nicht an die Schuldigen heran. Odin entdeckte etwas wie Neid in seinem göttlichen Hirn.

In der Ferne zerriß der Nebel zu seltsamen, unbeständigen Figuren und brachte den Asen auf andere Gedanken. Was mochte dort sein? Unter dem Nebel?

Laute Schritte lenkten Odin von dieser Frage ab. Einer Frage, auf die er trotz oder wegen seiner Stellung ohnehin keine Antwort finden konnte. Thor, Baldur, Hödur und Heimdall betraten den Saal und nahmen am Versammlungstisch Platz. Odin drehte sich um und verschränkte die massigen Arme vor der Brust.

»Die Griechen«, sagte er, »planen einen Verstoß gegen das Gesetz. *Das* Gesetz.«

Die Runde antwortete mit mehrstimmigem Knurren.

»Wir werden das zu verhindern wissen«, fuhr Odin fort. »Die Frevler werden wir später vor ein Tribunal stellen lassen, aber zuerst müssen wir diejenigen Sterblichen beseitigen, die auserwählt wurden.«

»Wieso machen wir nicht erst mal die Griechen platt?« fragte Thor angriffslustig und befingerte seinen Hammer.

»Das ist nicht so ganz einfach, Thor, und das sollte dir eigentlich bekannt sein. Es sind Götter wie wir. Und wenn wir uns hier oben die Köpfe einschlagen, während Sterbliche auf dem Weg sind, haben wir nachher das Kroppzeug am Hals ... und was das bedeutet, weißt du ja wohl.«

»Äh ... ja. Klar.« Thor nickte. »Klar ...« Er lächelte betont selbstsicher und verzog das Gesicht zu einem wissenden Lächeln.

»Gut«, sagte Odin. »Wie bekommen wir heraus, welche Sterblichen auserwählt sind? Irgendwelche Vorschläge?«

»Wir fragen die Griechen«, schlug Thor vor.

»Ganz toll«, schnaubte Odin.

»Tja. Alles hier drin«, sagte Thor und tippte sich grinsend an den Helm. Er ließ die Hand zügig sinken, als sein Vater losbrüllte.

»*Wir fragen die Griechen!* Sag mal, spinnst du, Söhnchen? Hast du nicht mehr im Kopf als dein Hammer? Denk doch mal nach, *bevor* du das Maul aufmachst, bei Bor!«

»Wieso bei Bor? Ich war noch nie bei ...«

»Grundgütiger.« Odins Schultern sackten nach vorn. »Wir ... beobachten sie. Ist das klar, Thor?«

»Klar ... Ist gut.«

»Wir beobachten Athene und Apollon. Und wir folgen ihnen, falls sie irgendwohin gehen. So werden wir sehr schnell herauskriegen, wen sie herführen wollen.«

»Genau«, nickte Thor. »Wollte ich auch gerade vorschlagen.«

»Und sobald wir das wissen, vernichten wir die Sterblichen ... Das darfst du machen, mein Sohn.«

»Klasse.« Thor streichelte Mjölnirs schweren Kopf.

»Heimdall«, sagte Odin, »du wirst besonders wachsam sein. Loki darf diese Festung in nächster Zeit nicht betreten. Ich vermute stark, daß er derjenige war, der meinen Raben angegriffen hat.«

Heimdall nickte bedächtig.

»Baldur ...«

»Ja, Vater?«

»Finde heraus, wo Loki steckt und was er im Schilde führt. Diese Mißgeburt wird sicherlich noch einmal versuchen, uns ins Handwerk zu pfuschen. Und nimm Hödur mit ... wenn du meinst, daß das etwas nützt.«

»Ja, Vater«, sagte Baldur. Sein neben ihm sitzender Bruder Hödur registrierte anhand des Tonfalls befriedigt, daß Baldur ihn erstens für wesentlich nützlicher hielt als sein einäugiger Vater und zweitens nicht die Absicht hatte, tatenlos zuzusehen, wie Odin und Thor die Menschheit von der Erdoberfläche fegten. Außer ihm hatte das natürlich keiner der am Tisch Sitzenden aus Baldurs wenigen Worten heraushören können.

»Noch Fragen?« fragte Odin.

»Ja«, sagte Baldur. »Beabsichtigst du, irgendwann mit den Eingriffen aufzuhören?«

»Irgendwann? Kann schon sein. Weshalb?«

»Ich mache mir ein bißchen Sorgen um die Sterblichen. Wir sollten nicht zu weit gehen.«

»Das laß mal meine Sorge sein«, kläffte Odin. »Wir werden schon aufhören, wenn sie genug haben. Und *ich* bestimme, wann es soweit ist. Verstanden?«

»O ja«, sagte Baldur und nickte. »Verstanden.«

»Das war's«, sagte Odin. »An die Arbeit.«

Und gefolgt von Thor und Heimdall verschwand der oberste Ase aus dem Versammlungssaal. Baldur und Hödur blieben schweigend zurück. Sie starrten ins Leere, nicht in die hintere rechte Zimmerecke. Sie bemerkten nicht, daß Loki seinen vor Wut knallroten Rattenkopf einzog und sich durch schmale Gänge auf den Weg nach draußen machte. Nach einer Weile seufzte Baldur.

»Was denkst du, Bruder?«

»Vielleicht ist es wirklich die einzige Möglichkeit.«

»Die Sterblichen herzuholen?«

Baldur nickte. Dann fiel ihm wieder ein, mit wem er sich unterhielt. »Ja«, sagte er.

»Das ist gefährlich«, erwiderte Hödur nachdenklich.

»Ich weiß. Wenn Odin es bemerkt, läßt er mich in Ketten legen.«

»Uns, Baldur.«

»Ja, Bruder. Uns.« Baldur nickte und legte Hödur die Linke auf die Schulter. Er sah seinen Bruder an und wußte, daß er sich die Dankesrede sparen konnte.

Die große Ratte schlüpfte aus einem Loch in der Außenmauer von Asgard. Loki blinzelte ins Sonnenlicht, verwandelte sich wieder in einen Adler und stürzte sich in einen Aufwind. Er wollte höhnisch lachen, stellte jedoch erstaunt fest, daß Adler weder höhnisch noch sonstwie lachen können, und krähte statt dessen ein gewöhnliches Adlerkrähen in den Himmel. Diese ahnungslosen Holzköpfe. Heimdall sollte ruhig die Zugbrücke im Auge behalten. Nur zu. Er, Loki, brauchte keine Brücken. Und er brauchte auch die Asen nicht. Er hatte genug. Genug gehört, genug gesehen und genug überlegt. Dies war die Gelegenheit, auf die er, der kleinste und unterschätzteste der Götter, seit Ewigkeiten gewartet hatte. Die Menschheit ein Spielball der Götter, die Götter untereinander im Widerstreit. Wunderbar, dachte Loki, während er auf Olympos zusegelte, großartige Voraussetzungen. Prächtig. Er würde sich mit den Griechen verbünden, mit jenen Saboteuren, die Zeus zu stoppen versuchten, dann die Namen der Sterblichen herausbekommen und diese zum Schein unterstützen, bevor er sie schließlich – kurz vor dem Eintritt in die Welt der Götter – vernichtete. Die Asen verraten, und gleich nach ihrem Ende Zwietracht unter seinen griechischen Verbündeten säen, damit auch sie sich gegenseitig vernichteten. Und wer bliebe zu guter Letzt übrig, um den restlichen Göttern als unverdächtiger, unschuldiger Führer zu dienen? Der Adler schrie vor Freude auf und schlug die Krallen in ein Luftloch.

Athene bandagierte Heras verbeulten Hinterkopf und versuchte verzweifelt, die wütende Göttermutter zu beruhigen.

»Es ist doch nicht so schlimm, Hera. Nur eine kleine Beule ...«

»Undank ist der Götter Lohn«, schnaubte die Verbeulte zurück. »Da riskiert man wer-weiß-was, um euch zu helfen, und ihr knallt mir zur Belohnung eine Vase auf den Kopf ...«

»Aber wir konnten doch nicht ahnen, daß du es bist ...«

»Von wegen Vase«, murmelte Apollon. Während er die Bestandteile seiner Lyra, die beim Zusammenstoß mit Heras Hinterkopf eindeutig den kürzeren gezogen hatte, wieder in irgendeine sinnvolle Anordnung zu bringen versuchte, fuhr er etwas lauter und wesentlich vorwurfsvoller fort: »Was stürmst du hier auch rein wie angestochen, du ...«

»Ach, jetzt bin ich auch noch schuld, oder was?«

»Nein«, sagte Athene beschwichtigend, »das hat er doch nicht gemeint.«

»Klar hat er das gemeint!«

»Apollon, sag, daß du es nicht so gemeint hast.«

»Ich ...« sagte der Lyrapuzzler angriffslustig und bemerkte Athenes Blick, der die Worte »Wenn du dich jetzt nicht zusammennimmst, wirst du nie wieder tiefe Töne singen« in seinem Kopf erklingen ließ. Apollon räusperte sich und nuschelte: »Ich hab's nicht so gemeint.«

»Was wolltest du uns denn sagen?« fragte Athene sanft.

Hera entschloß sich nach kurzem Überlegen, nicht zu schmollen. »Vorher müßt ihr mir etwas versprechen.«

»Und was?«

»Daß ihr Zeus nicht stürzt.«

»Wer sagt, daß wir ihn stürzen wollen?«

»Schwört es.«

»Das tun wir.«

»Alle.«

»Ich schwöre«, sagte Athene und hob die Hand.

»Ich schwöre«, sagten Apollon und Artemis.

»Gut.« Hera nickte zufrieden. Sie war, wie man aus diesem Nicken schließen kann, in gewisser Hinsicht irrsinnig romantisch veranlagt oder, um es realistischer zu formulieren, naiver als ein neugeborener Kuckuck. Sie hatte oft von Schwüren gehört und gelesen, die gehalten wurden, und obwohl sie derartiges in Olympos noch nicht erlebt hatte, glaubte sie unerschütterlich daran, daß solche Dinge vorkamen. »Zeus«, sagte sie, »weiß, was ihr vorhabt.«

Athenes Züge verfinsterten sich. »Was? Woher denn?«

»Poseidon hat euch belauscht.«

»Diese widerliche Wasserratte ...«

»Und jetzt will er eure Sterblichen umbringen.«

»Das könnte ihm so passen«, sagte Athene wütend und verstummte sofort wieder. Sie senkte nachdenklich den Kopf. »Moment mal ... Zeus weiß doch gar nicht, wer die Sterblichen sind. Richtig?«

Artemis, Apollon und Hera nickten.

»Also ...«

»Pssst!« zischte Apollon und hielt sich den Zeigefinger an die Lippen. Vorsichtige Schritte näherten sich dem abgelegenen Saal, in dem sich die Verräter versammelt hatten.

»Hermes«, zischte Artemis, »der schleicht immer so verstohlen.«

»Der arbeitet für Zeus!« flüsterte Hera. »Er darf mich hier nicht sehen.«

»Hinter die Säule!« Apollon bugsierte sie hinter eine der Säulen und blieb davor stehen. Hermes lugte unter seinem Flügelhelm in den Raum und setzte jenes strahlende Lächeln auf, das die Gebrauchtwagenhändler sämtlicher Epochen von ihrem Gott abgekupfert haben.

»Seid gegrüßt!« sagte er aufgeräumt und kam näher.

»Sei gegrüßt, Hermes«, erwiderte Athene förmlich. »Was führt dich in diesen entlegenen Winkel von Olympos, Bruder?«

»Ich habe euch gesucht.«

»Weshalb?«

Hermes sah sich nach allen Seiten um und streckte den Kopf vor. »Weil ich mit euch zusammenarbeiten will«, wisperte er.

»Oh. Oh, gut«, wisperte Athene zurück und nickte ausgiebig. »Gut, daß du dich für die richtige Seite entschieden hast. Du kannst uns helfen.«

»Was kann ich tun? Soll ich irgendwas klauen?«

»Nein. Wir könnten deine Unterstützung bei einer äußerst delikaten Angelegenheit brauchen. Aber versprich mir bei deiner Götterehre, daß du schweigen wirst wie ein Stein.«

»Versprochen.« Hermes hob die Rechte zum Schwur.

»Wir werden gegen das Gesetz verstoßen und Sterblichen Einlaß zu diesem Reich verschaffen.«

»Nein!« hauchte Hermes. »Wirklich wahr?«

»Ja, Bruder«, hauchte Athene zurück. »Damit brechen wir Zeus' Macht und erreichen, daß all dieser Unfug auf Erden aufhört.«

»Eine kluge Idee, Athene. Beeindruckend.«

»Danke. Du könntest uns helfen, indem du ein wenig auf diese Menschen achtest. Damit ihnen nichts zustößt, bis wir sie herführen. Würdest du das tun?«

»Selbstverständlich.«

»Gut, dann hör zu. Wir haben vier ausgewählt. Der erste heißt Caspar Melchior und lebt in einer Stadt namens Augsburg. Wir führen ihn im Jahre 1544, gerechnet nach der Christenzeit ... Der Name des zweiten ist Aristipanes.«

»Ein Grieche.«

»Ja, ein Grieche. Aus Athen.«

»Deiner Stadt.«

»Stimmt, aber das ist reiner Zufall ... Wir haben alle Kandidaten nach dem Zufallsprinzip ausgewählt.«

»Aha. Weshalb?«

»Zeus ist kein Idiot, auch wenn er sich zur Zeit idiotisch aufführt. Es könnte ihm also gelingen, unsere Überlegungen nachzuvollziehen, so abwegig sie uns auch erscheinen mögen. Was wir an Abwegen erfinden können, könnte er nachempfinden, denn geistige Konstruktion bleibt nun mal geistige Konstruktion ... Also haben wir uns nach langem Überlegen entschlossen, unüberlegt zu handeln. Womit er natürlich nicht rechnet. Und wenn er doch damit rechnet, nützt es ihm nichts. Verstehst du?«

»Äh ... ja. Unheimlich intelligent, ehrlich.«

»Nummer drei«, fuhr Athene eilig fort und ärgerte sich insgeheim grün und blau, daß sie sich von albernem Stolz hatte hinreißen lassen, Hermes so viel zu erzählen, »Nummer drei ist Hotep, ein Ägypter, Astrologe am Hof der Nofretete.« Sie wandte sich an Apollon. »Oder hieß er Hetop?«

»Äh ... nein. Ich glaube, Hotap. Obwohl ich bei den Vokalen auch nicht ganz sicher bin.«

»Das weiß man ja bei den Ägyptern nie so genau«, schleimte sich Hermes dazwischen. »Ich finde ihn schon. Und Nummer vier?«

»Nummer vier heißt ... Cam ... äh ... Tinker. Julius Tinker, genau. Die Zeit ist 1940, der Ort ist ... Los Angeles, in den Vereinigten Staaten von Amerika. Kannst du dir das merken?«

»Oh. Sicher«, murmelte Hermes verschwörerisch.

»Gut«, murmelte Athene im gleichen Tonfall. »Dann wache über sie. Und wache gut. Wir werden dich bald darüber informieren, auf welchem Wege wir sie hierherführen wollen. Aber vorher müssen wir noch einige Ablenkungsmanöver vorbereiten.«

»Verstehe«, sagte Hermes nickend. »Ich werde euch nicht enttäuschen.« Er nickte noch ein bißchen und schlich langsam zurück zur Tür. »Sehr guter Plan«, sagte er, »sehr guter Plan.« Und mit einem letzten, konspirativen Lächeln machte er sich aus dem Staub. Die Verschwörer warteten, bis seine Schritte verklungen waren. Dann prustete Artemis los.

»Herrlich! Ach, Athene, wie machst du das nur!«

Athene prustete mit. »Es war nicht leicht, Artemis. Noch eine Minute, und ich hätte mich nicht mehr halten können. Was für ein Schwachkopf!«

Hera trat aus der Deckung und starrte die drei Verrückten an, die sich vor Lachen bogen und einander auf die Schultern klopften.

»Sagt mal«, fragte sie, »was soll denn das?«

»Was?« prustete Apollon.

»Na, weshalb ... ach so. Die Namen sind falsch ...«

»Genau«, brachte Athene zwischen zwei Lachanfällen heraus. »Die gibt's gar nicht, diese Sterblichen. Aber bis er das raus hat, sind wir längst am Ziel ...«

»Obwohl«, lachte Apollon, »ich bei deiner Nummer vier ein bißchen Angst hatte ... *Cam... Tinker...*«

»Stimmt, ja. Mir ist einfach nichts mehr eingefallen.«

»Hoffentlich gibt es in Los Angeles keinen Tinker.«

Die drei verstummten schlagartig. Dann gluckste Athene kurz.

»Ach, und wenn?« giggelte sie.

Apollon, Artemis und Hera kugelten sich auf dem Marmorfußboden. Ja, und wenn? Wen störte es, wenn irgendein Tinker ins Gras biß, solange die Auserwählten unbeschädigt blieben? Die Götter kriegten sich überhaupt nicht wieder ein. Sooo lustig war das Ganze zwar nicht, aber wenn man erst mal richtig drin ist im Lachen, kann man ja bekanntlich kaum wieder aufhören, und in dieser Hinsicht sind eben auch Götter nur Menschen.

»Eure Auserwählten kommen aus ganz anderen Zeiten«, grölte Hera.

»Jaaaa!« grölte Apollon zurück. »Ein Magier aus Britannien, so um 500, Christenzeit, ein Salatbar-Installateur und seine Freundin, 1992, und ein Amerikaner, Cam... Huhu... Cameron... Los Angeles, 1939... Julius Tinker! 1940! Ich kann nicht mehr!«

»Hör auuuuuf!« kreischte Artemis und überschlug sich fast. Sie leitete einen neuerlichen Lachschwall von mehrminütiger Dauer ein.

Athene saß gerade mal wieder aufrecht und hielt sich das Zwerchfell, als sie am äußersten rechten Rand ihres Blickfeldes eine Bewegung bemerkte. Sie wandte den Kopf, lachte noch einmal und verstummte dann abrupt. Apollon sah sie an, fand ihre ernstes Gesicht sekundenlang besonders komisch, ließ ihrem Blick dann einen der seinen folgen und verstummte ebenfalls. Hera und Artemis stellten das Kichern und Prusten fast im gleichen Moment ein.

Sie starrten den Adler an, der sich auf einer der Liegen niedergelassen hatte. Der Adler starrte zurück und wartete, bis er sich der ungeteilten Aufmerksamkeit der Griechen sicher sein konnte. Dann nahm er mit einer theatralischen Detonation jene Gestalt an, die Odin besonders zuwider war. Athene hatte zumindest in dieser Hinsicht den gleichen Geschmack wie der oberste Ase. Sie verzog das Gesicht, als die Rauchschwaden den zierlichen Zwerg mit der Rattennase und den pechschwarzen, ölig glatten Haaren freigaben.

Loki schlug die Beine übereinander, griff mit dürren beringten Fingern in einen Kelch voller Pinienkerne und funkelte die albernen Götter aus kleinen Marderaugen an.

»So«, zischte er, »wenn ihr genug gelacht habt, könnten wir jetzt vielleicht mal über unsere zukünftige Zusammenarbeit reden. Wie sieht's aus, Griechen?« Er warf sich eine Handvoll Kerne in den Mund, kaute lautstark darauf herum und genoß die ratlosen Blicke, die sich die vor ihm hockenden Götter zuwarfen ...

Fassen wir an dieser Stelle mal kurz und hilfreich zusammen, bevor wir uns wieder wesentlich weltlicheren Dingen zuwenden: Hermes, der bös gefoppte Doppelagent, befindet sich – leise kichernd – auf dem Weg zu Zeus, um ihm von den auserwählten Sterblichen zu berichten. Zeus plant Schläge gegen eben jene Sterblichen, gegen die Athene-Fraktion und gegen Odin. Odin plant Schläge gegen Athene, gegen Zeus, gegen die Sterblichen und gegen Loki. Athene und ihre Verbündeten planen Schläge gegen Zeus. Baldur und Hödur planen Schläge gegen Odin. Loki plant einen Scheinpakt mit der Athene-Fraktion – und eigentlich Schläge gegen alle ...

Und die Blitze? Die Blitze wüten weiter durch die Epochen, während mehr und mehr Äpfel allerorten, allerzeiten unkontrolliert neben Löchern auftauchen. Äpfel, die mit den Blitzen zwar nichts zu tun haben, aber zuweilen recht wirkungsvoll mit ihnen kollidieren.

Was übrigens – rein zufällig – eine verflucht gute Überleitung zum nächsten Kapitel ist ...

6

In jenen Zeitaltern, die man aus heutiger Sicht erstens verständlicherweise und zweitens irrtümlich als »primitiv« oder »unaufgeklärt« bezeichnet, nahm der überwiegende Teil des versammelten Krabbelkrams das Auftauchen von seltsamen Gestalten und das Verschwinden nicht minder seltsamer Gestalten mit ratlosem Achselzucken hin. Keiner der Unaufgeklärten bezweifelte allen Ernstes, daß es Wunder gab. Niemand zweifelte an der Existenz und Unberechenbarkeit einer Macht, die größer und mächtiger war als man selbst, der Stammeshäuptling oder dessen Frau. Was allerdings nicht bedeutete, daß man die übernatürlichen Gaben auch automatisch gut behandelte. Zum Beispiel tauchten zwei aus der Neuzeit gerissene Versicherungs-Mitarbeiter in einer sehr, sehr frühen Epoche der Menschheitsgeschichte auf, einer Epoche, in der Papiergeld als Zahlungsmittel noch nicht verbreitet war. Man zahlte mit Muscheln. Harten Muscheln. Als nun die beiden adrett frisierten Herren ihren verdutzten Zuhörern mühsam auseinandersetzten, sie würden eine Versicherungskasse einrichten, war das freudige Grunzen und Johlen zunächst groß. Als die beiden Herren dann allerdings aus alter Gewohnheit ergänzten, sie müßten jeweils acht der monatlichen zehn Beitragsmuscheln als Bearbeitungsgebühr für sich behalten, bat man sie mehr oder weniger höflich zu einer kurzen Unterhaltung mit dem Riesensäbelzahntiger aus der Gmurfft-Schlucht und machte sich anschließend wieder ans Erlegen größerer Mammutherden. Unversichert, versteht sich.

Die Menschen der Neuzeit hingegen taumelten von einer Verwirrung in die nächste. Zwar hatten viele schon nach sehr kurzer Zeit begriffen, daß es sich bei den Blitzen um etwas vollkommen Unerklärliches handelte, etwas, das nicht von Menschen verursacht war, und waren fast unverzüglich zu der Einsicht gelangt, Wissenschaft und Logik seien offenbar doch nicht die ganze Miete – nur nützte ihnen diese Einsicht mittlerweile nichts mehr. Wäre es bei einem großformatigen Denkzettel geblieben, hätten sie aus dieser Einsicht eine freundlichere, weniger hektische, weniger ellenbogenlastige Gesellschaft entwickeln können und vielleicht sogar die Zeit gefunden, ein taufeuchtes, frischgrünes Frühlingsblatt anzusehen, ohne gleich an Chlorophyll zu denken. Aber Zeus' Blitze waren – unterstützt von wahnsinnig vielen Äpfeln – eindeutig über das gesteckte Ziel hinausgeschossen.

Den Neuzeitsterblichen blieb gar keine Zeit mehr, sich Gedanken über Götter zu machen und in aller Ruhe an Zeus, Odin, Gott oder sonstwen zu glauben. Anfangs hatten die Blitze sehr diszipliniert gearbeitet und lediglich tote Äste der industriellen Evolution aus den aufgeklärten Zeitaltern gebrochen – aber dann hatten sie sich genau so benommen, wie Zeus' Blitze sich immer benahmen, wenn man sie nicht im Auge behielt, und völlig ausgelassen mal hier, mal dort eingeschlagen. Zusätzlich unterstützt von göttlichen Apfelbergen, kamen sie ausgezeichnet voran. Man stelle sich die Zeitgeschichte als einen mit zerbrechlichen Porzellanminiaturen gefüllten Raum vor. Den Blitzen und Äpfeln entsprächen in diesem Bild vierhundert Jugendliche mit Baseballschlägern, die sich unmittelbar nach dem Leerbechern mehrerer Whisky-Brennereien ausgerechnet diesen Raum aussuchten, um ein nettes kleines *Match* zu veranstalten.

Torquemada, seines Namens bekanntester Frager einer besonders düsteren Epoche, geriet unversehens in die Vereinigten Staaten des Jahres 1986. Schlagartig wurden alle Lexika-Aufsätze über die spanische Inquisition um einen Absatz kürzer. Torquemada selbst verlor keine Zeit, stellte sich mit einer umwerfenden Idee beim Fernsehsender ABC vor und fesselte schon wenige Wochen nach seiner Zwangsversetzung Millionen von Menschen vor ihre Fernsehgeräte. Und zwar mit einer glitzerbunten Show, in deren Verlauf Kandidaten per Funkgerät instruiert wurden, allerlei tückischen Fallen zu entgehen und sich ins Studio durchzuschlagen. Nach dem Abschlußquiz, einer Art biblischem *Trivial Pursuit*, erhielt der Gewinner ein rotes Sparbuch mit 15 000 Dollar Guthaben bei der sendereigenen Streckbank, während die unglücklichen Verlierer zur Freude des Publikums mit Lakritzfäden auf ein Fruchtgummirad geflochten und mit Ahornsirup übergossen wurden. Schon die zweite Folge der sogenannten »Walkie-

Talkie-mada-Show« erreichte höhere Einschaltquoten als die Übertragung von Armstrongs ersten Schritten auf dem Mond.

Otto Lilienthal landete auf dem Rhein-Main-Flughafen. Er wurde sofort verhaftet und fast im gleichen Augenblick verrückt. Er teilte dieses Schicksal unter anderem mit Alexander Bell, der sich 1974 vor einer Telefonzelle in der Ankunftshalle des Flughafens von Orlando wiederfand.

Der junge Edgar Hoover verschwand zur Freude seiner Mitmenschen in die Zukunft, erschlich sich dort eine Gehirnwäscherei-Kette und wurde Millionär.

Die Gabel wurde schon 1550 an den Höfen Europas eingeführt und galt um 1650 plötzlich nicht mehr als affektiert.

Ein gewisser Herr Goethe geriet mit seinem »Werther«-Manuskript auf die Frankfurter Buchmesse 1981 und erschoß sich auf der Herrentoilette. Millionen von Abiturienten kamen nicht in den Genuß des »Faust«, obwohl ihre Lehrer wußten, daß es ihn eigentlich gab. Oder wenigstens gegeben hatte.

Es war beileibe nicht das einzige Buch, das plötzlich nicht bloß nicht mehr existierte, sondern *nie* existiert hatte. Kilometerlange Sekundärliteraturregale atmeten erleichtert auf.

Paganini fand sich unversehens in einem Tonstudio der Neuzeit wieder und verdrängte Nigel Kennedy binnen weniger Wochen aus den Klassik-Charts. Das war schön für Paganini, aber nicht für seinen ehemaligen Zeitgenossen Hector Berlioz, dem er so nie aus der finanziellen Klemme helfen konnte. Berlioz' »Romeo & Julia« entstand nie, weil sich der Meister gramzernagt und restlos pleite das Leben nahm.

Zahlreiche Plattensammlungen gerieten in Bewegung.

Im weltweit äußerst friedlichen Jahre 3208 nach Christi Geburt hörte die neunzehn Milliarden Köpfe zählende Gesamtbevölkerung der Erde schlagartig auf zu existieren. Die originellen Dii-Dime-Tässchen, die die meisten der neunzehn Milliarden just in den Händen gehalten hatten, fielen nicht zu Boden, um dort zu zerspringen. Auch sie waren plötzlich nicht mehr da oder, um genauer zu sein, nie dagewesen. Zurückzuführen war diese Katastrophe auf einen Apfelhaufen, der im Jahre 3014 anstelle von Janna Frill aufgetaucht war – sehr zur Bestürzung ihres Freundes Jasper, der gerade im Begriff gewesen war, seine reizende Lebensgefährtin auf äußerst altmodische Art und Weise zu befruchten. Was schon für den guten Jasper ein eher unschönes und ziemlich peinliches Erlebnis war, bescherte der Weltbevölkerung von 3208 eine Dii-Dime, die man wohl getrost als ultimativ verkorkst bezeichnen darf. Jene Janna Frill, die unter Jasper verschwand, sollte nämlich (eigentlich) neun Monate nach dem unangenehmen Zwischenfall den genialen Staatenabschaffer und Friedensretter Gonfried III. zur Welt bringen. Jenen großen Führer und Vordenker Gonfried, der im Jahre 3069 Vorsitzender des intergalaktischen Rats geworden war (beziehungsweise wäre) und den ersten (beziehungsweise ersten und letzten) Bakteriologischen Krieg mit den Theutogonen aus dem Wurp-Nebel verhindert hatte (beziehungsweise hätte).

Es hatte keinen Frieden gegeben. Es war nicht zum großen Einstaat von 3070 gekommen. Niemand hatte Gonfried nach dem 96.2.3069 Denkmäler errichten können, denn die Erde war von diesem Tage an ein öder, jämmerlicher Wüstenball. Ein Wüstenball, der sich nur sehr langsam daran machte, wieder Leben auf sich entstehen zu lassen. Die Erde begann mit einigen unkomplizierten, hirnlosen Einzellern und fragte sich, ob sie nochmals Fische erfinden sollte oder ob die blöden Viecher letztlich doch nur wieder auf die grandiose Idee kämen, aus dem Wasser zu hopsen und sich zu Menschen zu entwickeln. Mutter Erde grübelte nicht lange. Sie verzichtete auf die Fische.

Die Verhütung Gonfrieds war unbestreitbar der gravierendste Eingriff der göttlichen Äpfel. Aus menschlicher Sicht war er sicherlich auch der unglücklichste. Aber wer konnte es Mutter Erde verdenken, daß sie das ein bißchen anders sah? Niemand. Schon aus dem einfachen Grund, daß zu diesem Zeitpunkt niemand mehr da war, der denken konnte.

Wenden wir uns also Zeitpunkten zu, die aus menschlicher Sicht wenigstens ein bißchen erfreulicher sind.

Die Neuzeitsterblichen standen mit aufgeklappten Mündern und schreckgeweiteten Augen vor den Zeugnissen ihrer Geschichte und suchten nach Ankern. Plötzlich war dies nicht mehr da, hatte nie existiert, das Lieblingsbuch, die Lieblingsplatte, das Lieblingsgemälde; zu Papier oder Leinwand gebrachte Gedanken waren plötzlich nicht mehr nachschlag- oder betrachtbar, nur noch vage in den hintersten Ekken der Gehirne vorhanden, geschichtliche Daten standen nicht mehr fest, nicht mal mehr wacklig, sie lagen auf dem Bauch. Wer hatte eigentlich welchen Krieg gewonnen? Und wer würde ihn morgen gewonnen haben? Hatte es einen Napoleon gegeben? Oder drei? Oder sechs? Existierte Preußen noch immer? Gehörte Nordamerika wieder zu Großbritannien? War Frankreich englisch? Oder war Indien deutsch?

Gnh und Ngh saßen in einer restlos überfüllten Zelle im Keller des Düsseldorfer Polizeipräsidiums und klammerten sich hartnäckig an ihre Keulen. Die zuständigen Beamten wußten nicht genau, was sie mit den beiden Inhaftierten machen sollten, denn die von ihnen entführte und mit ihnen wieder aufgetauchte Nadja Keilmann hatte sich geweigert, Anzeige zu erstatten. Da die Beamten allerdings auch nicht wußten, was sie mit den ägyptischen Sklaven, den Yankees, der Garde des Zaren, der Beduinenhorde und Herrn Cortez machen sollten, verrammelten sie die Fenster des Reviers und verschanzten sich wimmernd hinter ihren Schreibtischen.

Vielleicht wären sie ein bißchen weniger verzweifelt gewesen, wenn sie gewußt hätten, wie viele ihrer Mitmenschen das Problem auf ähnliche Art und Weise aus der Welt zu schaffen suchten.

7

Eine kühle Pazifikbrise warf hohe Wellen gegen Santa Catalina Island und schleuderte Möwen durch den Abendhimmel über dem kleinen Inselhafen Avalon. Cameron drückte sich den Hut auf den Kopf, marschierte mit großen Schritten über feuchtglänzende Straßen und winkte sich ein Taxi heran. Er stieg ein, raunte dem mexikanischen Fahrer die Adresse zu und ließ sich erschöpft in die abgewetzten Polster sinken. Er spürte jeden Knochen im Leib. Und er hörte seinen leeren Magen knurren. Auf der langen Fährfahrt von Long Beach nach Santa Catalina hatte er alles in den Pazifik gepumpt, was er in den letzten Tagen zu sich genommen hatte.

Die Straßen auf der Insel machten ihrem Namen alle Schande. Als das Taxi nach wenigen Minuten vor Camerons Ziel, einer umfunktionierten Lagerhalle an der Küstenstraße, stoppte, war der Magen des Privatdetektivs schon wieder ziemlich bedient. Er wußte nur nicht, was er noch ausspucken sollte.

Cameron riß die Tür auf, drückte dem Fahrer einen zu großen Schein in die schmierige Pranke, verzichtete mittels einer kurzen Handbewegung auf das Wechselgeld und blieb auf dem Gehweg stehen. Die Rücklichter des Taxis verschmolzen mit ihren Spiegelbildern auf dem nassen Asphalt und ließen sich von der Nacht verschlucken. Vor dem schimmernden Diamantcollier auf schwarzem Samt, das aus der Nähe betrachtet eine grelle Stadt war, pendelte eine einsame Straßenlaterne im Wind und zauberte unter leisem, rhythmischem

Quietschen Leben in die Schatten der herumstehenden Mülltonnen. Die Wellblechhalle war das einzige Gebäude weit und breit. Außer dem Doc fand es offenbar kaum jemand besonders anregend, auf einer gottverlassenen Pazifikinsel wie dieser zu hausen.

Cameron setzte sich in Bewegung. Er knirschte über den groben Kiesweg, der zu einer schmalen Seitentür führte, klopfte an und wartete. Im Inneren der Halle fiel etwas um, dann fluchte jemand. Nach kurzer Stille knarrte die Tür einen Spalt weit auf, und eine zu groß geratene, fleischfarbene Billardkugel erschien hinter der massiven Sicherungskette. Doc spähte durch dicke Brillengläser ins Dunkel.

»Wer ist da?« schnarrte er.

»Ich bin's Doc«, sagte Cameron.

»Wer soll'n das sein, ich?«

»Cameron.«

Für kurze Zeit war nur das Jammern der Laterne zu hören. Dann sagte Doc: »Ah ja.« Er giggelte kurz. »Und jetzt glauben Sie, ich laß Sie rein, was?«

»Wir haben vorhin miteinander telefoniert.«

»Ja, das weiß ich. Aber Sie haben mir auch mal was versprochen, wissen Sie noch? Neunzehneinunddreißig?«

Cameron seufzte. Damit hatte er gerechnet. »Ja, daß ich Sie aus der Herschl-Geschichte raushalte, wenn's irgend geht.«

»Und?«

»Es ging nicht.«

»Das hat mich ein Jahr meines Lebens gekostet, Freund.«

»Andernfalls wären's zehn gewesen. Machen Sie jetzt auf?«

»Nä.«

Cameron schob sich den Hut in den Nacken und betrachtete die Fingernägel seiner rechten Hand. Bei anderer Lage der Dinge hätte er auf dem Absatz kehrtgemacht und wäre wieder von dieser elenden Sandbank verschwunden. Aber diesmal brauchte er jemanden, der so irre war, daß es an Genialität grenzte. Einen, der wirklich alles wußte, was man wissen konnte, und trotzdem nicht schrill kreischend die Wände hochrannte oder sich nur noch mit Konservendosen unterhielt. Einen, der überraschende Schlüsse zog. Notfalls einen, der sich nicht immer in den Grenzen der Legalität bewegte. Einen wie Doc eben. Cameron sah wieder auf.

»Jetzt hören Sie mal zu, Doc. Mag ja sein, daß Sie's noch nicht gehört haben, aber da drüben ...« Cameron deutete mit dem Daumen der Rechten über seine Schulter, »liegen mittlerweile ein paar tausend Leute rum, in denen nicht mehr viel Blut kreist. Also lassen Sie den Blödsinn und machen Sie die Tür auf.«

»Flache?« sagte Doc interessiert. »Steife? So richtige abgekratzte abgenippelte Stillheimer? Geweste?«

»Leichen, ja.«

»Echt?«

»Ja. Darf ich jetzt reinkommen?«

Nach einem kurzen Augenfunkeln knallte Doc die Tür zu, entfernte die Kette und öffnete. Mit einer affektierten Verbeugung bat er Cameron herein.

»Willkommen im letzten Refugium des Geistes, Schnüffler.«

Cameron betrat die Halle. An der rechten Wand standen ein alter Schreibtisch mit Drehstuhl und einem Besuchersessel, links einige Bücherregale, dazwischen etliche flache Tische, auf denen Tiegel, Mörser, Retorten, Bunsenbrenner, Reagenzgläser und Hunderte von Flaschen und Phiolen herumstanden oder -lagen, deren Inhalt nicht wesentlich ungesünder aussah als ein Gimlet voller Rasierklingen. Doc schepperte die Tür ins Schloß und schlurfte auf Cameron zu. Er wies mit der Hand auf den Sessel vor dem Schreibtisch.

»Setzen Sie sich.«

Cameron folgte der Aufforderung, und Doc nahm auf dem

Drehstuhl Platz. Sitzend war der Glatzkopf im weißen Kittel fast so groß wie sein Besucher.

»Tote«, sagte Doc belustigt.

»Jede Menge.«

»Macht die Luft besser. Gibt sowieso zu viele Menschen.«

»Schon möglich. Aber es trifft immer die falschen.«

»Quatsch«, schnarrte Doc. »Einer ist so gut wie der andere ... Und man hat ausgerechnet *Sie* beauftragt, Licht in die Angelegenheit zu bringen?«

»Hat man. Leider handelt es sich nicht um einen gewöhnlichen Fall, also brauche ich ein bißchen Hilfe. Um es kurz zu machen ...« Cameron räusperte sich. »Wer könnte eine Maschine bauen ... mit der man Menschen durch die Zeit schickt?«

»Was?«

Cameron warf der Hallendecke einen hilfesuchenden Blick zu. »Könnte jemand eine Zeitmaschine bauen, ja oder nein?«

»Sind Sie bescheuert?«

»Beantworten Sie erst mal meine Frage.«

Der kleine Mann schüttelte ungläubig den Kopf. »Wie kommen Sie denn auf solche Ideen, Mensch? Sind Sie betrunken oder haben Sie Wells gelesen?«

»Weder noch.«

»Der hat sich nämlich mal so was ausgedacht ... Aber technisch ist das nicht zu machen, nein.« Doc schüttelte den Kopf. »Unmöglich. Wieso fragen Sie eigentlich? Wie kommen Sie auf so was? Fragt ein Fersenkleber wie Sie nicht erst mal, wieso wer wann wo war, als das unschuldige Opfer ins Gras gebissen hat?«

Cameron seufzte und ließ sich zurücksinken. »Also, von Anfang an, Doc ...« Und er erzählte. Von den Hunnen, von den Siedlern, von seinem verschwundenen Buch, von Dave Link, von all den Meldungen aus dem ganzen Land, von General Custer, der nicht mehr in den Geschichtsbüchern stand, vom Sieg der Konföderierten im Bürgerkrieg und von seiner Nazivermutung. Doc unterbrach ihn kein einziges Mal. Die Billardkugel bewegte sich ab und zu nach vorn und wieder zurück, das war alles.

»... also«, beendete Cameron seinen Vortrag, »mir wäre es am liebsten, wenn wir Beweise dafür fänden, daß die Krauts eine ... Zeitmaschine gebaut haben und sie nun einsetzen, um Verwirrung zu stiften. Was meinen Sie?«

»Mist.«

»Wie?«

»Mist. Dreck. Müll. Großer Schwachsinn. Scheiße.« Doc erhob sich und verschränkte die Arme hinter dem Rücken. Er wanderte hinter dem Schreibtisch auf und ab. »Kein Mensch kann eine solche Maschine bauen. Kein Mensch wird je in der Lage sein, etwas Derartiges zu konstruieren, und schon gar nicht diese bescheuerten Deutschen. Die sind doch viel zu phantasielos. Kein bißchen intelligenter als ihre Helme ...«

Hinter Cameron raschelte es kurz. Dann knallte es. Der eleganteste Detektiv von L. A. rollte sich gedankenschnell vom Sessel, zog im Fallen die schwere Luger aus dem Schulterholster und legte an – auf das Bücherregal. Lederbeschuhte Füße stapften seelenruhig an ihm vorbei.

»Mmmh«, brummte Doc und musterte das staubige Regal. »Das ist merkwürdig ...«

»Was?« fragte Cameron und verstaute die Luger im Aufstehen wieder unter seiner Achsel.

»Hier ...« Der kleine Mann deutete auf eine deutliche Lücke zwischen zwei speckigen Buchrücken. »Hier stand eben noch ein Buch über Alchimie. Verfaßt von einem der größten Gelehrten des Mittelalters – Louis Figuier, falls es Sie interessiert ... und jetzt ist es nicht mehr da.«

»Genau wie bei mir.«

»Das war das einzige Exemplar.«

»Bei mir war es ein Theaterstück von Kaufman und Hart.«

»Sehr eigenartig.« Der kleine Mann im weißen Kittel kratzte sich auf der Glatze. »Sie haben doch eben gesagt, es blitzt überall, oder?«

»Richtig.« Cameron nickte. »Manchmal liegen auch Äpfel rum.«

»Äpfel? Haben Sie Äpfel gesagt?«

Winzige Stromladungen zuckten durch die entlegensten Winkel von Docs Gehirn, sammelten und ordneten Informationen, berechneten Wahrscheinlichkeiten und Unwahrscheinlichkeiten und kehrten mit einem verblüffenden Einfall zurück.

»Heiliger Strohsack«, murmelte Doc. »Cameron, sind Sie schon mal auf die irrsinnige Idee gekommen, daß übernatürliche Mächte für den ganzen Unsinn da draußen verantwortlich sein könnten?«

»Sie sagen es.«

»Was?«

»Irrsinnige Idee. Hab lange nichts Dümmeres gehört.«

»Ach ja?« zischte der kleine Glatzkopf und näherte sich seinem Gast auf Armlänge. »Ist ja reizend. Der Herr sind ein typischer Kalifornier, wie? Das Gehirn ein Stück Wüste, der nahe Horizont voller Autos und Kücheneinrichtungen, dafür garantiert frei von Kultur, Geschichte und Wissen ... kein Wunder, daß Sie keine Lösung anzubieten haben und meine Ahnung für blanken Unsinn halten, wenn Sie nicht wissen, daß Blitze in fast allen Mythen und Religionen ein Zeichen für göttliche Gewalt sind. Nicht in den Mythen von Hollywood, Cameron, sondern in denen älterer Kulturen ... Kulturen! Hollywood und Kultur! ... Und daß Äpfel zum Beispiel bei den Kelten, den Asen, den Griechen, den Christen und wer-weiß-wo immer was mit ewigem Leben oder dem Paradies zu tun haben, das wußten Sie natürlich auch nicht, Schlaukopf? Na? Was halten Sie davon?«

»Gar nichts«, sagte Cameron kopfschüttelnd. »Und ich bin nicht hergekommen, um mir Ihr mystisches Gewäsch anzuhören. Ich dachte, Sie könnten mir helfen.«

»Na, was tue ich denn gerade?«

»Sie faseln. Setzen Sie doch mal Ihr Gehirn ein.«

»Na toll«, höhnte Doc, breitete die Arme aus und ließ sie gegen die Seiten seines Kittels abstürzen. »Wirklich toll. Was Sie mir da eben lang und breit geschildert haben, entzieht sich nun wirklich hartnäckig jeder verstandesmäßigen Beurteilung, und Sie sagen, ich solle mein Gehirn einsetzen.«

Cameron kramte eine Streichholzschachtel aus seiner Manteltasche, entnahm ihr eines der Hölzer und begann, nachdenklich darauf herumzukauen. »Was wollen Sie denn damit sagen? Daß irgendwelche Erdgeister und Drachen mit der Welt... Baseball spielen?«

»Machen Sie mal einen Gegenvorschlag.«

»Die Marx Brothers haben sich mit Micky Maus verschworen und planen den Umsturz.«

»Sehr komisch.«

»Und genauso wahrscheinlich wie Ihre Lösung.«

Die beiden schwiegen sich für einen langen Augenblick an. Dann machte sich Doc auf den Rückweg zum Schreibtisch. Er kicherte albern, ließ sich kopfschüttelnd auf den Drehstuhl fallen, legte seine Ellenbogen auf der Tischplatte ab und verschränkte die Hände.

»Sie wollten meine Meinung hören, Cameron. Und ich sage Ihnen, was ich denke. Wenn Hunnen netterweise die Menschheit dezimieren und Bücher plötzlich so mir nichts dir nichts aus der Welt verschwinden, ist das – gelinde gesagt – ziemlich ungewöhnlich. Und um ungewöhnliche Dinge zu erklären, muß man zu ungewöhnlichen Ansätzen greifen. Das habe ich getan.« Er öffnete eine längliche silberne Schatulle und entnahm ihr eine karottendicke Zigarre. »Möchten Sie?«

»Danke, nein.«

Doc brachte die Zigarre mit einem verzierten Tischfeuerzeug zum Qualmen. Blaue Schwaden wogten wie melancholische Tänzer auf die Schreibtischlampe zu.

»Aber letztlich«, sagte er, »spielt es ja auch keine Rolle.«

»Was spielt keine Rolle?«

»Ob Sie sich meiner Auffassung nun anschließen oder nicht. Falls ich recht habe, können Sie nur abwarten. Ich meine, Sie können natürlich auf eine Landkarte tippen und dann nach Mekka oder Griechenland oder nach Peru aufbrechen, aber nützen wird Ihnen das bestimmt nichts.«

Cameron nickte. »Mal ganz davon abgesehen, daß ich Ihren Vorschlag für ausgemachten Schwachsinn halte.«

»Ihre Sache. So oder so: Sie werden nicht verhindern können, daß ein paar Millionen von diesen nichtsnutzigen, verlogenen Kreaturen den Löffel abgeben.« Er kicherte, verschluckte sich kurz an dem kubanischen Rauch und lachte nach einigem Husten und Keuchen um so lauter weiter. »Herrlich.«

Cameron fuhr sich mit der Hand über den Nacken, stand auf und wanderte langsam zu den Bücherregalen. Er blieb vor einem der schmutzigen Fenster stehen und sah hinaus in die trostlose, feuchte Inselöde. Ein dunkelblauer Duesenberg J Beverly Sedan parkte unter der im Wind schwingenden Straßenlaterne. Kein Wagen, den man besonders oft zu Gesicht bekam, nicht mal drüben in L. A. Cameron runzelte die Stirn und kniff die Augen zusammen. Er drehte sich zu Doc um und bemerkte die Schatten, die über die zweite Fensterscheibe flossen, direkt hinter dem noch immer leise lachenden Glatzkopf. Einem der Schatten wuchs eine lange, unförmige Hand. Cameron hörte sich »Runter!« brüllen und hechtete zwischen die Labortische. Im Fallen sah er, daß Doc sich entsetzlich langsam umdrehte und unter den Schreibtisch zu flüchten versuchte. Eine Maschinenpistolengarbe zerriß die Scheibe, zerfetzte den Rücken des Drehstuhls und mähte die Bücher aus den Regalen und die Reagenzgläser von den Tischen. Cameron preßte sich flach auf den Holzboden, um die von den Tischen schwappende Soße nicht ins Gesicht zu bekommen. Er konnte nicht erkennen, ob Doc noch lebte, aber er hatte auch keine Zeit, sich darüber Gedanken zu machen. Als er wieder aufsah, kletterten drei Männer durch die gläsernen Zähne des Fensterrahmens. Zwei Kleiderschränke und ein Wiesel. Alle drei trugen dunkle Mäntel und Hüte und reizende Accessoires in den Händen. Cameron nestelte seine Luger heraus und geriet mit dem Ellenbogen gegen eines der Tischbeine. Eine Batterie bisher unversehrter Reagenzgläser verlor den Boden unter den Füßen und stürzte mit lautem Klirren in die kordithaltige Stille. Die Männer fuhren herum und richteten ihre Mitbringsel unter den Tisch. Cameron starrte in die unnachgiebigen Augen der Waffen und rührte sich nicht.

»Die Flossen aus der Tasche«, bellte der kleinste der drei und wedelte nachdrücklich mit seiner Kanone. Cameron seufzte und leistete der Aufforderung Folge. Die beiden Kleiderschränke kamen um die Tische herum und nahmen ihm die Luger ab. Dann stellten sie den chemisch verunreinigten Detektiv unsanft auf die Füße und trugen ihn bis zu ihrem Boss.

»Ich kann allein gehen«, sagte Cameron.

Die beiden ließen ihn los. Er versuchte kurz, seinen feuchten Mantel in Ordnung zu bringen, und gab es gleich wieder auf. Er sah das Wiesel an. Ein schmales, dunkles Gesicht, in dem teure Zähne glänzten. Das Wiesel verzog seine schmalen Lippen zu einem kleinen O und kratzte sich mit dem Zeigefinger am Mundwinkel.

»Tja, Amigo«, sagte es mit einer Stimme wie dünnes

Metall, »sieht fast so aus, als solltest du dich jetzt endgültig zur Ruhe setzen.«

»Ich hab nichts gegen einstudierte Sätze, Kleiner, aber sag mir erst mal, was das hier werden soll, wenn's fertig ist.«

»Deine Beerdigung, fürchte ich.«

»Und wer hat den Sarg bestellt?«

Zum Lächeln benötigte der kleine Mann nicht viele Gesichtsmuskeln. »Das weißt du doch genau, Amigo.«

»Bedaure, nein.« Cameron sah sich suchend nach seinem Hut um. »Aber eigentlich will ich's auch gar nicht wissen. Alte Rechnungen interessieren mich momentan nicht besonders.«

»Andere Leute schon.«

»Andere Leute sollten warten können. Wir haben im Moment größere Sorgen, wenn ihr mich fragt.«

»Tun wir nicht.« Weiße Zahnspitzen funkelten Cameron an. »Möchtest du sonst noch irgendwas loswerden, Schnüffler?«

»Nein. War nett, euch getroffen zu haben.«

Cameron schlug gleichzeitig nach beiden Seiten aus und erwischte die Kleiderschränke tatsächlich dort, wo er sie hatte treffen wollen. Beide schrien auf und hielten sich die Nasen. Cameron machte einen Satz auf das Wiesel zu und erwischte es am Kragen. Jemand hielt seinen Fuß fest. Er trat aus, aber es nützte nichts. Während er am Mantelaufschlag seines zurückweichenden Gegenübers herunterrutschte, spürte er, daß der zweite Kleiderschrank seine Pranken nach ihm ausfuhr. Eine Eiskralle bohrte sich in seinen Nacken. Cameron wurde aufgerichtet, direkt vor dem zornigen Gesicht des Wiesels, und sah die Waffe von links auf sich zufliegen. Sie traf ihn hart am Kinn, und für einen Moment war die Lagerhalle so schwarz und voller kleiner funkelnder Sterne wie die große Nacht draußen.

Cameron konzentrierte sich auf seine Knie. Durch das Wummern in seinem Kopf suchte er nach dem Tageslicht. Er fand es.

Als er wieder auftauchte, sah er die blitzenden Zähne. Die beiden Riesen hielten seine Arme fest umklammert.

»Sieh an«, grinste das Wiesel, »unser kleiner Freund aus Hollywood war ein ganz harter Bursche.«

Cameron bewegte den Unterkiefer hin und her. Es schmerzte schlimmer als ein Abschiedsbrief, aber es funktionierte. »Nastings?« fragte er.

»Bingo, Amigo.« Das Wiesel grinste breit und drückte ihm einen Revolverlauf zwischen die Augenbrauen. »Du verabschiedest dich mit einem Volltreffer. *Buen viaje.*«

Der dünne, lange Finger vor Camerons Augen krümmte sich langsam um den Abzug. Zum ersten Mal seit langer, langer Zeit sandte Cameron wieder etwas gen Himmel, und es war nichts Nettes. Er hatte keine Chance, und er wußte es. Seine Arme steckten in Schraubstöcken, und aus dieser Entfernung konnte nicht mal ein Epileptiker vorbeischießen. Cameron schloß die Augen. Er roch das kalte Metall, fühlte es an seiner Stirn lodern und verabschiedete sich von allem, was ihm lieb, verhaßt oder vollkommen gleichgültig war.

Er hörte ein lautes Zischen und hatte das unbestimmte Gefühl, gleichzeitig an beiden Ohrläppchen gekitzelt zu werden. Dann ließ der Druck der Schraubstöcke schlagartig nach. Das kalte Metall löste sich von seiner Stirn. Etwas sackte ächzend gegen seinen Bauch und prallte ab wie ein nasser Sack Federn. Drei dumpfe, unmittelbar aufeinander folgende Aufschläge waren zu hören und dann nur noch das leise Jammern der Laterne.

Cameron öffnete die Augen.

Vor ihm lag zusammengekrümmt das Wiesel und starrte maßlos erstaunt die Hallendecke an. Aus seinem Brustkorb ragte ein schmaler, polierter Pfeil, von dessen matt schimmernder Spitze aus einige Blutstropfen träge der Erdanziehungskraft folgten. Cameron wandte den Kopf, zuerst nach links, dann nach rechts. Die beiden Kleiderschränke sahen aus wie Leute, die auf Faschingsfeiern mit schlechtem Geschmack glänzen. Sie lagen mit weit aufgerissenen Mündern und Augen auf dem harten Boden. Es war kein Trick. Es waren keine Pseudopfeile, die mit einer Klammer über den Kopf geführt und von den Haaren verdeckt wurden. Die beiden Riesen waren wirklich tot. Sehr tot. Abgenippelte Geweste. Cameron schluckte und sah unter den Schreibtisch. Doc.

Er legte die wenigen Schritte zurück, ging in die Knie und drehte den kleinen Mann um. Docs Augen waren geöffnet. Er brachte ein krauses Lächeln zustande.

»Sehen Sie«, röchelte er. »Was sagen Sie jetzt, Schlaukopf? Wer... hatte... recht?«

Die Billardkugel sackte zurück. Cameron betrachtete den rotgefleckten Kittel, ließ den Toten behutsam zurücksinken und richtete sich auf. Er schloß die Augen und vergewisserte sich, daß er nicht träumte. Er ging zurück zu den Tischen, klaubte seinen Hut aus den Glasresten, betrachtete Nastings' tote Kopfjäger und machte sich auf den Weg zur Tür.

Er wußte, daß er sich aus dem Staub machen mußte. In L. A. wäre sein Leben nach diesem Zwischenfall nicht mehr sicherer als eine Debütantin bei einer Produzentenfeier. Und eigentlich hatte er nichts dagegen, einen Abstecher nach Europa zu riskieren. Warum nicht? Es gab zwar sicherlich günstigere Momente für einen solchen Ausflug, aber das, was in Europa an Haß umging, richtete sich wenigstens nicht gegen ihn persönlich.

Cameron ging zur Tür, legte die Hand auf die Klinke und blieb stehen. An der Wand vor seiner Nase hing Docs Diplom. Er war tatsächlich Arzt gewesen. Ein richtiger Mediziner. Doktor Julius Tinker. Das hatte Cameron nicht gewußt. Er hatte nicht einmal gewußt, wie Doc wirklich hieß. Es war nicht das erste Mal, daß Cameron das Gefühl hatte, über viel zu viele Dinge viel zu wenig zu wissen.

Aber es war auch nicht das letzte Mal.

8

Erasmus hatte einen ungewöhnlichen Vormittag verbracht. Nicht, weil die Dorfstraße, an deren Rand er seinen kleinen Wagen abgestellt hatte, vollkommen zugeparkt gewesen war; nicht, weil ihn eilige Autofahrer wegen seiner korrekten Fahrweise von hinten behupt hatten, und nicht, weil unschuldige Kinder hinter seinem blauen Rücken fröhlich in kleine Hände gegluckst hatten.

Andere Menschen, die sich sonst nach seinem zerzausten Kopf umdrehten und den riesigen schwarzen Hund an seiner Seite anstarrten, waren an ihm vorbeigeschlichen, als sei der Himmel im Begriff, ihnen wuchtig auf den Kopf zu fallen. Geschäftsmänner und -frauen, dörfliches Volk, in enge Hosen verpackte Junge und schlottrige Alte waren aneinandergeklammert an Erasmus und Baal vorbeigeirrt und hatten, ihren schattigen Mienen nach zu urteilen, plötzlich begriffen, daß derjenige, an den sie sich gerade klammerten, ohne Vorwarnung verschwinden konnte. Das war natürlich auch vorher der Fall gewesen, aber nie so vielen Menschen zur gleichen Zeit so überaus drastisch vorgeführt worden.

Fast unbemerkt hatte Erasmus die kleine Bäckerei betreten, die am Rande der Dorfstraße duftete, und die weißbekittelte Frau des Bäckers herzlich begrüßt. Jene runde Dame, die üblicherweise von aller Welt die schönsten Geschichten zu erzählen wußte.

Diesmal hatte sie geschwiegen.

Dafür hatte ein anderer gesprochen, und zwar einer, der

üblicherweise schwieg wie bestochen, in grau-grün-braune Kleidungsstücke gehüllt in der Ecke des Verkaufsraumes saß und seinen kleinen Rauhhaardackel Pit streichelte, einen Hund, der im Ruhezustand frappierende Ähnlichkeit mit einer ausrangierten Fußmatte aufwies. Als Erasmus den Kopf gewandt hatte, um Max, den schweigsamen Hundebesitzer zu begrüßen, hatte Max gegrunzt. Max hatte vorher noch nie gegrunzt, und wenn Erasmus nicht längst gewußt hätte, daß die Welt aus den Fugen war, wäre es ihm spätestens in diesem Augenblick klargeworden. Baal hatte sich schwanzwedelnd neben Pit gestellt, Pit hatte zurückgewedelt. Die Tiere fürchteten sich nicht. Max hingegen war offenbar völlig von der Rolle. Dem Grunzen hatte er eine Frage folgen lassen und diese Frage gleich anschließend selbst beantwortet.

»Sagen Sie doch selbst«, sagte er, wobei er eine Heißwecke aus dem weiten Ärmel zauberte und das Teigstück mutlos auf sein grau-grünes Knie sinken ließ. »Ham wir's denn etwa nich verdient? So, wie's jetzt ist? Sagen Sie doch selbst, Herr Weinberger. Wie's auf 'm Mond und auf 'm Mars aussieht, das wissen wir, und daß irgendso'n Quark rauskommt, wenn man Mulleküle unterirdisch durch'n Wohngebiet schießt, und daß man nich vom Himmel für gewisse Sachen gestraft wird, sondern von irgendwelchen Viren oder so was, das wissen wir auch. Und was wir noch wissen, iss, daß man ne ganze Menge Geld braucht, um sich all die Wünsche zu erfüllen, die man eintlich gar nicht hat, zum Beispiel nach Mallorka zu fahrn oder sich 'n schnittiges Auto zu kaufen, mit dem man dann im Stau stehen kann. Dafür ham wir Zeit, für so was. Und Häuser wollen wir und große Wohnungen für uns allein und Öfen, die ohne Hitze Essen kochen, jaja, aber bloß nicht einem helfen, der platt auffer Nase liegt, weil dafür bezahlt einen nämlich keiner. Die müssen alle weg, die nich richtig krabbeln können so wie wir. Zum Psüchater oder ins Heim, wenn se alt genug sind. Und die Kinder kriegen Spiele und

Filme und Turnschuhe für 'n paar hundert Mark, weil Mama nicht da ist, weil die nämlich dafür arbeiten muß, daß die Kinder Schuhe für 'n paar hundert Mark kriegen. Und Krankenschwestern gibt's auch nicht. Weil die kein Geld kriegen von uns, dafür, daß sie uns die ganzen Kaputten abnehmen, die nicht mehr bei uns mitrennen und machen und tun können. Dafür zahlen wir aber nix, wir zahlen lieber den Dings was, den Politikern und den Banken und den Versicherern und denen vonner Reklame und diesen ganzen Leuten, die nichts tun und nichts können und nichts wissen, außer, daß man Häuser haben muß und diese Öfen. Die machen sich nich die Hände schmutzig und ham nichts zu tun mit denen, denen's dreckich geht, deshalb sind die ja auch dagegen, daß die Krankenschwestern mehr Geld kriegen, damit die Schwachen und Kranken und Traurigen nich in ihrem eigenen Saft liegen und abkratzen müssen. Zehntausend Mark müßten die im Monat kriegen, solche Leute. Und die Politiker drei, aber höchstens. Ach, Herr Weinberger, ich weiß ja nich, was los iss, ich bin ja nur 'n alter Mann, der nix weiß, nich Pit? Aber wenn Sie mich fragen, ham wir's nich anders verdient. Tschuldign Sie«, murmelte er abschließend verlegen, »ich sollte nich so viel reden, aber vielleicht isses gut, dasses vorbei iss, man könnte wirklich kotzen.« Sprach's, biß in seine Heißwecke und senkte stumm den Kopf, um die beiden Hunde zu streicheln.

Erasmus hatte der runden Bäckerin anschließend zwei Pfund Kaffee und ein Brot abgekauft, Baal zu sich gerufen, und war mit einem letzten Blick auf den traurig dasitzenden Max gegangen, hinaus, zu seinem Wagen, war eingestiegen und hatte sich wieder auf den Heimweg gemacht. Er hätte dem atemlosen Vortrag beim besten Willen keinen tröstenden Satz hinzufügen können.

Diana ließ ihren schlanken Mittelfinger auf der Pfeiltaste liegen und rollte Informationsmengen über den bunten Computerbildschirm. Erasmus wanderte schon seit einer guten Stunde zwischen Sofa und Fenster hin und her, warf dem Fernseher gelegentlich einen nachdenklichen Blick zu und murmelte unverständliches Zeug in sich hinein. Manchmal blieb er abrupt stehen, spannte seine Stimmbänder zu einem »Heureka«, schluckte es dann jedoch jedesmal wieder herunter und setzte seine Wanderung unverrichteter Schreie fort. Um ihn herum wuchsen und schrumpften die Bücherstapel, als sei ein ganzes Rudel sehr eifriger Kobolde im Begriff, seine Meisterprüfung abzulegen.

Seine talentierte Lebensgefährtin hatte den einsamen Vormittag genutzt, um ihren ganz persönlichen Personal-Computer auszugraben und auf dem leergefegten Schreibtisch zu plazieren. Einen Computer, der ihr ursprünglich bei der Buchhaltung des Salatbar-Service hatte helfen sollen, sich allerdings schon nach sehr kurzer Zeit als zu wenig originell erwiesen hatte, um mit Erasmus' unkonventioneller Belegordnung zurechtzukommen. Jetzt war er endlich mal zu etwas nütze.

»Erasmus?«

»Äpfel, Herrgott noch mal«, murmelte Erasmus und machte auf dem Absatz kehrt, »das kann ja Gott-weiß-was bedeuten. Gibt doch nichts Beliebigeres als Äpfel. Kann praktisch ein Hinweis auf alles und jeden sein ...«

»Erasmus?«

»Ja?« Er blieb stehen und sah auf.

»Interessiert's dich, was der Computer sagt?«

»Kann er mehr sagen, als du ihm eingibst?«

»Er kann Daten sortieren.«

Erasmus kam mißtrauisch näher und blieb neben Diana stehen. Sie deutete stolz auf den Bildschirm. »Also, sieh mal. Erstens nehmen die Vorfälle zu. Das ist die blaue Kurve.

Zweitens verändert sich das Verhältnis Blitze-Äpfel. Zuerst waren es nur Blitze, mittlerweile ist das Verhältnis ungefähr sechzig zu vierzig. Das sind die gelbe und die grüne Kurve. Ein System scheint das Ganze nicht – oder wenigstens nicht mehr – zu haben, und lokale Zentren gibt es offenbar auch nicht, weder zeitgeschichtlich noch geographisch.« Knopfdrückend wechselte Diana die Graphik. Fünf unpassend ordentliche Türme erschienen auf dem Bildschirm.

»Und was ist das?« fragte Erasmus skeptisch.

»Erklärungen«, sagte Diana. »Siebzehn Prozent der bisher befragten Experten gehen davon aus, daß wir es mit extremen Luftspiegelungen zu tun haben. Vierzehn Prozent meinen, es handle sich um eine Luftverunreinigung durch Halluzinogene, die quasi einen kollektiven Rauschzustand zur Folge hat, zwölf Prozent glauben an eine Zeitzentrifuge, die aus der Zukunft gelenkt wird, und acht Prozent glauben an Ufos. Der Rest weigert sich beharrlich, einen Kommentar abzugeben.«

»Und Götter?«

»Wie, und Götter?«

»Na, ist denn noch keiner von denen auf die Idee gekommen, daß göttliche Macht hinter diesem Chaos stecken könnte?« Erasmus deutete vorwurfsvoll auf die farbigen Türmchen. »Ist doch nicht weiter hergeholt als das, was die da sagen. Ich für meinen Teil glaube jedenfalls auch an Dinge, die ich nicht sehe. Dafür kann ich andere Dinge, die ich sehe, kaum glauben ...«

Mit sanftem Fingerdruck zauberte Diana die nächste Graphik hervor. Ein blauer, ein grüner und ein gelber Turm erschienen auf dem Bildschirm. Der gelbe Turm ragte fast ins Monitorgehäuse. »Umfrageergebnisse, repräsentativ, sechs Meinungsforschungsinstitute aus Deutschland, England, China, Rußland und den USA. Zehn Prozent vermuten, das Problem werde sich erledigt haben, wenn sie wieder nüchtern sind, zwanzig Prozent sind fest davon überzeugt, das Ganze sei wissenschaftlich zu erklären, wissen aber nicht, wie, und die restlichen siebzig Prozent glauben, eine übernatürliche Macht sei am Werk... Übrigens schießen mittlerweile überall ziemlich obskure Sekten aus dem Erdboden, die den Leuten das Geld aus der Tasche ziehen...«

»Übernatürliche Mächte... und was meinst du?«

Diana würdigte die wogenden Bücherstapel eines unbehaglichen Blickes und seufzte. »Ach, ich weiß es nicht. Ich möchte nicht glauben, daß irgendwelche komischen Geister damit zu tun haben. Ich möchte, daß mein guter, alter Verstand dieses Problem in Luft auflöst. Aber er tut es nicht.«

»Mit Verstand kommen wir nicht weiter.« Erasmus setzte sich auf die Schreibtischplatte. »So, wie die Dinge liegen, kommen eigentlich nur übernatürliche Kräfte als Ursache in Frage. Und... ex ungue leonem pingere, also der Löwenkralle nach zu malen, sprich den Blitzen nach zu urteilen, könnte es sich durchaus um Götter handeln. Nur die Äpfel...«

»Götter«, sagte Diana matt.

»Ja«, fuhr Erasmus nickend fort und deutete auf den Bildschirm, »aber wenn ich und die siebzig Prozent da in deinem Computer recht haben und es tatsächlich so ist... was nützt uns das?« Er verschränkte die Arme vor der Overallbrust und betrachtete die umfallenden Bücher im Regal hinter dem Schreibtisch. »Wir können schließlich nicht einfach unsere Sachen packen und die Götter suchen. Deshalb sind sie ja Götter. Wie soll man denn zu denen hinkommen?«

»Oh. Frag mich nicht«, sagte Diana sehr bestimmt und hob abwehrend die Hände. Sie wollte gerade zu einem letzten schwachen Protest ansetzen, als der Bildschirm schlagartig pechschwarz wurde. Sekundenlang glaubte sie, der Strom sei ausgefallen oder plötzlich noch nicht erfunden. Dann formten sich vor ihren immer größer werdenden Augen langsam die Worte θεῶν ἐν γούνασι κεῖται. Diana lehnte sich zurück und fragte Erasmus möglichst beiläufig, ob er zufällig griechisch könne.

»Ja«, brummte er, ohne den Kopf von den wogenden Regalen zu wenden. »Daran habe ich auch schon gedacht. Das sähe ihnen wirklich ähnlich, zumindest einem Gott wie Zeus, findest du nicht? Auch, daß es nicht aufhört, diese kindische Maßlosigkeit, die mich bei der ganzen Angelegenheit so irritiert...«

»Nein, das meinte ich nicht. Dreh dich doch bitte mal um.«

Erasmus kam der Aufforderung nach. Er rutschte vom Schreibtisch herunter, schob seine Brille weiter den Nasenrücken hinauf und starrte den Bildschirm gebückt an. Ein breites Lächeln kroch in seine Züge.

»Und?« fragte Diana. »Was heißt es?«

»Das liegt im Schoße der Götter, oder *Das wissen die Götter...«* Die Schrift verschwand, und artig leuchteten die bunten Türme wieder über den Schirm.

»Aha.« Diana hatte das unbestimmte Gefühl, sich setzen zu müssen, und stellte einigermaßen beruhigt fest, daß sie es bereits tat. »Erasmus?« fragte sie zögernd, ohne ihn anzusehen.

»Ja?«

»Was... was hältst du davon, mit mir wegzufahren? Irgendwohin. Ich habe noch ein bißchen Geld auf dem Konto, und wir könnten einfach nach Norwegen verreisen. In eine Hütte. Aus Holz. An einem See. Weit weg. Ohne Fernsehen oder Radio oder Strom. Und wenn alles vorbei ist, kommen wir zurück...«

»Wir müssen nach Griechenland.«

»Nein, laß uns lieber nach Norwegen...«

»Diana, wir können doch nicht tatenlos zusehen.«

»Warum nicht?« Diana klammerte sich an den Strohhalm und versuchte, möglichst überzeugend zu klingen. »Ich meine, ich bin nicht besonders feige oder so, nicht, daß du das denkst, lieber Erasmus, aber... meinst du nicht, wenn du recht hast, heißt das, daß das ziemlich gefährlich werden könnte?«

»Doch.« Erasmus nickte.

»Na, siehst du. Ich möchte aber gern noch länger leben. Graue Haare kriegen. Wie du. Und Kinder haben. Du... nicht auch? Das wäre doch nett, oder?«

»Wir müssen etwas tun«, wiederholte Erasmus hartnäckig.

»Aber warum denn? Was geht uns das Ganze an? Irgendwann wird sich alles von selbst beruhigen, und wenn dann irgendwelche Bücher oder die Mikrowelle nie dagewesen sind, kann uns das doch egal sein. Wir kommen doch auch so klar, oder nicht? Und dein Wissen, ich meine, alles *Wichtige,* hast du doch sowieso im Kopf...«

»Diana«, sagte Erasmus und sah ihr sehr, sehr tief in die dunklen Augen. »Es geht nicht nur um uns. Es sind schon sehr viele Menschen gestorben. Unschuldige Menschen.«

»Aber auch Schuldige...«

Erasmus überhörte den dünnen Einwand. »Und wir«, sagte er, »wir beide haben offenbar die Gelegenheit, zu helfen. Das, was da eben auf deinem Bildschirm stand, war ein Zeichen. Wir müssen es zumindest versuchen...«

»O Gott«, stöhnte Diana.

»Ich weiß nicht«, raunte Erasmus nachdenklich.

»Norwegen?« fragte Diana hoffnungsvoll.

»Vielleicht ist das, was wir gerade erleben, der Jüngste Tag. Armaggeddon...« Murmelnd schlurfte er zu einem der Bücherberge. »Eine Art Ragnarök.«

»Gesundheit«, sagte Diana.

»Danke«, erwiderte Erasmus fahrig und kratzte sich am Hinterkopf. Weshalb, fragte er sich, war diese Schrift auf dem Schirm erschienen? Wenn es nicht göttlicher Wille war, daß die Welt in Schutt und Asche versank, damit eine neue, bessere aus den Trümmern erstehen konnte, weshalb dann dieser Hinweis? Es hätte doch einfach aufhören können ... Es – ja, wenn es eines Gottes Wille wäre, aber es waren ja viele. Millionen. Unzählige.

Er sah auf. »Sie sind sich nicht einig!«

»Aha.«

»Verstehst du? Sie streiten sich!«

»Die Götter?«

»Ja.«

»Ach so. Toll.«

Erasmus kam zurück und ging vor Diana in die Knie. »Weißt du, wo unsere Koffer sind?«

»Ja, das weiß ich ... Und du möchtest ganz bestimmt nicht nach Norwegen? Oder Schweden? Schweden ist auch hübsch, hab ich gehört ...«

Erasmus schüttelte den Kopf. »Nein ... Aber ... du mußt mich nicht begleiten, Diana. Ich verstehe ...«

»Kommt überhaupt nicht in Frage.« Jetzt war sie an der Reihe, den Kopf zu schütteln. »Nichts zu machen. Ich gehe dorthin, wo du hingehst. Ich möchte nicht, daß du dich verirrst oder versehentlich aufgespießt wirst oder sonstwas, Erasmus Weinberger. Und wenn das bedeutet, daß ich mich zwischen Götter stellen muß, die sich in der Wolle haben, dann ... dann mache ich das eben. So.« Sie ergriff seinen Kopf mit beiden Händen, starrte ihn kurz an, drückte ihm einen wirklich entschlossenen Kuß auf die Lippen und erhob sich ruckartig. »Weil ich dich nämlich liebe. Damit du's weißt!«

Und mit diesen Worten rauschte sie stolz an dem Knienden vorbei und über die knarrenden Stufen hinauf in den ersten Stock, ohne sich noch einmal umzusehen. Erasmus saß zwischen den wogenden Bücherstapeln auf dem Holzboden und lächelte abwesend.

Zu seinem Glück war kein Arzt in der Nähe.

9

Krähen kreisten lärmend durch den windigen Morgenhimmel über Camelot. Weit unter ihnen, im Hof der königlichen Festung, bestiegen fünf gut gerüstete Reiter ihre Schlachtpferde und wiesen schmächtige Knappen an, ihnen die Zügel der weniger eleganten Packtiere zu reichen. König Artus' behandschuhte Hand senkte sich auf Gwydiots Schulterblatt und blieb bleischwer liegen.

»Wohlan«, sagte er mit belegter Stimme, »fahre hin, Magier, und möge Gott der Herr dir beistehen. Möge er dich und deine Begleiter unversehrt ans Ziel geleiten und euch die Kraft verleihen, allen Aufgaben zu trotzen.«

»Möge Euer Wort in Seine Gehörgänge dringen«, raunte Gwydiot zurück.

Die bleischwere Hand zog sich zurück und sank wieder an Artus' Seite. Der König trat einen Schritt zurück und ließ einen Blick über die Reitergruppe schweifen, die auf das Zeichen zum Aufbruch wartete. Auch Gwydiot wandte sich der Gruppe zu. Das war's dann wohl. Mehr war dazu nicht zu sagen. Er betrachtete die Reiter. Außer einem waren sie alle unerfahrene Burschen, nicht kampferprobt, aber dafür um so motivierter. Die Ausnahme saß an der Spitze der Schar und bedachte den Magier mit einem Gesichtsausdruck, der für gewisse Mägde sicherlich unwiderstehlich war – aber nicht für Gwydiot. Er erwiderte Gawains Grinsen mit einem mißlungenen Lächeln.

»Kommt Ihr, Magier?« rief der Ritter. »Spart Euch das Reden. Jetzt sind Taten gefragt, jetzt sollen die Schwerter sprechen, sollen Köpfe rollen ...«

Gwydiot wandte sich ein letztes Mal an den König.

»Herr, seid Ihr sicher, daß Ihr den äh ... edlen, tapferen, kampferprobten Gawain nicht hier brauchen werdet, um Camelot zu verteidigen?«

»Nein, Gwydiot«, lächelte der König, der ein ziemlich cleverer Herrscher war und sich nicht so leicht in die Falle locken ließ. »Ich habe ja die anderen Ritter der Tafelrunde bei mir. Verzeih, daß ich dir sonst niemanden zur Seite stellen kann ...«

»Ach, schon gut. Gawain reicht mir. Lebt wohl, Artus. Möge der Tag kommen, an dem wir uns wiedersehen.«

»Ich werde dafür beten.«

»Gute Idee.« Gwydiot nickte. »Hoffentlich hilft's.«

Und grußlos wandte er sich ab, bestieg Shynddmaar und ritt an der Spitze der kleinen Gruppe hinaus in die morgendlichen Nebel.

Da er nicht glaubte, Camelot jemals wiederzusehen, sah er auch keinen Grund mehr, sich wegen seines scheinheiligen Königs irgendwelche höflichen Zacken aus der Krone zu brechen.

Sie ritten den ganzen Tag. Vorbei an dampfenden Baumresten, vorbei an offenbar eilig aufgerichteten Galgen, an denen in feine Tücher gehüllte Männer baumelten und ihnen die Zungen herausstreckten, über weite Felder und so selten wie möglich durch finstere Wälder, um nicht plötzlich unberechenbaren Feinden zu begegnen. Von weitem erblickten sie ein Grüppchen eigentümlicher Kreaturen, die sich unter weißen Perücken echauffiert die Näschen puderten, und überall sahen sie zahnlose Weiber und dreckstarre Gesellen in den Gräben hocken und den Himmel anrufen. Die Jammernden fragten laut und irren Blickes, welche Untat sie schuldig hatte werden lassen, weshalb diese Strafe über sie kam, und was sie tun sollten, um den Zorn der Götter zu mildern, aber der Himmel schwieg.

Von der Mittagsrast bis zum Einbruch der Nacht schmollte Gawain beharrlich. So leicht verzieh er dem Magier nicht, daß er ihm verboten hatte, die Pudernasen ihrer

Köpfe zu erleichtern. Er war fest davon überzeugt, daß es Sachsen waren. Er war ohnehin davon überzeugt, daß alles Unheil irgendwie die Schuld der Sachsen sei. Sogar die Warzen, die er einige Wochen zuvor unter seinem linken Fuß entdeckt hatte.

Kurz vor Sonnenuntergang erreichten sie Mulchelney, eine kleine, unbefestigte Ortschaft am Südufer des Yeo. Sie ritten durch die schmutzige, dunkle Gasse, die Mulchelney zerschnitt, und suchten nach Leben. Das Dorf wirkte wie ausgestorben.

»He«, zischte Gawain durch das Trappeln der Hufe, »was ist denn hier los, Magier?«

»Woher soll ich das wissen, Ritter?« zischte Gwydiot zurück. Er zügelte Shynddmaar auf dem Dorfplatz und sprang zu Boden. »Heeee-da! Bürger von Mulchelney!« rief er in die Dunkelheit. »Wir kommen in Freundschaft.«

Nichts rührte sich.

»Wir kommen vom Hofe des Königs.«

Nichts.

»Wer uns heute nacht beherbergt, bekommt zwei Goldstücke!«

Aus allen Gebäuden, Ecken und Winkeln schossen die Bewohner des Dorfes heran und streckten rufend die Arme aus. Gwydiot wandte sich lächelnd an seine Begleiter und sagte: »Traurig, aber wahr. Das zieht immer.« Die Dorfbewohner rissen währenddessen gierig an seiner Kutte und versuchten so, ihn auf sich aufmerksam zu machen. Als einige der Schlafplatzanbieter aus den hinteren Reihen begannen, die besser postierte Konkurrenz mit Dolchen auszustechen, beendete Gwydiot den Aufruhr, indem er gebieterisch auf denjenigen der zerlumpten Männer deutete, der ihm gerade am nächsten stand. Es machte keinen Unterschied. Sie sahen alle gleich schlimm aus.

»Du«, sagte der Magier. »Wie ist dein Name?«

»Mordratt, Herr«, winselte der Mann und verbeugte sich.

»Gut, Mordratt, du wirst uns einen Platz zum Schlafen zeigen.« Gwydiot kramte seinen prall gefüllten Beutel heraus und drückte dem Mann zwei Goldstücke in die schmutzige Hand. Während die Abgewiesenen murrend in ihre Löcher zurückkrochen, führte der Magier sein Pferd am Zügel neben Mordratt her. »Sag mir, Mordratt, weshalb versteckt ihr euch?«

»Wegen der Teufel, Herr.«

»Welcher Teufel?«

»Der Teufel, die unser Dorf heimsuchen. Große Teufel mit Haaren, die vom Kopfe stehen wie eiserne Stacheln. Grüne, feuerrote, knochenbleiche Haare. Und sie trinken. O ja. Aus bunten Blechgefäßen mit kleinen Öffnungen ... Das ist die Strafe.«

Gwydiot runzelte die Stirn. Natürlich kam er nicht auf die Idee, daß eine Horde Punks von der Victoria Station kurz vor Arsenals letztem Saisonspiel mitsamt ihren Alkoholvorräten durch die Zeit gerutscht waren und die Bewohner von Mulchelney für einen Haufen dreckige Liverpool-Fans hielten.

»Die Strafe? Wofür?« fragte er.

»Für die Sünden der Mächtigen«, zischelte Mordratt durch eine seiner zahlreichen Zahnlücken und starrte drohend ins Leere. Gwydiot sah ihn zweifelnd an und fragte sich, ob er seine Wahl nicht vielleicht doch etwas zu sorglos getroffen hatte.

Als Mordratt sie in einem äußerst gemütlichen Stall mit viel frischem Heu und klarem Wasser für die erschöpften Pferde untergebracht hatte, waren Gwydiots Zweifel dann allerdings fast gewichen. Und als der kleine, bei Licht besehen unheimlich rattenartige Mann ihnen anschließend auch noch ein geradezu fürstliches Mahl aus Salzfleisch, Gemüse und ofenwarmen Brot auftischte, verflüchtigten sich diese Zweifel restlos. Gwydiot drückte Mordratt ein weiteres Goldstück in die Klaue und erlaubte ihm, sich zurückzuziehen. Dann sank er erschöpft in sein Bett aus Stroh.

»He, Magier«, raunte Gawain.

»Was denn?«

»Meint Ihr nicht, daß wir eine Nachtwache aufstellen sollten?«

»Weshalb?«

»Na ja, falls diese sächsischen Teufel zurückkommen.«

Gwydiot nickte. »Kann jedenfalls nicht schaden.«

»Oh, doch«, erwiderte Gawain empört, »Ihr habt doch gehört, was sie tun, diese Ausgeburten der Hölle. Sie schlagen um sich und trinken und morden und ...«

»Es kann nicht schaden, wenn wir eine Wache aufstellen.«

»Ach so. Das meintet Ihr.« Gawain erhob sich nickend, zurrte sein Schwert fester und wandte sich an die Männer. »Ich werde zuerst wachen. Zwei Stunden. Dann komme ich rein und wecke ... Euch, Caerleon.«

Caerleon, einer der jungen Ritter, nickte.

»Also«, fuhr Gawain fort, »nicht, daß Ihr mich für einen dieser Teufel haltet, wenn ich Euch wecke.«

Caerleon nickte.

»Gut«, sagte Gawain und blieb stehen.

»Sonst noch was?« fragte Gwydiot.

»Äh ... nein, wieso?«

»Wollt Ihr hier drin bleiben?«

»Warum nicht? Ach so, nein, ich wollte ja wachen. Genau.« Gawain verschwand mit einem siegessicheren Lächeln nach draußen und zog die Stallpforte hinter sich zu. Ein sechsstimmiger, erleichterter Stoßseufzer begleitete seinen Abgang. Die erschöpften Männer legten sich ins Stroh und begannen fast unverzüglich zu schnarchen.

Gwydiot konnte nicht schlafen. Nicht, daß er nicht müde gewesen wäre, im Gegenteil: er war sogar hundemüde. Nur war er es eben gewohnt, ganz allein auf dem Lager in seiner kleinen Waldhütte zu liegen – oder neben einer Waldnymphe, und die schnarchten grundsätzlich nicht. Er versuchte, sich das Heukissen über die Ohren zu ziehen, an etwas anderes zu denken, laut brummende Schäfchen zu zählen oder das sonore Sägen in seine Träume zu integrieren, aber es funktionierte nicht. Nachdem er sich eine Dreiviertelstunde lang hin und her gewälzt hatte, richtete er sich entnervt auf.

Na schön.

Dann eben nicht.

Er erhob sich, kramte das Orakelbuch aus seiner Satteltasche, öffnete die erstaunlich gut gefettete Pforte und trat aus der Scheune. Zu seiner Linken ragte ein großer Misthaufen in die sternenvolle Nacht, rechts folgte ein verfallener Schuppen, daneben das nächste, dunkle Haus. Die Häuser gegenüber lagen da wie schwarze Steine, und auch der fahle Dorfplatz mit dem Brunnen war menschenleer. Das war alles.

Gawain war nicht zu sehen.

Mit gerunzelter Stirn umrundete Gwydiot den Misthaufen und lugte um die Scheune.

Kein Gawain.

Der Magier schlich besorgt zur Vorderseite der Scheune zurück. Was hatte das zu bedeuten? Gawain war zwar dümmer als ein Baum, aber auch genauso stark, also konnten ihn die mysteriösen Teufel mit den bunten Eisenstacheln schlecht verschleppt haben, ohne dabei gehörigen Lärm zu verursachen. Gwydiot wollte gerade aufbrechen und sich in der Umgebung nach dem Ritter umsehen, als er über sich eine Bewegung wahrnahm. Er legte den Kopf in den Nacken. Im dunkelblauen, mit glitzernden Punkten übersäten Nachthimmel tauchten zwei Sternschnuppen auf. Gleichzeitig. Eine von beiden näherte sich von Westen, die andere von

Osten. Weit unter ihnen stand der Magier und beobachtete starr vor Staunen, wie sie, langschweifigen, ungezähmten Wildpferden gleich, mit rasender Geschwindigkeit aufeinander zuschossen und schließlich mit unermeßlicher, lautloser Wucht zusammenstießen, weit, weit draußen am Firmament. Ein Funkenregen sprühte über den Himmel und erlosch.

Gwydiot klappte den Mund wieder zu und den Kopf nach vorn. Er blätterte ratlos in seinem Orakelbuch und fand nach einigem Suchen die richtige Seite. »Tanz der Himmelskörper«. Zwei Feuerkugeln, die zusammenstoßen. Der Magier ließ seinen Finger über die fahle Seite gleiten. *Begegnen sich die himmlischen Sendboten mit funkenstiebender Macht, so morden die Kinder des Weltenraumes aus Verzweiflung. Dem Weisen ist's eine größere Ehre, das Gesicht zu verlieren als den ganzen Kopf.*

Gwydiot klappte das Buch wieder zu. Große Klasse. Ganz große Klasse. Merlins Aphorismensammlung für wißbegierige Stallburschen und ähnliche Geistesriesen, ein garantiert nutzloses Nachschlagewerk für den täglichen Gebrauch. Er sah sich noch einmal suchend nach Gawain um und eilte dann mit großen Schritten über den Marktplatz. Wenn er schon die himmlischen Mysterien nicht begriff, wollte er wenigstens die irdischen ergründen.

Als er den Platz fast überquert hatte, blieb er so plötzlich stehen, daß ein zufälliger Beobachter leicht auf die Idee hätte verfallen können, jemand mit göttlichen Fähigkeiten habe den Schreitenden festgenagelt. Was natürlich nicht der Fall war. Es ist nicht immer ein Gott vonnöten, um einen Menschen abrupt zum Stillstehen zu bewegen. In diesem Fall genügte ein sehr, sehr leises Geräusch.

Gwydiot lauschte atemlos ins Dunkel. Da war es wieder. Ein Ächzen. Ein Klagen. Nein, eher ein Stöhnen, das leise aus der Tiefe drang. Mit gespitzten Ohren folgte der Magier dem

Geräusch zu einer anderen Scheune, die alleinstehend vor einem Feld hockte. Er preßte sein Ohr an die Holztür und lauschte. Wieder die Geräusche. Geräusche, die so ähnlich klangen wie die eines Alpträumenden, aber eben auch nur so ähnlich. Wütend stieß Gwydiot die Tür auf und sah in die mondlichtüberflutete Heulandschaft. Gawain löste sich erstaunlich behende aus der Umklammerung der langen, schlanken Frauenbeine, zog mit der Rechten sein Schwert aus der neben ihm liegenden Scheide und bedeckte sich mit der Linken notdürftig.

»Wer da!« schrie er unsicher und fuchtelte mit dem Schwert in Richtung des Schattens, der im Eingang aufgetaucht war.

»Ich, Gwydiot«, sagte der Magier streng. »Was fällt Euch ein, Euren Posten zu verlassen, Gawain?«

»Oh, Gwydiot. Ich ... äh ... nuja.«

Gawain ließ das Schwert sinken und versuchte, sich möglichst unauffällig zu bekleiden. Gwydiot sah an ihm vorbei und betrachtete das junge, blonde Mädchen, das, an den richtigen Stellen unbekleidet, rücklings im Heu lag. Sie war hübsch und lächelte. Sie hatte alle Zähne im Mund, war ausnehmend gut gebaut und machte einen sehr netten Eindruck.

»Wer ist dieses Mädchen?« fragte Gwydiot.

»Äh ... Äh ... Äh ...« sagte Gawain.

Das Mädchen erhob sich anmutiger als eine Dampfwolke aus dem Heu, näherte sich dem Magier auf Atemweite und sagte, während es seine Bluse selbstbewußt verschnürte: »Mein Name ist Gwenddolau. Es freut mich sehr, Euch kennenzulernen ... alter Mann.« Gwydiot verzog unmerklich das Gesicht und räusperte sich vernehmlich. Er war fünfunddreißig.

»Findet Ihr es höflich«, fuhr Gwenddolau mit einer Stimme wie Samt fort, »in die Intimsphäre anderer einzudringen, wenn man nicht vorher dazu aufgefordert wird?«

»Äh ...« sagte Gwydiot und schwieg.

»Aha«, lächelte Gwenddolau.

Der Magier starrte sie für einen Augenblick an. Sie war wirklich außerordentlich schön, mindestens ebenso begehrenswert und zudem offenbar auch noch klug. Gwydiot betrachtete Gawain, der gerade eine Runde im Kampf mit seiner Hose verlor und rücklings auf den Scheunenboden krachte. Gwydiot sah wieder das Mädchen an und stellte sich jene Frage, die er sich im Verlauf seines Lebens schon hunderttausendmal gestellt hatte und die sich Millionen von intelligenten Männern nach ihm noch millionenmal stellen sollten, nämlich, weshalb die schönsten, nettesten, intelligentesten Frauen grundsätzlich Verhältnisse mit Männern anfingen, die es sogar in geistiger Bestform nicht mal mit einem zurückgebliebenen Affenbaby aufnehmen konnten.

Worauf er natürlich keine Antwort fand. Vielleicht wäre er zu dem Schluß gekommen, dies müsse damit zusammenhängen, daß intelligente Menschen sich grundsätzlich jemanden suchen, dessen Schramme so fulminante Ausmaße hat, daß sie ihm sogar schlafend noch turmhoch überlegen sind, vielleicht wäre er auch zu dem Schluß gekommen, es müsse einen Zusammenhang zwischen Intelligenz und Masochismus geben, vielleicht wäre er zu einem völlig anderen Schluß gekommen, hätte ihn nicht ein plötzlicher Aufschrei aus allen diesbezüglichen Überlegungen gerissen.

Der Kopf des Magiers flog herum. Gawain fiel erschrokken hin und krabbelte hinter Gwydiot und Gwenddolau her auf allen vieren zur Scheunentür.

Aus der Scheune, die Mordratt ihnen als Nachtlager zugewiesen hatte, wogten dichte Rauchwolken. Erste, vorsichtig tastende Feuerzungen leckten aus dem Inneren über das Strohdach und kamen sehr schnell auf den Geschmack. Das allein wäre für Gwydiots und Gawains junge Begleiter zwar unangenehm gewesen, aber beileibe nicht tödlich. Tödlich war, daß die Dorfbewohner sich vor dem lodernden Nachtquartier versammelt hatten und die erschrocken aus dem Inferno taumelnden Ritter mit Schwertern, Mistgabeln und anderen Ackergerätschaften zurück in die Flammen scheuchten. Gawain schaffte es endlich, in seine Hose zu kriechen, und zückte wutentbrannt das Schwert.

»Dieses verfluchte Lumpenpack! Ich werde sie ...«

»Nichts werdet Ihr«, sagte Gwydiot und hielt ihn zurück.

»Was!? Soll ich etwa tatenlos zusehen, wie dieses Bauerngesindel unsere Freunde meuchelt?«

»Was wollt Ihr denn dagegen unternehmen?« fragte Gwydiot niedergeschlagen. »Es sind zu viele. Wollt Ihr mit Euren Freunden sterben? Oder wollt Ihr weiterreiten?« Die Schreie aus den Flammen untermalten die resignierten, aber sehr realistischen Fragen des Magiers.

»Ich ... Ich will kämpfen!« schrie Gawain. »Siegen! Siegen will ich!«

Und mit diesen hehren Worten stürmte er schreiend auf die Bauern zu, die sich verblüfft nach ihm umwandten. Natürlich entdeckten sie auch Gwydiot und Gwenddolau. Gawain hatte es mit einem Schlag geschafft, sich selbst in Lebensgefahr zu bringen und dem zornigen Mob zu verraten, daß der Magier mit dem prallen Goldsack nicht in der Scheune abfackelte. Die Einwohner von Mulchelney warteten nicht, bis Gawain sie erreicht hatte, sondern starteten einen Gegenangriff. Gawain gelangte daraufhin urplötzlich zu der Einsicht, daß es manchmal klüger ist, erst zu denken und dann zu handeln, und trat nach kurzem Zögern den Rückzug an. Jetzt stürmte er auf den Magier und das Mädchen zu, das sich ängstlich an Gwydiots Kuttenärmel klammerte. Gwydiot hätte sich auch gern irgendwo festgeklammert.

»Scheißeeee!« brüllte Gawain auf den letzten Metern,

bremste kurz vor dem Magier ab und keuchte erbärmlich. »... und was machen wir jetzt?«

Gwydiot verfluchte seinen Begleiter lautlos und hob dann die Arme. Wenn er schon in die Finsternis marschieren mußte, dann doch wenigstens mit Pauken und Trompeten. Feuerzauber. Wie war das noch? Burrhnderrballs? Lyyghtdehskullers? Nein. Fyyhrrblizzblasst? Ja.

»Fyyhrrblizzblasst!« raunte er gebieterisch, und aus heiterem, wenn auch ziemlich dunklem Himmel stürzte ein kanonenkugelgroßer Feuerball vor die heranstürmenden Männer. Sie blieben stehen wie angewurzelt. Unschlüssig betrachteten sie die kleine Feuerkugel, die vor ihren Füßen rasch in sich zusammenschmolz.

»Wahnsinn«, flüsterte das Mädchen an Gwydiots Arm.

»Ganz einfach«, erwiderte er. »Nur wird es uns nicht viel nützen.«

Der Feuerball löste sich auf. Die Dorfbewohner kamen näher. Gwydiot schleuderte ihnen einen zweiten Ball vor die Füße, aber diesmal ließen sie sich davon nicht am Weitergehen hindern. Das erste Mal ist grundsätzlich atemberaubend, aber das zweite Mal lockt in der Regel schon keinen Welpen mehr hinter dem Ofen hervor. Diese überaus intelligente, allgemeingültige Feststellung sollte übrigens jedem sensiblen Menschen einen verflucht guten Grund liefern, sich auf all die ersten Male im Leben möglichst gründlich vorzubereiten – und könnte hier und jetzt zum Gegenstand einer längeren, hochinteressanten Abhandlung werden, wenn es auf dem Marktplatz von Mulchelney nicht gerade so verflucht spannend zuginge.

Ein zorniges Knurren und Geifern begleitete das Vorrükken der Menge. Fackeln wurden entzündet, Messer gewetzt, Zähne gefletscht.

»Oh, oh«, sagte Gawain und trat entschlossen zwischen Gwydiot und die Scheunentür.

Die Menge blieb einen knappen Meter von den dreien entfernt stehen. Mordratt drängelte sich durch die irren Augen in die vorderste Reihe und streckte seinen kleinen Rattenkopf vor.

»Jaaa! Nun fahrt zur Hölle, Daaamonen!«

Die Menge johlte.

»Wieso?« fragte Gwydiot möglichst unbeeindruckt. »Was haben wir euch denn getan, in drei Teufels Namen?«

»Jaaa-ha-ha! Du hast dich verraten, alter Satan! In drei Teufels Namen! Das ist der Name eures Herrn! Der Name eures Fürsten! Beelzebub hat sich ins Herz des Königs geschlichen und wider Gott den Allmächtigen gesündigt, ja! Nun straft uns Gott der Herr für die Sünden der Teufel, und ihr seid Teufel, wie alle Teufel sind, und bestraft werden müßt ihr! Jaaa!«

»Jetzt hört mal, Leute, wir...«

»Kein Wort soll mehr über deine Satanslippen kommen, Hexer!« Mordratt wandte sich an die Menge und kreischte so mitreißend, daß es sogar in Gwydiots Ohren fast einleuchtend klang: »Verbrennt sie!!!«

Der Magier schloß mit seinem Leben ab. Das war's dann also. Verbrannt von einer Meute, die alles Unerklärliche gleich für ein Werk des Höllenfürsten persönlich oder eine Strafe Gottes hielt und hinter jeder stinknormalen Magenverstimmung ein Zeichen des Himmels witterte. Eine wirklich wunderbare Art, das Zeitliche zu segnen.

Tobende Männer und Frauen holten mit Fackeln aus, trieben die drei Sendboten der Hölle zurück in die Scheune und stachelten sich gegenseitig mit Bemerkungen an, die in erster Linie mit verbranntem Fleisch und Höllenfahrten zu tun hatten sowie – ausdrücklich in zweiter Linie – mit dem Goldsäckchen des Kuttenträgers. Als die fackelbewehrten Arme wieder nach vorn schnellen wollten, um ihre todbringende Last auf das Scheunendach zu schleudern, hielten die Werfer kurz inne, griffen sich verdutzt an ungewaschene Hälse und in zügig abblätternde Hautpartien, fielen rücklings um und waren schon tot, bevor sie sich auf den Pflastersteinen die Köpfe blutig schlugen.

Wenige Sekunden später lag die gesamte Bevölkerung von Mulchelney reglos auf dem Dorfplatz, hingerafft von mehreren Seuchen, die jeweils schon für sich genommen todbringend waren, in der hier angewandten Zusammenstellung jedoch für das schnellste Massensterben der Geschichte gesorgt hatten.

Gwydiot, Gwenddolau und Gawain traten aus der Scheune.

»Was ...?« fragte Gawain.

»Gott!« sagte Gwenddolau.

»Richtig«, sagte Gwydiot.

Apollon nickte zufrieden und trat den Heimweg an. Für den Augenblick hatte er seine Schuldigkeit getan.

Tiefe, nachdenkliche Falten gruben sich in Ares' unansehnliches Schläger-Gesicht. Eine Zeitlang sah er dem schnell verschwindenden Verräter nach. Dann machte er sich unschlüssig ebenfalls auf den Rückweg nach Olympos. Er wußte nicht, weshalb Apollon die Sterblichen gerettet hatte.

Aber etwas in den unergründlichen Tiefen seines inzestgeschädigten Götterhirns sagte ihm, daß sein Vater davon erfahren mußte.

Und zwar möglichst schnell.

10

Cameron stieg aus seinem Wagen und schloß das Verdeck. Er ging zum Heck des 370er Benz, nahm seine lederne Reisetasche aus dem Kofferraum, schloß ihn wieder und fuhr mit der Handfläche wehmütig über das weißglänzende Blech. Hinter ihm lugte die Sonne über den wolkenlosen Horizont und tauchte die Kofferraumklappe und den Rest von Los Angeles in ein sanftes, warmes Gelb. Cameron blieb stehen und sah ihr eine Zeitlang zu.

Die Sonne war noch nie von so vielen Menschen beim Aufstehen beobachtet worden wie an diesem Morgen. Überall hingen Kalifornier aus den Fenstern ihrer Apartments und betrachteten den größer werdenden, lebenspendenden Himmelskörper, manche nachdenklich, manche melancholisch, manche verzweifelt. Angesichts der Geschehnisse um sie herum hegten die meisten dieser Zuschauer die starke Vermutung, sie würden das schöne gelbe Ding nicht mehr allzu häufig zu sehen bekommen. Und wenn man diese Vermutung hinsichtlich irgendwelcher Dinge hegt, sieht man besonders genau hin, wie jeder weiß, der mal einen Schneemann ins Herz geschlossen hatte.

Cameron betrat das Flughafengebäude und ging zum Boeing-Air-Transport-Schalter, wo Gregory ein Ticket für den Flug nach New York hatte hinterlegen lassen. Von dort aus wollte er mit dem Yankee Clipper der Pan-Am via Neufundland nach Southampton weiterfliegen und sich erst dort für ein endgültiges Reiseziel in der alten Welt entscheiden. Zumindest hätte Cameron jedem, der ihn gefragt hätte, diese Antwort gegeben. Er war kein Mensch, der von blödsinnigen, intuitiven Ahnungen sprach. Und er war erst recht kein Mensch, der zugab, derartige Ahnungen zu haben.

»Schön viel Platz«, sagte Diana und schnallte sich in dem so gut wie leeren Lufthansa-Airbus fest.

»Stimmt«, sagte Erasmus und knitterte eine der Zeitungen auf, die man ihm beim Einsteigen überreicht hatte. »Wer will schon fliegen, wenn die Gebrüder Wright plötzlich aus der Geschichte getilgt werden können.«

»Wir«, sagte Diana heiter. »Aber wir sind ja auch wahnsinnig.«

»Vielleicht.«

»Sag mal ...« Diana verdrängte alle Gedanken an die Gebrüder Wright aus ihrem Kopf und formulierte jene Frage, die ihr schon seit einiger Zeit auf der logischen Seele lag. »Wieso eigentlich Griechenland? Ich dachte, du denkst, daß nicht nur die griechischen Götter – an deren Existenz ich übrigens nach wie vor nicht glaube – für dieses ... Chaos verantwortlich sind, sondern auch noch irgendwelche anderen Typen ...«

»Götter.«

»Von mir aus.«

»Das stimmt. Ich habe keine Ahnung, ob Griechenland das richtige Ziel ist.«

Diana legte einige Schweigesekunden ein.

»Und weshalb fliegen wir dann nach Athen?«

»Ich weiß nicht, ob wir nach Athen fliegen.«

»Entschuldige mal. Ich halte auch nicht besonders viel von der Lufthansa, aber wir *sitzen* in der Maschine nach Athen.«

»Richtig. Aber wenn ich recht habe, hätten wir genauso gut in die Maschine nach Oslo steigen können ...«

»Was mir wesentlich lieber gewesen wäre ...«

»... weil wir ohnehin dort landen werden, wo man uns erwartet.«

»Aha ...«

Und bevor Diana ihrem offensichtlich verrückten Begleiter irgendwelche weiteren, wahrscheinlich spöttischen Fragen an den Zauskopf werfen konnte, machte sich die Maschine zitternd auf den Weg zur Startbahn. Pilot und Copilot des Fluges LH 314 waren felsenfest davon überzeugt, in wenigen Minuten in Richtung Athen davonzuschweben.

So viel zu festen Überzeugungen.

»Sie sind tot«, sagte Gawain ungläubig. »Alle tot. Mausetot. Abgekratzt. Alle auf einmal ...«

»Ja, Gawain«, erwiderte Gwydiot.

»Wie ... wie hast du das gemacht, Magier?«

»Ich habe gar nichts gemacht.«

»Gar nichts? Das nennst du gar nichts? Einfach fünfzig Leute ummähen, so mir nichts dir nichts, meine Fresse ...«

»Ich war es nicht«, sagte Gwydiot und wandte sich an Gwenddolau. »Willst du uns begleiten?«

»Wohin geht ihr?«

»Zu jenem Ort, an dem die Riesen tanzten.«

»Wohin?«

»Zum Steinkreis in der Ebene von Salisbury.«

»Äh, Gwydiot ...« räusperte sich Gawain.

»Was, Ritter?«

»Ich will ja nichts sagen, aber meint Ihr, dies sei der richtige Moment zum Tanzen?«

Gwydiot widmete sich seiner Lieblingsbeschäftigung.

Er seufzte.

Gwenddolau brachte auf Anhieb ein erstklassiges Echo zustande.

DRITTER TEIL

EINE ART RAGNARÖK

(Allegretto molto furioso)

Die Einbildung bläht die kleinen Objekte auf
und füllt mit ihnen unsere Seele
zu einer phantastischen Wertschätzung;
und sie verdünnt die großen
mit maßloser Unverschämtheit
auf unseren Maßstab, zum Beispiel Gott.

Blaise Pascal

Gabba gabba hey!!

The Ramones

I

Otto von Guericke geriet 1649 nach Christi Geburt in ein Apfelloch und tauchte in ferner, öder, heißer Zukunft wieder auf. Er hatte keine Zeit mehr, die Luftpumpe zu erfinden, weil er umgehend an einer akuten, durch Sonnenstrahlung verursachten Gehirnschwellung verstarb. Da von Guericke beileibe nicht der einzige patente Faulpelz seiner Epoche gewesen war, wurde die Luftpumpe zwar trotz seines tragischen Verschwindens konstruiert, aber leider erst 1655, also drei Jahre nach dem zuvor historischen Datum. Infolgedessen verzögerte sich – unter anderem – auch die Erfindung des aufblasbaren Fahrradreifens. Was für die Teilnehmer der Tour de France 1992 lediglich zur Folge hatte, daß sie plötzlich auf Fahrrädern saßen, die schon seit Jahren zum alten Eisen gehörten, war für die Teilnehmer der ersten Tour ein ziemlicher Schlag ins Kontor. Das Europa des anbrechenden zwanzigsten Jahrhunderts trauerte um einige der tollkühnsten Abfahrer seiner Zeit.

Jean-François Champollions potentielle Mutter Marie heiratete den falschen Mann, weil der richtige nie dagewesen war. Sie brachte zwar einen Sohn namens Jean-François zur Welt, nur hieß dieser Sohn erstens nicht Champollion und war zweitens leider nicht mit jenen Genen ausgestattet, mit denen er hätte ausgestattet sein müssen, um seinen sumerischen Stein der Weisen zu finden und zu enthüllen, daß die ägyptischen Hieroglyphen nicht bloß kantige Zeichnungen von ungeschickten Vorschülern waren, sondern eine Sprache mit dazugehöriger Grammatik. Das alte Ägypten blieb, was es bis zu Champollions Entdeckung gewesen war: ein

Buch mit sieben Siegeln. Liz Taylor bekam keine Millionengage für Kleopatra, und einer der schönsten Asterix-Bände verlor gehörig an Charme. Einige der ägyptischen Götter fühlten sich plötzlich entsetzlich schwach.

Es gab allerdings auch weniger dramatische Tilgungen. Oder besser, Tilgungen, die weniger auffällig waren. Zum Beispiel die des Josef Jandl, eines übellaunigen bayerischen Almhirten, der in seinem gesamten Leben nur eine einzige gute Tat vollbracht hatte, bzw. hätte, nämlich, seinen Cousin Xaver Mittenbichler in einem Anfall von Menschenliebe zu überreden, dem Alkohol abzuschwören. Daß Jandl vor dieser noblen Tat verschwand, war für viele seiner Mitmenschen kein Grund, in Tränen auszubrechen; seine Frau fühlte sich sogar wesentlich besser und zog mit einem soliden Mann aus gutem Hause (der nicht nach Kühen stank) nach Augsburg. Mittenbichler jedoch zog im Kampf gegen den Flaschenteufel ziemlich schnell den kürzeren und starb sabbernd in einer Heilanstalt, statt stocknüchtern über sein eigentliches Talent zu stolpern, nämlich die Fähigkeit, verzweifelten Menschen zuzusprechen und ihnen Trost und neuen Lebensmut zu spenden.

Die Regensburger Telefonseelsorge hörte nie von Xaver Mittenbichler. Achtunddreißig Menschen, die dem verhinderten Trinker ihr Leben zu verdanken hatten, waren plötzlich nicht mehr da. Menschen, die ihrerseits anderen Menschen hatten (beziehungsweise hätten) helfen können. Die Bekannten- und Freundeskreise der achtunddreißig Gewesenen veränderten sich dramatisch, was wiederum erhebliche Veränderungen zur Folge hatte, die erhebliche Veränderungen zur Folge hatten ...

Einige besonders kurzsichtige Menschen waren bis zu diesem Zeitpunkt der Auffassung gewesen, sie verstünden die Welt. Langsam, aber sicher schlossen auch sie sich jetzt den Ansichten ihrer skeptischeren Artgenossen an. *Ach du*

Schande, was tut sich 'n da für 'n Abgrund auf, Menschenskind, geht das weit runter! – Der Abgrund war schon immer da. – Quatsch, hätte ich doch gesehen, so 'n Abgrund, bin doch nicht blind! – Blind nicht, aber im Rücken hast du keine Augen. – Da guck ich nich hin ... Igitt, der ist ja in meinem Kopf! Wer hat 'n den da reingetan, meine Fresse! Ohgottogott ... das kapier ich nich. Aber ich kapier doch sonst alles, oder? – Oder. – Aha. Ach, so ist das ... und was machen wir jetzt? – Beten. – Beten? Mach mal vor ...

Es ist nicht leicht, sich von liebgewonnenen Gewohnheiten zu verabschieden. Schon gar nicht, wenn man allen gleichzeitig den Rücken kehren muß.

2

Zeus marschierte währenddessen (Währenddessen? Denken Sie mal fünf Sekunden über die durchschnittliche Dehnbarkeit von Alltagsbegriffen nach) nachdenklich durch den großen Sitzungssaal von Olympos. Poseidon saß am Sitzungstisch, stopfte sich Thunfischstückchen durch den Bart und wartete darauf, daß der Göttervater endlich etwas Kluges von sich gäbe.

Zeus blieb stehen und spitzte die Ohren. Jemand näherte sich mit raschen, verstohlenen Schritten. Dann flog die Tür auf, und Hermes betrat strahlend den Saal. Er breitete die Arme zur Begrüßung aus, blieb jedoch stehen, um seinen Triumph nach allen Regeln der Kunst auszukosten.

»Alles erledigt, Vater!«

»Tatsächlich?« fragte Zeus ungläubig.

»So wahr ich hier stehe«, sagte Hermes und trat auf seinen Vater zu. »Hatop, Melchior, Aristipanes und Tinker – alle beim guten alten Hades und seinem blöden Köter. Aus.

Ratzfatz. Schluß mit Lustig. Ein Erfolg auf der ganzen Linie. Athene wird sich schwarz ärgern.«

»Erstaunlich«, murmelte Zeus.

»Was iss erstaunlich?« mampfte Poseidon.

»Zu einfach.« Zeus wandte sich wieder an Hermes. »Überhaupt keine Probleme?«

»Nein, eigentlich nicht ... das heißt, dieser Tinker, der war etwas eigenartig.«

»Eigenartig? Inwiefern?«

Hermes setzte sich neben Poseidon und klaute dem Meergott unbemerkt einen Klumpen Thunfisch. »Na ja. Ich wollte ihn im Jahre 1940 – christliche Zeitrechnung – in die Unterwelt jagen ... übrigens mittlerweile ganz schön voll da unten ... aber da war er schon tot.«

»Was?«

»Da war er schon tot. Gestorben 1939, bei einem Überfall. Unter recht eigentümlichen Begleitumständen, wenn ich recht darüber nachdenke ... an dem Tag sind nämlich noch drei Leute in seinem Haus gestorben, mit Pfeilen im Kopf.«

»Verfluchte Scheiße«, sagte Zeus.

»Wie bitte?«

»Du hast die Falschen umgebracht.«

»Aber Zeus«, mischte sich Poseidon ein, »das ist doch albern. Wieso sollte Athene sich denn geirrt haben ...?«

»Ach, halt die Schnauze, Wasserkopf.«

»He. He, he, he. Hör mal ...«

»Hermes«, unterbrach Zeus den feuchten Protest, »was weißt du noch über diesen Tag? Über diese Toten mit den Pfeilen in den Köpfen.«

»Was?«

»Grundgütiger, bin ich denn hier der einzige, der ein Gehirn zwischen den Ohren hat? Sie hat gelogen. Jemand hat anderen Leuten Pfeile durch die Köpfe geschossen, aber Tinker wurde nicht gerettet. Wer war noch da, Hermes?«

»Ein Mann ... warte ...« Hermes bemühte sein göttliches Erinnerungsvermögen. »Cameron ... Ja, Cameron Cameron.«

»*Das* ist unser Mann. Die kleine Schlampe hat dich reingelegt, Hermes. Sie muß irgendwie herausbekommen haben, daß du auf unserer Seite stehst, und hat dich geleimt. Gelinkt. Verarscht ...«

»Jaja, schon gut, ich hab's ja verstanden.«

Zeus mußte lachen. Streit hin, Streit her: Das Mädel war eindeutig seine Tochter. Und in gewisser Hinsicht gar nicht so übel. Jedenfalls nicht so übel wie einige seiner anderen Sprößlinge.

»Kein Grund, den Kopf hängen zu lassen«, sagte er zu Hermes, der den Kopf hängen ließ. »Was die kann, können wir schon lange. Hör zu, mein Sohn ...«

Ares stürmte in den Raum und schnitt dem Göttervater das Wort im Mund ab.

»He, Zeus!«

»Ah, Ares! Hast du Apollon verfolgt?«

»Hab ich.«

»Und?«

»Tja, das war ziemlich seltsam. Scheint wirklich schlechte Laune zu haben, der Kleine. Er hat ein ganzes Dorf niedergestreckt. Mit Seuchen und solchen Sachen, Mannomann, ich kann dir sagen, das war ein Bild für die Kriegsgöt...«

»Um wen zu retten?«

»...?«

»Um wen zu retten, Ares?«

»Ach so. Aha. Ja, er hat drei verschont, hab mich auch schon gefragt, was das soll. So' n untereernährtes Mädel und einen alten Mann in einer schmutzigen Kutte und einen Krieger. Bah! Krieger! Weggelaufen ist er, der Feigling ...«

»Das ist Nummer zwei«, sagte Zeus, an Hermes gewandt. »Einer von denen ist Nummer zwei. Versteht ihr?«

Hermes nickte. Poseidon und Ares schüttelten die Köpfe. Zeus setzte sich neben den Gott der Diebe und umklammerte dessen Unterarm mit hartem Göttergriff.

»Jetzt, Hermes«, zischte er, »liegt der Vorteil bei uns. Sie denken, wir wüßten nicht, daß wir die richtigen Namen nicht kennen. Das sollen sie ruhig weiter glauben. Nur zu. Das wird sie unvorsichtig machen. Noch unvorsichtiger. Und wir werden sie beobachten. Bald, Hermes, werden wir auch die anderen richtigen Namen erfahren. Und dann...« er wandte sich an Ares und Poseidon, »dürft ihr sie töten.«

»Athene?« fragte Ares ungläubig.

Zeus verdrehte die Augen und seufzte.

Hera stieß die Küchentür auf und streckte den Kopf in den Raum. Sie lächelte unnatürlich breit und säuselte mit einer Stimme wie Baumharz: »Hallo, ihr Lieben... möchte einer von euch ein Becherchen Nektar, oder habt ihr alles, was ihr braucht?«

»Weinberger! Salatbar-Monteur! Samt Freundin! Cameron! Detektiv! Gwydiot! Magier!« verspottete Loki, der sich inzwischen in einen ausnehmend häßlichen Kentauren verwandelt hatte, die in der Sonne sitzende Athene. »Weshalb hast du denn ausgerechnet diese Sterblichen ausgewählt, Griechin?«

»Zufall«, sagte sie.

»Zufall? Du überläßt dem Zufall die Auswahl?«

»Der Zufall ist das einzig unberechenbare Element. Alles andere wäre unter gewissen Umständen nachvollziehbar gewesen. Wer Verstand besitzt, Ase, weiß um die Macht irrationalen Handelns.«

»Weibergewäsch.«

»Wie du meinst.«

»Hättest du nicht wenigstens *etwas* qualifiziertere Leute nehmen können.«

»Es spielt keine Rolle, wer herkommt. Vor den Göttern sind alle Menschen gleich. Und wir verlieren unsere Macht über jeden, der uns leibhaftig gegenübersteht. Ob er nun ein Krieger ist oder ein Kind.«

Loki schnaubte, scharrte mit dem rechten Hinterhuf und winkte mürrisch ab. In seinen Augen war nur eines eindeutig schlimmer als Griechen, und das waren Griechinnen.

»Ich werde jetzt gehen und mir ansehen, ob deine Auswahl etwas taugt«, sagte er.

»Das wirst du nicht«, erwiderte Athene scharf. »Wir sitzen im gleichen Boot, Ase. Und das bedeutet, ich gehe nicht weg, und du gehst auch nicht weg.«

»Was soll denn das heißen, hä? Traust du mir nicht?«

»Nicht weiter, als ich die Erde stoßen kann.«

Hugin duckte sich und verließ sehr vorsichtig seinen Horchposten im hohen Gras vor den Füßen der beiden mißtrauischen Götter. Leise fluchend legte er etwa hundert Meter auf seinen dürren Krallen zurück, bevor er es wagte, abzuheben und wieder einmal in Richtung seines unerbittlichen Arbeitgebers zu starten.

Baldur sagte »Da! Da kommt er«, und deutete auf den näherkommenden Raben. Er räusperte sich, wandte sich kurz nach seinem Bruder um und murmelte verlegen »Tschuldige«.

»Macht doch nichts«, erwiderte Hödur verzeihend, wollte den Unterarm seines Bruders berühren und tätschelte stattdessen das Holzgeländer des Aussichtsturmes, auf dem die beiden standen und warteten.

Baldur richtete sich zu voller Größe auf und winkte mit beiden Armen.

Hugin entdeckte die fuchtelnde Gestalt auf dem Turm und legte seine Rabenstirn in Falten. Was sollte das werden? Davon abgesehen, daß er zum Ansteuern von Asgard schon seit Jahrtausenden keinen Fluglotsen mehr brauchte, hatte Baldur ihm noch nie zugewinkt. Trotzdem änderte der Rabe seinen Kurs und steuerte auf die Söhne seines Gebieters zu. Er breitete die Flügel aus, landete anmutig auf dem Geländer und blieb erhobenen Schnabels sitzen. Man sah jeder seiner Federspitzen an, daß er ein Rabe in geheimer Mission war und eigentlich keine Zeit für eitles Geschnatter hatte.

»Was gibt's?« fragte er stolz. »Ich hab's ziemlich eilig.«

»Hast du die Namen?« fragte Baldur und näherte sich dem Rabenschnabel auf Hackweite.

»Ja. Sonst noch was? Ich muß zu eurem Vater.«

»Verrätst du sie mir?«

»Du weißt ganz genau, daß ich Odins Befehlen unterstehe. Und zwar *ausschließlich* Odins Befehlen. Tut mir leid, Jungs ...«

»Hör mal, Hugin«, sagte Baldur sehr sanft und zupfte abwesend einen Holzsplitter aus dem Turmgeländer. »Du hängst doch an deinem Bruder, oder?«

»Natürlich hänge ich an meinem Bruder. Nur habe ich im Moment keine Zeit ... Was soll das heißen?«

Hugin sah die beiden Götter abwechselnd an. Hödur schmunzelte. Baldur ließ das Holzstück fallen und rieb sich interessiert einige Staubkörnchen vom Daumen.

»Och, nichts«, sagte er. »Erzählst du mir, wie die Sterblichen heißen?«

»Wie oft soll ich das denn noch sagen? Nein.« Hugin breitete die Flügel aus.

»Hübsches Gefieder hast du da«, sagte Baldur anerkennend und zog eine kohlrabenschwarze Feder aus seinem Gürtel. Er zwirbelte sie betont lässig zwischen Zeige- und Mittelfinger, während er Hugin mit gespitzten Lippen ansah. Hugin starrte die Feder an.

»Er hat nicht mal gekräht«, fuhr Baldur freundlich fort. »Dein Bruder ist ein sehr tapferer Rabe.«

Hugin holte aus und versuchte die Hand des Tierquälers

mit dem Schnabel zu treffen. Baldur zog sie blitzschnell aus der Hackrichtung und ignorierte den Angriff einfach.

»Also, Hugin ... ich will es mal so sagen: Ich weiß nicht, wie dein Bruder ohne Federn aussieht, aber wenn du jetzt nicht auf der Stelle die Namen rausrückst, werden wir's ziemlich bald wissen.«

Hugin schluckte.

»Wo ist er? Was habt ihr mit ihm gemacht!?«

»Die Namen.«

Als anständiger Rabe schwankte Hugin nur sehr kurz zwischen Gehorsam und familiärer Verbundenheit. Leise krächzend gestand er alles, was er wußte. Baldur begleitete die Aufzählung mit zufriedenem Nicken.

»Und jetzt«, sagte er, »fliegst du zu unserem Vater und nennst *ihm* die Namen der bösen, bösen Sterblichen, die auf dem Weg hierher sind. Ja?«

»Gut«, nickte der Rabe. »Und ihr laßt meinen Bruder frei.«

»Versprochen. Bei meiner Ehre.«

»Bah!«

Hugin flatterte mit möglichst majestätischen Flügelschlägen in die Höhe. Baldur sah ihm lächelnd zu.

»Ach, Hugin?«

»Ja. Was denn noch?«

»Oh, nur eine Kleinigkeit. Nicht, daß wir uns mißverstehen, aber ... solltest du meinem Vater versehentlich die *richtigen* Namen verraten ... ich habe mir schon immer einen ausgestopften Raben für mein Schlafzimmer in Breidablick gewünscht. Wir verstehen uns?«

»Ja«, krähte Hugin niedergeschlagen und flatterte davon.

Baldur wandte sich an Hödur und legte ihm die Hände auf die Schultern.

»So, Bruder«, sagte er, »dann wollen wir uns die Sterblichen mal ansehen.«

»Gut.« Hödur nickte. »Aber meinst du, daß wir dem Raben trauen können?«

Baldur zuckte die Achseln. »Keine Ahnung. Er wird uns ein bißchen Zeit verschaffen. Und wenn er es Vater irgendwann verrät, sind Athenes Auserwählte wahrscheinlich schon hier. Komm, Hödur«, sagte er und zog seinen Bruder mit sich.

Odin und Thor erwarteten Hugin bereits. Der Rabe landete etwas unsicher auf dem Tisch und legte die Flügel an.

»Und?« sagte Odin.

»Äääh ... tja. Ich habe die Namen, ja. Jaja.«

»Raus damit.«

Hugin überlegte fieberhaft und plapperte dann einfach heraus, was ihm durch den Kopf schoß. »Erstens ... kühl hier, nicht? Äääh ... erstens, ein Franzose, André Gilles, Zeitpunkt: 1514, zweitens, eine Engländerin, heißt Christie, Agatha, Zeitpunkt: 1915, drittens ein Russe, Stalin, Josef ...«

»Josef Stalin?«

»Äääh ... ja, wieso nicht?«

Odin runzelte die Stirn und brummte nachdenklich. Die Griechen waren schon ein ziemlich eigenartiges Volk. »Weiter«, sagte er.

»Weiter, ja«, echote Hugin, der die Denkpause genutzt hatte. »Viertens ein Senegalese, Mobuto Umomo, aus einem kleinen Dorf bei ... Tambacounda. 1981.«

»Das war's?«

»Das ... äh, ja ... das war's.«

»Seltsame Auswahl.«

Hugin lief rot an und dankte Mutter Natur für die vielen schwarzen Federn, die sie ihm und seinesgleichen verliehen hatte. Er mußte an seinen Bruder denken und ächzte kurz. Odin musterte ihn einige Sekunden lang argwöhnisch, schüttelte dann den Kopf und wandte sich an Thor.

»Sohn?«

»Ja, Vater?«

»Hast du alles verstanden?«

»Jedes Wort.«

»Dann geh und schick diese Leute zu Hel.«

»Ich dachte, ich sollte sie kaltmachen«, murmelte Thor enttäuscht.

»Wie bitte?«

»Soll ich sie nun zu Hel schicken oder allemachen?«

Odin atmete einige Liter Luft aus. »Mach sie alle, Thor. Mach sie einfach alle, und denk nicht weiter drüber nach.«

»Alles klar.«

Thor erhob sich, schulterte seinen Hammer und machte sich mit einem souveränen Abschiedslächeln in Richtung seines verzweifelten Vaters auf den Weg. Da er so nicht darauf achten konnte, wohin er ging, knallte er mit dem Kopf gegen den Türrahmen, prallte zurück und holte wütend mit dem Hammer aus.

»Wer wagt es, sich mir in den Weg zu stellen, verflucht!«

Bevor Mjölnir den Türrahmen atomisieren konnte, krachte der Hammerkopf mit lautem Donnern auf die Bodendielen. Thor wandte sich erstaunt nach seinem Vater um. Odin ließ seine Rechte sinken, und der Hammer wurde wieder leichter.

»Nicht in meinem Haus«, sagte er streng und bedeutete seinem Sohn mit einer gut dosierten Handbewegung, zu verschwinden. Thor schlich schweigend aus dem Turmzimmer.

Odin stand auf und trat ans Fenster. Er sah hinaus in den wogenden Nebel und fragte sich, was dahinter liegen mochte. Eine laute innere Stimme warnte ihn davor, diesem Gedanken auch nur einen Millimeter weiter nachzuspüren.

Hinter ihm, auf dem Tisch, hockte ein unter seinem Gefieder knallroter Rabe und hatte ein wahnsinnig schlechtes Gewissen.

Athene blinzelte in die Sonne und dachte möglichst vage an die Sterblichen. Sie wagte es nicht, konkreter an die vier zu denken, weil sie befürchtete, erwischt zu werden. Um diese Furcht vollständig zu begreifen, müßte man wohl einiges darüber wissen, wie göttliche Gehirne funktionieren. Da dies allerdings ein Thema ist, mit dem sich die skeptischere Hälfte der Menschheit bereits herumschlägt, seit sie nicht mehr mit allen vier Extremitäten auf dem Boden herumtappt (jedenfalls nicht ständig), wollen wir uns an dieser Stelle auf die weniger komplizierte Frage beschränken: Warum dachte Athene nicht konkret an ihre Sterblichen?

Sie hatte gefahrlos an Erasmus denken und Dianas Bildschirm manipulieren können, solange kein anderer Gott auf die Idee hatte kommen können, ihren Gedanken zu folgen. Und auf diese Idee hatte keiner der anderen kommen können, solange diese anderen – mit Ausnahme ihrer Verbündeten und Lokis – felsenfest davon ausgingen, Athene denke an irgendwelche Ägypter oder Melchiors. Da nun zur Weisheit immer ein gewisses Maß an Intuition gehört und Athene ahnte, daß Zeus sich nicht allzu lange von ihrem Trick würde ablenken lassen, dachte sie also nur sehr vage an die Sterblichen. Was übrigens nicht so einfach ist, wie es klingt. Versuchen Sie mal, an etwas gerade so intensiv zu denken, daß es nicht vor Ihrem geistigen Auge auftaucht (nicht mal vor Ihrem geistigen Augenwinkel), dann wissen Sie, was die Göttin der Weisheit leistete.

Athenes unbestimmtes Denken wurde plötzlich von einem Bild gestört, das mit gehöriger Vehemenz in ihr Bewußtsein drang. Sie verscheuchte es, indem sie sich weigerte, daran zu denken, aber das Bild kehrte nach einem kurzen Ausflug ins Unterbewußtsein wieder zurück. Nach einigen Sekunden füllte es Athenes gesamtes Denken aus und hinderte sie, andere Bilder vor ihrem geistigen Auge zu fixieren. Es war ein Bild ihres Vaters. Ein imposantes Bild. Eines, das wie eine Straßensperre vor allen möglichen Gedankengängen stand.

Athene griff sich an den Kopf und stand wütend auf.

»Das ist nicht fair!« sagte sie.

Loki hob den Kopf und musterte die Griechin.

»Was ist nicht fair?«

»Er drängt sich in meine Gedanken, dieser Mistkerl.«

»Welcher Mistkerl?«

»Mein Vater.«

»Oh ... das kann er?«

»Ja, wenn er nicht betrunken ist ...« Athene warf dem häßlichen, dürren Kentauren mit dem öligen Seitenscheitel einen mißtrauischen Blick zu. »Du gehst nicht weg.«

Loki lächelte. »Wo denkst du hin, Griechin?«

Athene dachte nirgendwohin. Zeus stand im Weg.

»Ich bin gleich wieder hier«, sagte sie und stampfte zornig auf Olympos zu. Ase hin, Ase her, sie mußte zuerst ihren Vater zwingen, aus ihrem Bewußtsein zu verschwinden.

Als sie durch einen der langen Korridore im Inneren der Wohnanlage lief, traf sie mit Apollon zusammen. Der Gott der Dichtkunst machte keinen allzu frischen Eindruck.

»Bei dir auch?« fragte Athene besorgt.

»Ja. Er ist hier drin.« Apollon zeigte auf seinen Kopf.

»Bei Kronos und Rhea, was soll das? Das hält er doch nicht lange durch. Er kann uns höchstens eine halbe Stunde blokkieren, dann bricht er zusammen. Komm ...« sagte sie und eilte weiter, »wir fragen ihn selbst.«

Apollon folgte.

Zeus saß leicht vornübergebeugt am Versammlungstisch, als die beiden den Raum betraten. Vor ihm standen ein großer Kelch und eine armselige Holzschale, in der sich ein Rest Pinienkerne befand, neben ihm saßen Hermes und Artemis, die sich sämtliche Fingerspitzen gegen die Schläfen preßte.

Wütend stürmte Athene auf ihren Vater zu und blieb dicht vor ihm stehen, die Fäuste auf die Hüftknochen gestützt.

»Vater! Was soll das!«

»Ich wollte mit euch sprechen«, brachte Zeus mühsam hervor und lockerte den mentalen Griff. Apollon, Artemis und Athene konnten wieder ein bißchen klarer denken.

»Bitte, setzt euch«, sagte der Göttervater erschöpft und wies auf die freien Stühle zu seinen Seiten. Als seine Kinder Platz genommen hatten, beugte er sich ächzend vor und stützte sich mit beiden Unterarmen auf der Tischplatte ab.

»Ich«, begann er zerknirscht und wandte den Blick von Athene, »ich ... kann das nicht mehr ertragen, daß wir, daß unsere Familie sich in den Haaren liegt. Daß wir streiten.«

Athenes Mund klappte auf und wieder zu. »Wa...?«

»Ich möchte das nicht«, fuhr Zeus ruhig, aber sehr bestimmt fort. »Schlimm genug, daß wir uns nicht vertragen ... aber nun ist mir zu Ohren gekommen, daß sich auch die Asen eingemischt haben, und ich möchte nicht, daß Fremde in unsere Familienangelegenheiten hineingezogen werden.«

»Familienangelegenheiten?« wollte Athene fragen, kam jedoch nur bis »Familien«. Zeus besänftigte sie mit einer abwehrenden Handbewegung. Er wirkte fast gebrechlich, entkräftet vom Taktieren und von den unermeßlichen geistigen Anstrengungen, die er auf sich genommen hatte, um die drei Abtrünnigen zu sich zu rufen.

»Verzeihung«, sagte er müde. »Keine Familienangelegenheit. Du hast recht, Athene, du hast ja recht. Aber wie dem auch sei ... Ich werde die Blitze zurückrufen.«

Vollkommene Stille überflutete den Raum. Aus der Speisekammer drang zuerst das knarzende Furzen eines Wiesels und dann Hebes Fluchen, aber keiner der Götter wandte den Kopf.

Schließlich brach Athene das Schweigen.

»Das ist doch nur wieder einer von deinen Tricks ...«

Zeus sah auf. Todtraurige, gebrochene Augen blickten flehend in Athenes bis zu diesem Augenblick harte Züge.

»Ich verstehe dich«, flüsterte er erstickt. »Ich kann nicht verlangen, daß du mir nach allem, was geschehen ist, glaubst. Ich verlange gar nichts.« Der Blick eines Sterbenden schweifte über die Gesichter der anderen. Apollon, Artemis und Hermes ließen die Köpfe hängen. »Ich bitte euch. Ich, euer Vater, bitte euch ... um Vergebung.«

Erneut herrschte Totenstille. Etwas Ungeheuerliches war geschehen. Zeus hatte einen Fehler eingestanden und *bat andere Götter um Verzeihung*. Verunsichert versuchte Athene, mit ihren Geschwistern Blickkontakt aufzunehmen, aber beide nestelten ergriffen an ihren Handgelenken herum.

»Schwörst du, daß es kein Trick ist?«

Ihre Stimme klang nicht mehr so unbarmherzig, wie sie geglaubt hatte. Apollon sprang auf.

»Athene, laß es gut sein!« sagte er laut. »Er bittet uns um Vergebung, also vergeben wir ihm.«

Zeus bedachte seine Tochter mit einem Blick, der sogar Steine zum Schluchzen gebracht hätte. »Ich werde die Blitze zurückrufen«, sagte er mit letzter Kraft und hob seinen Becher. »Weil meine Familie wichtiger ist als Sterbliche, die an mich glauben.«

Schweigend tänzelte Ganymed von der Küche aus herein und füllte die vor den Göttern stehenden Becher andächtig mit Wein. Niemand sagte etwas. Apollon wischte sich verstohlen eine Träne aus dem Augenwinkel, Artemis schluckte. Athene musterte Zeus und verlor die letzten Zweifel. Er wirkte wahrhaftig, als würde ihn jeder weitere Streit umbringen oder zumindest bis zum Ende aller Tage zu einem untröstlichen, gebrochenen Vater und Gott machen.

»Auf unsere Familie«, raunte Zeus feierlich und hob seinen Kelch.

Artemis und Apollon ergriffen die vollen Becher und tranken mit großen Schlucken. Die Göttin der Weisheit nippte an der süßen, harzigen Flüssigkeit und warf Hermes einen Blick zu. Sein Kehlkopf ruckte auf und ab, aber in seinen kleinen Augen brannte ein anderes Feuer als jenes, das vom Wein entfacht wird. Athene ließ den Becher sinken und runzelte die Stirn.

»Weshalb trinkst du nicht, Bruder?«

Hermes setzte den Becher ab und ein überraschtes Lächeln auf. »Bitte? Natürlich trinke ich.«

»Du hast nicht getrunken.«

Athene wandte sich an Zeus. Der Göttervater erhob sich von seinem Thron. Bartumwachsene Mundwinkel krochen träge aufwärts und zauberten ein breites Schmunzeln in sein Gesicht. Alle Anzeichen von Gebrechlichkeit waren urplötzlich spurlos verschwunden. Was die Anwesenden nicht zuletzt am Tonfall merkten.

»Es wird euch nicht lange außer Gefecht setzen«, dröhnte er, »aber es wird Ares und Poseidon genug Zeit verschaffen, eure Würmer in die Unterwelt zu jagen!«

»Du miese Ratte!« zischte Athene und hatte das Gefühl, gleichzeitig in mehreren Riesenrädern zu sitzen. Sie fühlte ihre Arme schwerer und schwerer werden und stemmte sich mit aller Willenskraft gegen die nahende Bewußtlosigkeit. Mit einem Blick erkannte sie, daß Apollon und Artemis bereits auf die Tischplatte gesackt waren. Sie versuchte sich klarzumachen, daß sie wesentlich weniger getrunken hatte. Die Wirkung des Mittels konnte nicht lange anhalten. Noch einmal hob sie ihren Kopf, der sich in Blei verwandelt hatte.

»Du ... verlogener ... Drecksack ...«

»Danke«, sagte Zeus. Er und Hermes betrachteten Athene lächelnd. Der ganze Raum geriet in Bewegung, kippte zur Seite und stand plötzlich senkrecht. Hermes goß den Inhalt seines Glases auf den Boden, lachte und holte einen anderen Krug unter dem Tisch hervor. Überschwappend ergoß sich die Flüssigkeit in seinen und Zeus' Kelch. Sie prosteten Athene zu. Schwere Gewichte zogen ihre Lider nach unten, und in die stille Dunkelheit hinein dachte sie *ich muß, ich muß, ich muß ...*

Zeus trank seinen Becher zügig leer, schwankte kurz und rief nach Poseidon und Ares. Die beiden kamen vom Flur aus herein und glotzten die schlafenden Götter verständnislos an. Erneut füllte Hermes den Becher, den Zeus ihm fordernd entgegenstreckte.

»Und jetzt«, donnerte der Göttervater, »seid ihr dran! Löscht sie aus! Bringt sie um, diese widerlichen Kohlenstoffeinheiten! Tötet Gwydiot, Cameron, Erasmus und Diana! Prügelt ihre Seelen bis in die Unterwelt!«

»Jaaaaah!« brüllten Ares und Poseidon, machten auf dem Absatz kehrt und stürmten hinaus zu ihren Waffen und Streitwagen.

Zeus kippte sich einen halben Liter Wein in den Bart, lachte schallend und hielt seinen Becher erneut in Hermes' Richtung.

»Mehr Wein!«

»Vater...«

»Wein!!!«

3

Nachdem Cameron sich von einem Boot in den Hafen von Southampton hatte bringen lassen, war er in einen Bus gestiegen und zunächst in Richtung Eastleigh gefahren. Er war vor der Endstation ausgestiegen, hatte sich gründlich umgesehen, ein Taxi bestiegen und sich wieder zum Hafen zurückbringen lassen. Dort hatte er einen unauffälligen, viertürigen

Plymouth gemietet und war in Richtung Salisbury aufgebrochen.

Es hatte nichts genützt. Er fühlte sich noch immer beobachtet.

Er saß hinter dem Lenkrad des schweren Plymouth, spähte unbehaglich in den leeren Rückspiegel und hatte das Gefühl, splitternackt auf einem Gehweg voller Menschen zu sitzen. Sein Verstand teilte ihm laut und vernehmlich mit, daß er jeden Verfolger – so es überhaupt einen gab – durch die geschickte Hin- und Herfahrerei abgehängt hatte; ein unbestimmtes Gefühl hingegen sagte ihm, daß er auf dem besten Wege war, verrückt zu werden. Er hatte keinen blassen Schimmer, weshalb er in einem Mietwagen saß und auf einer leeren Landstraße in Richtung Salisbury fuhr. Das ergab keinen Sinn. Mekka, ja. Das Himalaya-Gebirge, die Pyramiden von Gizeh oder der thessalische Olympos, das waren die Ziele gewesen, die er während der langen Reise vor Augen gehabt hatte. Und jetzt saß er in einem schwarzen Plymouth und näherte sich Salisbury, einem Ort, mit dem er scheppernde Rüstungen und torfgesichtige Ritter verband, aber ganz gewiß nichts Heiliges.

Trotzdem war er sicher, das Richtige zu tun.

Und genau das war es, was ihn wahnsinnig machte.

Als Cameron sich der Brücke näherte, die kurz hinter Downton über den Avon führte, begann sein Herz plötzlich um sich zu schlagen wie ein unerfahrener Boxer in der ersten Runde. Er nahm den Fuß vom Gaspedal und rollte vorsichtig auf den Fluß zu. Über der Brücke ballte sich eine Gewitterwolke zusammen. Eine sehr kleine, kompakte, schwarze Gewitterwolke, die offenbar nichts außer der Brücke treffen wollte und zu diesem Zweck sehr tief über ihr hing. Cameron schätzte den Abstand zwischen Fahrbahnoberfläche und Wolke auf ungefähr dreißig Meter.

Langsam ließ er den Wagen weiter über den Asphalt rollen. Die Wolke schwebte unter dumpfem Grollen auf ihn zu und blieb schließlich direkt über ihm hängen. Der Plymouth stand jetzt unmittelbar vor der Brücke, über den Ufern des Avon. Cameron sah unentschlossen nach oben, als plötzlich Leben in die Wolke geriet. Blitze züngelten auf den Wagen zu, ohrenbetäubender Donner ließ die Karosserie erzittern, und wie aus Tausenden von Eimern ergoß sich Wasser über die Scheiben. Cameron schaltete die Scheibenwischer ein und zog seine Luger aus dem Holster. Durch die zerfließende Seitenscheibe sah er hinunter auf den Fluß und registrierte beunruhigt, daß das Wasser rapide stieg. Auf einer Breite von etwa fünfzig Metern näherte es sich der Brücke und brandete gischtig über die hohen Geländer zu beiden Seiten.

Cameron rammte den Rückwärtsgang mit lautem Krachen ins Getriebe, trat das Gaspedal durch und bekam ein ertrinkendes Gurgeln des Vergasers zu hören. Die bis zu diesem Augenblick schwungvoll gegen die Wassermassen kämpfenden Scheibenwischer blieben plötzlich wie festgeleimt auf der Scheibe liegen. Regen trommelte wütend auf das Dach des Plymouth, und Cameron hockte blind in seinem blechernen, schwarzen Sarg.

Er überlegte nicht lange.

Er stieß die Tür auf und trat hinaus in das Inferno aus Regen und Dunkelheit, das auf der Brücke herrschte. Auf der anderen Brückenseite ahnte er die Mittagssonne, die durch hohe Wolken auf die Landstraße schien. Cameron drehte sich um. Zwanzig Meter hinter ihm war das Wetter völlig normal. Durch die nassen Bindfäden sah er zu Boden. Er stand mittlerweile bis zu den Knien in aufgewühltem Wasser, Wasser, das offenbar seinen eigenen Kopf hatte und sich hartnäckig weigerte, den Gesetzen der Physik zu gehorchen und in die liebliche Landgegend abzufließen. Nach Luft schnappend beschloß Cameron, den Rückzug anzutreten.

Er hatte sich noch keine zwei Meter weit durch die Fluten

gewühlt, als er hinter sich einen bestialisch lauten Schrei hörte. Er wirbelte herum, so schnell es das Wasser erlaubte, und traute seinen Augen nicht.

Durch einen ovalen, trockenen Tunnel aus gleißendem Licht schoß dicht über der Wasseroberfläche ein mächtiger, vierspänniger Streitwagen auf ihn zu. Schaum wehte von den Mäulern der fliegenden Rösser, deren schwere, kupferne Hufe das Wasser nicht berührten und über deren goldenen Mähnen ein gigantischer Dreizack auf Camerons Gesicht zuschoß. Etwas weiter hinten stand der Wagenlenker, vornübergebeugt, die Zügel in der Linken, den Schaft des Dreizacks in der Rechten, ein Hüne mit langen, zottig im Fahrtwind wallenden Haaren, aus dessen sperrangelweit aufgerissenem Rauschebart der ohrenbetäubende Schrei drang.

Camerons Blutbahnen spielten Rush-hour in L. A.

Der bis vor kurzem eleganteste Detektiv seiner Zeit dachte nicht darüber nach, daß er eigentlich ein mutiger Mann war. Triefend und paralysiert vom Kopf bis zu den Zehennägeln stand er in seinem nassen Grab, starrte die heranzischenden Dreizackspitzen aus riesigen Augen an und öffnete den Mund zu einem entsetzten Aufschrei.

Ein armseliges Krächzen versoff im infernalischen Lärm.

Die Dreizackspitzen kamen näher.

Ganz nah.

Cameron schloß die Augen.

Streitwagen haben die Angewohnheit, auf Rädern zu rollen. Und zwar auf Rädern, die aus praktischen Erwägungen – und nicht etwa nur aus Gründen der Ästhetik oder um Kameraleuten die Arbeit zu verleiden – mehrere Speichen haben. Wie die patenten Erfinder des Speichenrades bereits nach kurzem Experimentieren herausfanden, passieren äußerst lustige, unterhaltende Dinge, wenn man während der Fahrt etwas halbwegs Stabiles, zum Beispiel einen Ast, zwischen die Speichen steckt. Lustige, unterhaltende Dinge zumindest für diejenigen, die den Streitwagen aus sicherer Entfernung beobachten, wenn auch nicht unbedingt für denjenigen, der beschränkt genug war, die Zügel zu ergreifen. Wie uns die Geschichte und die tolle »Ben Hur«-Verfilmung mit Charlton Heston lehrt, verfeinerten die alten Römer diese bahnbrechend lustige Technik entscheidend und verhalfen den Wagenrennen im Circus Maximus so zu einer Popularität, gegen die nicht mal die römischen Löwen in ihren Heimspielen gegen die auswärts traditionell abwehrschwachen Christen anstinken konnten – was im übrigen natürlich ein Thema für sich ist und an dieser Stelle eher störend und bremsend wirkt.

Genauso wie die Eisenstange, die Baldur mit einem gekonnten Wurf ins linke Rad von Poseidons Streitwagen beförderte.

Götter können ihresgleichen nicht umbringen, aber mit ein bißchen Übung und einem glücklichen Händchen können sie einander immerhin gehörig die Fresse polieren.

Poseidon fand keine Zeit mehr, seine mächtige Stirn in verdutzte Falten zu legen. Sein Dreizack bohrte ein Loch in die Luft, dann verlor der Meergott schlagartig die Orientierung und segelte über die goldenen Mähnen seiner Rösser in die klatschnassen Regionen außerhalb seines gleißenden Tunnels.

Eine sehr dunkle, sehr kompakte, laut brüllende Gewitterwolke schoß mit rasender Geschwindigkeit über den Ärmelkanal und das unruhige Mitteleuropa, bevor sie nach mehrminütiger Flugzeit gegen die Westhänge des Ural klatschte.

Cameron öffnete die Augen.

Das Paradies sah aus wie die Landstraße nach Salisbury.

Cameron sah nach oben und blinzelte in die Sonne, die durch hohe Wolken schüchtern zurückblinzelte. Was sich an Wasser auf seinem durchweichten Hut gesammelt hatte, lief ihm eiskalt den Rücken herunter. Er nahm den Hut ab, griff in seine rechte Manteltasche und beförderte einen kleinen, grünschillernden Fisch ans Tageslicht. Cameron warf ihn in hohem Bogen zurück in den Avon und bescherte der Familie des Fisches unwissentlich ein äußerst spannendes Abendgespräch über Pappis Arbeitstag, bevor er seinen Mantel abstreifte, auswrang und auf den Beifahrersitz des Plymouth warf. Er öffnete den Kofferraum, nahm seinen Koffer heraus, fand nach kurzem Suchen einen Anzug, der nicht wesentlich feuchter war als die Wüste Gobi, zog sich auf der menschenleeren Straße um und knotete einen trockenen Schlips um seinen Kragen. Er stützte sich auf die geöffnete Fahrertür, zog eine fast trockene Packung Craven A aus der Brusttasche seines Jacketts und brachte eine Zigarette zum Brennen. Zwei lupenreine, weiße Ringe lösten sich aus seinem Mund, der übrige Rauch folgte durch die Nasenlöcher.

Sein Blick war so hart, daß man Bilderhaken damit hätte einschlagen können, und schon der Klang seiner durch die reglose Brückenluft schneidenden Stimme hätte ausgereicht, jeden kleinkriminellen Angelino in einen sabbernden, geständigen Lappen zu verwandeln.

»Wohin?« sagte Cameron.

»Immer der Nase nach«, antwortete Baldurs sanfte Stimme von überall her.

Cameron nickte, setzte sich in den Plymouth, knallte die Tür zu und drehte den Zündschlüssel herum. Der klitschnasse Motor sprang ohne jedes Murren an und schnurrte wie ein rolliger Kater. Der Mann hinter dem Lenkrad schnippte seine halb gerauchte Zigarette aus dem Seitenfenster und legte den ersten Gang ein. Er wäre wesentlich überraschter gewesen, wenn man ihm vom Tod des Weihnachtsmanns erzählt hätte.

Hugin litt Höllenqualen. Es waren noch keine zwei Minuten vergangen, seit Thor sich auf den Weg gemacht hatte, aber der Rabe fühlte sich schon wie drei Wochen altes Fallobst. Schlimm genug, daß überhaupt Menschen sterben mußten, schlimmer, daß er persönlich für den Tod von Unschuldigen verantwortlich war, aber daß er seinen Herrn und Meister belogen hatte, war schlicht und ergreifend unerträglich.

Hugin scharrte verlegen mit der rechten Kralle auf der Tischplatte.

»Äh, Meister?« flüsterte er.

Odin rührte sich nicht. Er blieb, von Hugin abgewandt, am Fenster stehen und starrte weiter gedankenverloren in den dichten Nebel.

»Meister?« krächzte Hugin etwas lauter.

Langsam drehte sich der Göttervater um und sah den Raben aus stahlblauem, ungeduldigem Auge an.

»Ja, Hugin?«

»Äääh, ich ... ich weiß gar nicht, wie ich's sagen soll, Meister, jedenfalls ist es nicht meine Schuld, wirklich nicht, so wahr ich hier hocke, aber, na ja, also, die Namen, die ich Euch eben verraten habe, die Namen dieser Sterblichen ...«

»Ja?«

»Also, ich hätte das *nie* getan, wenn Eure Söhne meinen Bruder nicht entführt hätten, ich meine, schließlich wart Ihr immer gut zu mir, und ich bin wirklich ein ziemlich loyaler Rabe, wenn Ihr wißt ...«

»Komm zur Sache«, grollte Odin und näherte sich mit langen, schweren Schritten. Hugin versank im Schatten seines Meisters und wurde sehr klein.

»Dienamenwarnfalsch«, murmelte er hastig.

»Wie bitte?«

»Die Namen waren falsch.«

Eine große, haarige Pranke schloß sich um den Hals des Raben. Hugin wurde hochgehoben und fand sich unmittelbar vor dem zornig funkelnden Auge seines Chefs wieder. Er versuchte zu schlucken.

»Meister, es... tut mir leid, Baldur und Hödur haben Munin entführt und wollen ihm sämtliche Federn einzeln ausreißen, haben sie gesagt, und was sollte ich denn da machen, ich kann doch nicht zulassen, daß mein einziger Bruder gerupft wird...«

»Dein Bruder?« zischte Odin verächtlich. »Dein Bruder ist bei Frigg und berichtet ihr von der Menschenmode des siebzehnten Jahrhunderts, du Mißgeburt von einem Raben!«

Hugin starrte ungläubig in das blaue, zornige Auge.

»Echt?«

»Ich sollte dich rösten, Nebelkrähe... Ich sollte dir den Schnabel auf den Rücken drehen und dein winziges Gehirn den Ratten servieren, damit es wenigstens *einmal* zu irgendwas nütze ist...«

»Da ist schon was dran, Herr, aber ich konnte doch nicht ahnen... arrgh.«

Odin drückte noch etwas fester zu. »Die Namen.«

»Braaak... Braaak...«

Widerwillig lockerte der zornigste aller Asen seinen Griff und ließ den Raben auf den Tisch zurückfallen. Hugin fuhr sich mit dem Flügel über die Kehle und hustete.

»Die Namen, Rabe!« wiederholte Odin drohend.

»Erasmus Weinberger und Diana, 1992, Cameron Cameron, 1939, Gwydiot, Merlin von Glanwrhydd, 504, alles nach Christi Wandeln, Meister, und bitte verzeiht mir...«

»Wir unterhalten uns später!« donnerte der oberste Ase und trat wutentbrannt ans Fenster. Er konzentrierte sich sekundenlang, dann schoß ein dünner, blau-gelber Blitz aus seinem Auge und jagte mit dutzendfacher Lichtgeschwindigkeit aus der göttlichen Wohnanlage, um Thor in den Kopf zu fahren.

Josef Stalin bibberte wie Waldmeister-Götterspeise in einem Erdbebengebiet und schaffte es sogar, die gleiche Farbe anzunehmen. Vor ihm, auf dem teuren Teppich seiner Kommandozentrale, stand ein Riese in schwerer Rüstung, der dümmer aussah als der dümmste ukrainische Bauer, aber offenbar wesentlich kräftiger war. Mjölnirs wuchtiger Kopf hing drohend über dem des russischen Tyrannen.

»Du... kannst die Mongolei haben«, winselte Stalin. »Den Kaukasus... meinetwegen sogar Moskau... Moskau? Ja? Ehrlich, was du willst, aber nimm dieses Ding weg...«

Thor holte lächelnd aus. Muskeln rollten unter der dünnen Haut monströser Kriegerarme, als Mjölnir sich hinter den Rücken seines Meisters senkte und den tiefsten Punkt seiner tödlichen Parabel erreichte. Thor nahm alle Kraft zusammen, um den kleinen, feigen Wicht mit dem widerlichen Schnauzer in möglichst kleine Stücke zu zerschlagen. Mjölnirs Kopf gewann an Fahrt und rauschte hinauf zum Scheitelpunkt seiner Flugbahn, als Odins sachliche Stimme Thors winziges Gehirn traf.

»Er ist der Falsche«, sagte die Stimme.

Mjölnir zerschmetterte den großen Schreibtisch in zierliche Schnipsel und riß einen Bombenkrater in den Boden. Stalin machte einen Riesensatz nach hinten und klammerte sich ängstlich an einen Vorhang. Thor sah verdutzt nach oben.

»Was?«

»Er ist der Falsche, Sohn«, sagte Odin, unhörbar für die Ohren des sterblichen Diktators.

»Wieso denn das?« fragte Thor.

»Hugin hat uns belogen.«

»So ein Mistvieh. Die Krähe mach ich platt, sobald ich nach Hause komme...«

»Erst mal kümmerst du dich bitte um die Sterblichen.«

»Ja, Vater.«

»Du beginnst mit Erasmus Weinberger und seiner Begleiterin. Begib dich nach London, England, ins Jahr 1992 christlicher Zeitrechnung. Und halte dich ein bißchen ran, ich fürchte, die Griechin will sie durch das Steintor führen.«

»Schon so gut wie erledigt, Vater«, sagte Thor, schulterte seinen Hammer und spürte, daß sich Odins unwirkliches Astralkabel schlagartig in Luft auflöste. Thor konzentrierte sich auf den Sprung nach London. Er bemerkte den zitternden Mann, der sich in den Vorhang krallte.

»Oh«, sagte er und deutete vage auf den Krater, »tut mir leid, äh ... wegen dem Dings, dem Schreibtisch. Nichts für ungut.«

»Harrgll«, nickte Stalin.

»Fein. Tut mir leid, daß ich nicht bleiben kann, aber ich muß sehen, daß ich nach London komme. Äh ... Schönen Tag weiterhin.«

Ein Vakuum tat sich auf, und der Mann mit dem Riesenhammer verschwand mit einem leisen Fauchen in Raum und Zeit.

Josef Stalin wankte zitternd zu seinem Sessel zurück und ließ sich hineinfallen wie ein nasser Mehlsack. Tief in seinem tyrannischen Hirn nahm die Erkenntnis Gestalt an, daß dies, dieses fleischgewordene, hirnlose Wesen aus den Fieberträumen eines Schwachsinnigen, ein Zeichen war. Ein Zeichen übernatürlicher Mächte. Eine eindringliche Warnung, den eingeschlagenen Weg zu verlassen und ein anderes Leben zu beginnen. Keine Menschen mehr zu töten und niemanden mehr zu unterdrücken, jedenfalls niemanden, der nicht zur eigenen Familie gehörte.

Josef Stalin packte seine persönlichen Sachen, setzte den Außenminister von seinem Entschluß in Kenntnis, die Politik ein für allemal aufzugeben, und bereitete seinen Umzug auf ein großzügiges Anwesen nahe Leningrad vor.

Was unter anderem zur Folge hatte, daß die innereuropäischen Grenzen der Nachkriegszeit urplötzlich begannen, wie besoffene Klapperschlangen durch die Landschaft zu tanzen, und die ohnehin schon völlig überlasteten Psychiater aller Herren Länder ohne jede Vorwarnung von Heerscharen geistesgestörter Zöllner überrollt wurden.

4

Kurz vor der überraschenden Landung des Lufthansa-Fluges 314 nach Athen auf dem Londoner Flughafen Heathrow war Erasmus von einer weiblichen Stimme am Verfolgen mehrerer komplizierter Gedankengänge gehindert worden. Er hatte Diana angesehen, festgestellt, daß sie, die Hände im Schoß gefaltet, ungläubig aus dem Fenster der Maschine sah, anschließend um sich geblickt, keine Stewardess entdeckt, und die Stimme erneut vernommen. Zuerst hatte es eindringlich *Ich muß*, *Ich muß*, *Stonehenge*, durch seinen Kopf geklungen, und dann, zorniger, *Das kriegt die dumme Sau wieder*, bevor die Stimme, Unverständliches murmelnd, langsam verklungen war. Erst als die Maschine ihre Parkposition erreicht und Diana völlig fassungslos »Wir sind in London« gestammelt hatte, war Erasmus wieder unter die Lebenden zurückgekehrt.

Dianas schmale Hände umschlossen das Lenkrad des gemieteten Range Rover. Sie sah ihren Begleiter an und pustete sich hörbar eine Haarsträhne von der Stirn.

»Und was machen wir jetzt?«

»Wir fahren nach Stonehenge.«

»Aha. Und wieso?«

»Weil mir eine Stimme gesagt hat, daß das unser Ziel ist.«

Diana nickte und lächelte fröhlich. »Oh. Gut. Eine Stimme. Die Stimme eines ... Gottes?«

»Nein.« Erasmus schüttelte den Kopf. »Einer Göttin.«

»Na, dann ...«

Erasmus sah sie an und bemerkte trotz der vielen wirren Gedanken in seinem Kopf, daß sie nicht ganz gesund aussah. Oder wenigstens unangemessen fröhlich.

»Findest du das so abwegig, Diana?« fragte er ernst. »Ich meine, Stonehenge *hat* irgendeine Bedeutung, das dürfte doch wohl feststehen. Und alle bisherigen Erklärungen für die Existenz dieses Steinkreises sind nicht besonders überzeugend ...«

Diana grinste unbeeindruckt weiter.

»Es ist nach wie vor unklar«, fuhr Erasmus fort, »wie die Steine – vermutlich von Irland aus – in die Ebene von Salisbury gekommen sind. Der Graben, der Erdwall, der Fersenstein und die Aubrey Holes«, zählte er an den Fingern auf, »stammen aus der späten Jungsteinzeit, der Doppelkreis aus Blausteinen stammt aus der Bronzezeit und wurde ungefähr vierzehnhundert vor Christi Geburt durch Sandsteinfindlinge ersetzt. Manche Leute meinen, es sei eine Warnung vor prähistorischem Atommüll, aber warum soll es nicht genausogut eine heilige oder göttliche Stätte sein ...«

»Erasmus?« unterbrach Diana ihn sanft.

»Ja?«

»Ich will das nicht wissen. Ich will gar nichts mehr wissen. Ich begreife nicht, was mit der Welt passiert ist, und ich will es auch gar nicht begreifen. Sag einfach, wohin ich fahren soll.«

»Stonehenge.«

»Querfeldein?«

»Ach so ...« Erasmus faltete die Karte auf und studierte sie. Diana wartete einige Sekunden, bevor sie ebenfalls auf die Karte sah und sie richtig herum drehte.

»Danke«, brummte etwas zwischen den Zotteln. »Wir ... müssen auf die alte Römerstraße, in Richtung Basingstoke und von dort aus über Andover nach Amesbury ...«

Diana legte den ersten Gang ein und setzte den Rover in Bewegung. Erasmus massierte seine Unterlippe zwischen Daumen und Zeigefinger, während er weiter angestrengt die bunten Linien und Kreise auf der Karte anstarrte.

»Nein«, brummte er, »du solltest erst bei ... Popham von der Römerdings runter und auf die A 303 fahren ... na, egal, das sehen wir ja, wenn wir da sind.« Er faltete die Karte zusammen, verstaute sie unordentlich im Handschuhfach, sah zufrieden nach vorn und stieß unvermittelt einen kurzen, erschrockenen Schrei aus. Diana zuckte zusammen.

»Was ist denn jetzt, Herrgott noch mal?«

»Paß doch auf!«

»Wie bitte?«

»Du fährst auf der falschen Seite!«

»Äh ... mein lieber Schatz, wir sind in England. Ich weiß zwar nicht, weshalb wir in England sind, weil wir nach menschlichem Ermessen eigentlich in Griechenland sein müßten, aber wir sind nun mal in England. Und in England fährt man auf der falschen Straßenseite.«

»Verzeihung«, murmelte Erasmus, hörbar erleichtert. Seine Fahrerin beglückwünschte sich still und heimlich zu dem Entschluß, den kleinen Zauskopf nicht ans Steuer gelassen zu haben.

Kurz hinter Basingstoke fuhren sie auf einen Rastplatz am Rande der Straße, um gemeinsam die Karte zu studieren und sich nicht dank Erasmus' Talent im Umgang mit den sperrigen Faltblättern urplötzlich am Ärmelkanal wiederzufinden. Diana goß sich einen Kaffee aus der mitgebrachten Thermoskanne in einen Pappbecher, kletterte aus dem Wagen, machte einige Schritte, streckte sich und blinzelte.

Sie blinzelte noch einmal und rieb sich dann erstaunt die Augen.

Auch das nützte nichts.

Die Erscheinung war noch immer da.

Sie wandte sich vorsichtig nach dem Wagen um und flüsterte: »Erasmus.«

»Ja?«

»Kannst du bitte mal eben herkommen?«

»Sofort. Ich hab hier gerade was Hochinteressantes über Stonehenge gefunden.« Das Umblättern mehrerer Seiten drang durch die Stille. »Mmmh. Wußtest du eigentlich, daß die gesamte Ebene als Gefahrenzone ausgewiesen ist?«

»Erasmus, bitte«, sagte Diana eindringlich.

Sie hörte das Buch leise zuklappen. Dann kam Erasmus um den Wagen herum, lächelte sie neugierig an, bemerkte die Gestalt und kam nach kurzem, fast unmerklichem Stutzen sehr behutsam näher. Mit gerunzelter Stirn blieb er neben Diana stehen und starrte den behelmten Hünen an, der, auf einen gigantischen Hammer gestützt, ungefähr zehn Meter vor ihnen in den Parkplatzhimmel ragte.

»Thor?« sagte Erasmus überrascht, aber ziemlich laut.

Der Angesprochene verzog irritiert die Augenbrauen. In seinen Augen war es nicht besonders komisch, Sterbliche zu zerschmettern, die keine Angst vor ihm hatten.

»Thor?« wiederholte Erasmus und ging auf den Riesen zu. Diana ließ den Kaffeebecher auf den Asphalt klappern, schluckte vernehmlich und hielt den Atem an.

Der kleine Mann mit den krausen Haaren blieb vor dem breiten Riesen stehen, klemmte sich die linke Hand unter den rechten Oberarm und faßte sich mit der Rechten an die Nase.

»Laß mich raten«, sagte er. »Ihr seid für die Äpfel zuständig. Und zwar, weil ... weil ihr Äpfel für etwas Besonderes haltet und ... äh, wie heißt sie noch ... Iduna euch mit den Dingern versorgt und euch so ewiges Leben schenkt. Richtig?«

Für einen Augenblick geriet Thor geringfügig aus der

Fassung und wußte nicht, was er sagen sollte. Erasmus betrachtete den Hammer und nickte anerkennend.

»Aha. Das ist also Mjölnir. Ein schönes Stück, wirklich. Großartige Arbeit.« Er überlegte kurz und blickte wieder auf. »Jetzt wird mir einiges klar«, sagte er. »Das bedeutet also, nicht nur die Griechen sind für diese Katastrophe verantwortlich, sondern auch ihr... Ist euch eigentlich schon aufgefallen, daß ihr im Begriff seid, die gesamte Menschheit auszurotten? Mit Stumpf und Stiel, sozusagen? Ich meine, nicht, daß ich eure Beweggründe nicht in gewisser Weise nachvollziehen könnte...«

Thor wuchtete Mjölnirs Kopf vom Asphalt hoch. Ein lautes, schrilles Kreischen begleitete seine Bewegung.

»Du stirbst, Wurm«, sagte er.

»Ich?«

»Du.«

»Aha.« Erasmus nickte nachdenklich. »Und weshalb?«

»Weil es der Wille der Götter ist.«

Langsam wanderte der Hammerkopf in den Nachmittagshimmel.

»Gut«, sagte Erasmus, ohne den Hammer zu beachten. »Gut. Das ist eine Erklärung, die wohl letztlich für jeden von uns Sterblichen zutrifft. Nur haben bekanntlich die wenigsten das Glück, von dir und... äh, Mjölnir persönlich zu ihren Ahnen geschickt zu werden, also muß es wohl noch einen weiteren Grund geben, oder?«

»Den gibt es.«

»Macht's dir was aus, mir davon zu erzählen?«

»Du bist ein Verbündeter der Griechen.«

»Der Griechen? Aber nicht... aller Griechen, oder?«

»Ein Verbündeter der Schlange Athene, Nichtswürdiger!«

»Athene. Ach so.« Erasmus überlegte. »Das heißt also... daß uns nicht alle Griechen zu sich holen wollen. Richtig?«

»Richtig.«

»Nur Athene?«

»Sie und einige andere Verräter.« Thor langweilte sich. Er ließ den Hammerkopf hinter seinen Rücken sinken.

»Aber... entschuldige mal«, sagte Erasmus und griff sich konzentriert an die Stirn. »Gehe ich recht in der Annahme, daß sich die Griechen nicht einig sind und daß uns die meisten von ihnen töten wollen?«

»So ist es.«

»Und du willst uns auch töten?«

»Ja.«

»Tatsächlich? Mhm. Es überrascht mich ehrlich gesagt etwas, daß du auf der Seite der Griechen kämpfst. Ich dachte immer, die Asen...«

»Ich?!« Thor schnaubte empört. »Niemand haßt die Griechen mehr als ich!«

»Warum arbeitest du dann mit ihnen zusammen?«

»Stirb, Mensch!!« schrie Thor und spannte seine gewaltigen Muskeln an.

»Von einem Asen erschlagen, der mit den Griechen gemeinsame Sache macht! Was für ein Tod!« jauchzte Erasmus mit ausgestreckten Armen und strahlte von Ohr zu Ohr.

Thor entspannte sich und ließ den Hammerkopf seitlich aufs Pflaster donnern.

»Hör zu, Wurm!« schnaubte er. »Ich hasse die Griechen.«

»Aber du tust ihnen doch einen Riesengefallen, wenn du uns tötest.«

Schwerfällig gerieten Thors Gehirnzellen in Bewegung.

»Unsinn!« brüllte er halbherzig.

»Oh, nein. Keineswegs. Das liegt doch auf der Hand. Sieh mal, wenn die Griechen uns töten wollen und du ein Feind der Griechen bist, kannst du uns nicht auch töten wollen.

Das ergibt keinen Sinn. Wenn du uns tötest, stehst du auf der Seite der Griechen. Und wenn du die Griechen nicht leiden kannst, wirst du nicht so dumm sein, uns zu töten.«

Thor stützte sich auf Mjölnirs Griff, senkte den Blick und schob nachdenklich die Unterlippe vor. Erasmus versuchte mit Hilfe einiger Stirnfalten, die Schweißtropfen zurückzuhalten, die sich an seinem Haaransatz gesammelt hatten. Diana betrachtete die beiden Gestalten und bekam keinen einzigen klaren Gedanken zu fassen.

Nach einer schweigsamen Minute nickte der Gott mit dem Hammer bedächtig und sah auf.

»Stimmt«, sagte er, riß Mjölnir vom Pflaster hoch und verschwand mit einem leisen Fauchen in Sphären, die jenseits von Raum und Zeit liegen. Erasmus atmete hörbar aus und machte auf dem Absatz kehrt. Er ergriff den Arm seiner noch immer fassungslos dastehenden Begleiterin und zog sie mit sich.

»Komm«, sagte er. »Wir müssen uns beeilen. Bevor dieser Riesentrottel von einem Gott spitzkriegt, daß wir ihn reingelegt haben.«

Diana nickte. Als Erasmus auf den Beifahrersitz kletterte, hatte sie sich bereits angeschnallt und ließ den Range Rover mit durchdrehenden Reifen gen Stonehenge fliegen.

5

Gwenddolau zuckte die Achseln und strich ihrem ruhig dahintrabenden Pferd über die Halsmuskeln. »Ach, weißt du«, sagte sie, ohne Gwydiot anzusehen, »das ist alles leichter gesagt, als getan. Für eine Frau ist es heutzutage ziemlich schwierig, es zu irgendwas zu bringen.«

»Verstehe«, murmelte Gwydiot und nickte.

»Ich meine, ich würde auch gern zaubern lernen oder so was und am Hofe des Königs oder eines Fürsten arbeiten, aber wer wäre schon bereit, mich in diesen Künsten zu unterweisen? Ich könnte es mir selbst beibringen, sicher, nur würde es dann keine zwei Tage dauern, bis ich auf irgendeinem Scheiterhaufen in Flammen aufginge.«

»Naaa«, erwiderte Gwydiot. »*Ich* könnte es dir beibringen.«

Schweigend trabten die beiden weiter.

»Ehrlich?« fragte Gwenddolau schließlich.

»Ja, warum nicht?«

»Das würdest du machen?«

»Klar.«

»Und was müßte ich dafür tun?« Mißtrauen war kein Ausdruck für das, was in ihrer Stimme mitschwang.

»Äh... Pfff. Nichts. Du müßtest mit mir im Wald wohnen, fürchte ich, aber...«

»Mehr nicht?«

Gwydiot räusperte sich verlegen. »Na ja, es wäre nett, wenn du ab und zu die Hütte fegen und die Feuerstelle saubermachen könntest...«

»Keine sexuellen Nötigungen?«

»Ach, weißt du«, sagte Gwydiot und hustete erst mal ausgiebig, »äh... jedenfalls nicht, wenn du nicht magst, ich meine, das liegt ganz allein bei dir, wenn du weißt...«

»Sieh mal!« unterbrach Gwenddolau sein Stammeln.

Der Magier sah nach vorn. Etwa fünfhundert Meter von ihnen entfernt stand Gawain, der vorausgeritten war, auf einer sanften Anhöhe und schwenkte die Arme wie besessen.

»Heee-ja«, rief Gwydiot, drückte Shynddmaar die Hakken in die Flanken und sprengte los. Gwenddolau folgte dichtauf.

Als sie Gawain erreichten, hatte der Magier ein seltenes Glück. Das Phänomen, das Autoverkäufern und Pubertierenden unter dem Begriff »Vorführeffekt« bekannt ist, machte einen weiten Bogen um Gwydiot, der es beschwor, indem er sich voll und ganz darauf konzentrierte, *nicht* über den Hals seines scharf abbremsenden Pferdes zu segeln. Er schaffte es. Er schwankte ein bißchen, als Shynddmaar wuchtig in die Hufe ging, rutschte ein wenig nach vorn und mußte sich in der Mähne festkrallen, aber er fiel nicht. Seine Kutte blieb sauber, und die Frau, die er um keinen Preis enttäuschen wollte, hielt ihn weiterhin für einen passablen Reiter. Gwydiot atmete auf.

»Da!« grinste Gawain und deutete hinunter ins Tal.

Gwydiot ließ dem ausgestreckten Ritterfinger einen Blick folgen und diesen Blick anschließend schweifen. Vor ihnen lag die weite Ebene von Salisbury.

»Ein halber Tagesritt noch«, murmelte der Magier und stützte sich auf den Hals seines Pferdes, »dann haben wir das Grab von Uther Pendragon erreicht.« Er sah sich auf der Anhöhe um. Aus dem kleinen Waldstück zu seiner Rechten drang das leise Plätschern einer Quelle. Gwydiot schwang sich elegant von Shynddmaars Rücken.

»Lassen wir die Pferde eine Stunde ausruhen.«

Gwenddolau und Gawain folgten seinem Beispiel und stiegen ebenfalls ab. Gwydiot griff in seine Satteltasche und nahm das Buch der Weissagungen heraus. Er wandte sich an Gawain.

»Gawain, würdet Ihr die Güte besitzen und die Pferde tränken?«

»Ob ich die Güte und die Pferdetränken besitzen würde?« fragte Gawain unsicher. »Unter welchen Umständen, Magier? Ich meine, natürlich besitze ich Pferdetränken ...«

»Gebt den Gäulen was zu saufen, ja?«

»Ach so ... Klar. Mach ich. Sagt das doch gleich.«

Gawain ergriff die Zügel der Pferde und führte sie in das Waldstück. Mit dem Buch in der Hand hockte Gwydiot sich auf die grasige Anhöhe und betrachtete den wolkenlosen Himmel über der Ebene.

»Was tust du?« fragte Gwenddolau.

»Die Zeichen deuten.«

»Oh. Ach so ... Welche Zeichen?«

»Ich suche«, erwiderte Gwydiot, der den Himmel mit zusammengekniffenen Augen fixierte. »Da ...« sagte er und streckte den Arm aus. »Ein Sperberpärchen.«

Gwenddolau entdeckte die Vögel ebenfalls, hockte sich neben den Magier und beobachtete sie interessiert. Zunächst schwebten beide Vögel suchend in einem Aufwind. Dann schien der größere etwas entdeckt zu haben und setzte zu einem Sturzflug an. Mit angelegten Flügeln schoß er durch die warmen Luftschichten, fing seinen halsbrecherischen Sturz unmittelbar über dem Boden ab und flatterte mit hektischen Schlägen wieder hinauf, diesmal direkt neben seinen kleineren Artgenossen. Gwydiot runzelte die Stirn. Nach kurzem Formationsflug trennten sich die Sperber wieder voneinander und flogen in entgegengesetzte Richtungen davon.

»Behalte den kleineren im Auge«, raunte Gwydiot und folgte dem Flug des größeren Vogels mit wachsamen Augen.

»Ist gut«, flüsterte Gwenddolau.

»Was tut er?« fragte Gwydiot.

»Er fliegt geradeaus.«

»Meiner auch.«

»Jetzt ... wendet er.«

»Meiner auch.«

»Und jetzt kommt er zurück.«

»Meiner auch.«

»Ziemlich tief, ziemlich schnell und direkt auf uns zu.«

»Meiner auch.«

»Er rammt uns gleich!«

»Meiner auch! Runter!«

Gwydiot riß Gwenddolau nach vorn und legte ihr die linke Hand schützend auf den Hinterkopf. Hinter sich hörte er die Vögel heranzischen, kreischend zusammenprallen und mit einem dumpfen Geräusch zu Boden gehen. Vorsichtig hob er den Kopf und drehte sich um.

Die beiden Sperber kamen mühsam wieder auf die Beine und torkelten benommen davon.

Gwydiot wandte sich an Gwenddolau, die gerade aus dem Gras auftauchte und einige Halme ausspuckte.

»Sie sind weg«, sagte er.

»Ziemlich ... komische Vögel ...«

Nickend richtete Gwydiot sich auf, half seiner schönen Gehilfin auf die Beine und schlug das Buch auf. Nach längerem Blättern fand er, was er gesucht hatte.

»Mmmh.«

»Was steht da?«

»Eigenartig ...« murmelte er, »sehr eigenartig. Hier steht: *Gehen die Räuber der Felder des besten ihrer guten Sinn' verlustig, liegt Gutes in der Luft und droht Gefahr von nirgend her. Nutze den Tag und die Gaben der Götter.*«

»Und? Das klingt doch ganz vielversprechend.«

»Eben.« Gwydiot knallte das Buch energisch zu. »Und genau das ist eigenartig. Und beunruhigend. In diesem Buch stehen normalerweise nur Warnungen, und jetzt, wo wir Warnungen brauchen könnten, prophezeit es uns plötzlich einen schönen Tag ... Merlin muß sich geirrt haben.«

»Ach, nein, jetzt sei doch nicht so pessimistisch, Gwydiot. Du mußt positiv denken. Vielleicht ...«

Ares materialisierte sich mit einem lauten Knall vor den im Gras hockenden Sterblichen. Beide sahen erschrocken zu dem Riesen mit dem Brustpanzer und dem langen, entsetzlich dicken Speer auf.

»Allmächtiger!« japste Gwenddolau.

»Na, was hab ich gesagt?« nickte Gwydiot, klemmte sich das Buch unter den Arm und stand auf.

»Ihr!« dröhnte Ares. »Werdet sterben!« Er holte mit dem Speer aus und ließ dessen mächtige Spitze im Sonnenlicht funkeln.

Gwydiot fehlten die Worte. Während er noch danach suchte, bemerkte er eine Bewegung am äußersten Rand seines Gesichtsfeldes. Vorsichtig wandte er den Kopf ein wenig nach links und entdeckte Gawain, der sich mit gezücktem Schwert und einem verkniffenen Grinsen an den Riesen anschlich.

»Äh ...« sagte Gwydiot. »Wer ... bist du?«

»Ich bin Ares, Gott des Krieges und euer Untergang!«

»Angenehm, Sire ... Mein Name ist Gwydiot, und diese junge Dame, die im übrigen absolut nichts mit dieser Geschichte zu tun hat, ist ...«

»Schweig, Sterblicher! Und stirb!«

Mit einem lauten Schrei stürzte Gawain auf den speerschwingenden Giganten zu. Mit beiden Händen rammte er Ares das Schwert bis zum Heft in die ungepanzerte Hüfte und starrte es anschließend ziemlich verblüfft an. Vollkommen unbeeindruckt wandte sich Ares zur Seite. Gawain glotzte in die funkelnden Augen. Der aggressivste aller Griechengötter bellte laut und höhnisch, nahm den Speer in die Linke und holte mit der Rechten zu einem Schlag aus, den Tennisspieler als überrissene, scharf geschlagene Rückhand kennen und fürchten. Sein mächtiger Handrücken traf den kleinen, verdutzten Ritter wuchtig an der Brust.

Gawain kehrte in den Wald zurück, wie er herausgekommen war, nur etwas höher. Mit einem gellenden Schrei schoß er durch die Baumwipfel und verschwand im dichten Grün. Gwydiot zuckte bei jedem Knacken brechender Äste zusammen und erwartete den Aufprall, der nach einer knappen Minute folgte. Dann herrschte ohrenbetäubende Stille.

Dumpf grinsend umfaßte der rabiate Kriegsgott den Speerschaft wieder mit der Rechten, holte aus und wandte sich einen nächsten Opfern zu.

»Jetzt ihr!« kläffte er.

Aber noch bevor Gwydiot über irgendwelche nutzlosen Zaubersprüche nachdenken konnte, geriet die Luft neben dem Riesen plötzlich in Bewegung und zauberte einen fassungslosen Ausdruck in die sonst so entspannten Gesichtszüge des Magiers. Kein wolkenloser Frühlingsmorgen konnte schöner sein als die Gestalt, die neben Ares aufgetaucht war. Eine große, schlanke, wundervoll proportionierte Frau, die zu allem Überfluß auch noch splitterfasernackt war und die Arme ebenso ungeduldig wie eindrucksvoll vor ihren unbeschreiblichen Brüsten verschränkt hatte. Gwydiot hatte plötzlich das Gefühl, nach diesem Anblick habe ihm das Leben nicht mehr sonderlich viel zu bieten, und freundete sich fast mühelos mit dem Gedanken an, in wenigen Sekunden das Zeitliche segnen zu müssen. Wäre der Name dessen, was er da sah, Capri gewesen, hätte er vorher sogar noch ein geflügeltes Wort erfinden können.

Hätte. Nur hieß die Schöne eben nicht Capri.

»Ares?« sagte Aphrodite und atmete genug Luft ein, um sie allen Betrachtern zu nehmen.

Der Kriegsgott glotzte sie an und schluckte.

»Äh. Ja, Schatz?«

»Ich muß mit dir reden.«

»Ja. Ja, selbstverständlich, jederzeit, mein Augenstern, nur laß mich eben noch diese ...«

»Jetzt. Sofort. Und zwar allein.«

»Hör zu, Kleines«, wand sich der Riese, »ich muß noch zwei Minuten arbeiten, dann ...«

Mit wippenden Korkenzieherlocken machte die unwirkliche Schönheit einen Schritt auf Ares zu. Viel näher konnte sie ihm nicht mehr kommen, jedenfalls nicht, solange er seine

Rüstung trug. Gwydiots Augen versuchten, aus ihren Höhlen zu hüpfen.

»Ares«, sagte Aphrodite, und ihre Stimme war wie ein warmer Magnet, »du hast die Wahl. Entweder kommst du jetzt, oder du kommst nie wieder. Jedenfalls nicht mit meiner Beteiligung, Schätzchen.«

»Aphrodite, bitte«, jammerte Ares.

»Dieses ... Kroppzeug da«, sagte sie mit einer kurzen, verächtlichen Bewegung in Richtung der Sterblichen, »oder ich. Es liegt bei dir.«

»Ich ...«

»Keine babylonische Rutsche mehr«, raunte die Göttin der Schönheit verführerisch, »keine Kentaurenschaukel, kein Kyklopenrodeo und keine Säulenbemalung.«

»Das kannst du mir nicht antun«, winselte Ares.

»Also?«

Sekundenlang herrschte vollkommene Stille.

Dann sagte Ares: »Ach, verfluchte Scheiße«, seufzte laut und zuckte die Achseln. Aphrodite hakte sich fröhlich bei ihm unter und flüsterte: »Hephaistos ist noch mindestens zwei Stunden in der Schmiede«, bevor sie dem tumb glotzenden Krieger wahnsinnig zärtlich ins Ohrläppchen biß. Ares stöhnte benommen, dann zischte es leise, und die beiden waren verschwunden.

Sie ließen Gwydiot mit zwei Gewißheiten zurück. Erstens, daß er noch nie einen debileren und zugleich entrückteren Gesichtsausdruck gesehen hatte als jenen, den der Riese eben zur Schau getragen hatte, und zweitens, daß er in seinem ganzen Leben noch keinen Gesichtsausdruck so hundertprozentig hatte nachempfinden können.

Gwenddolau zupfte energisch an seinem Ärmel.

»He, Gwydiot!«

»Ja. Hier«, keuchte er und sah sie verwirrt an.

»Wir sollten Gawain suchen.«

»Wie?«

»Gawain.«

»Oh. Gawain. Ja. Sicher.«

Kopfschüttelnd versuchte der Magier die Bilder zu verscheuchen, die vor seinem geistigen Auge tanzten, und folgte der sterblichen Schönen in den Wald. Während sie gemeinsam der Schneise folgten, die der fliegende Ritter in die Baumkronen des Waldstückes geschlagen hatte, bemerkte Gwydiot zu seinem größten Erstaunen, daß Gwenddolau wütend war. Ihren miteinander kollidierenden Augenbrauen und den hervortretenden Kieferknochen nach zu urteilen, war sie sogar *sehr* wütend. Regelrecht zornig. Gwydiot hatte keinen blassen Schimmer, weshalb, hielt es jedoch für ratsam, sich nicht durch vorwitzige Fragen in etwaige Schußlinien zu begeben. Schweigend folgten sie der Spur, bis Gwenddolau plötzlich stehenblieb und Gwydiot sehr ernst in die Augen sah.

»Gwydiot?«

»Äh . . . ja?«

»Gilt dein Angebot noch? Mir alles beizubringen?«

»Was? Ach so. Selbstverständlich.«

»Deine Hand drauf.«

Gwydiot hielt ihr verwirrt die rechte Hand hin. Sie drückte sie, nickte entschlossen und stampfte dann zielstrebig weiter durch den Wald.

Sie fanden Gawain bei der Quelle. Zum Glück war er nicht gegen den rissigen Felsen geprallt, aus dem das frische Wasser sprudelte, sondern vor dem kleinen Teich gelandet, einige Meter weit über den weichen Waldboden gerutscht und dann mit dem Kopf an einer knorrigen Baumwurzel hängengeblieben. Gwydiot drehte ihn auf den Rücken und schlug ihm mit der flachen Hand ins Gesicht. Nach dem fünfzehnten Schlag kam Gawain rotwangig zu sich und warf dem Magier aus erstaunten Augen einen ziemlich windschiefen Blick zu.

»Vater?«

»Nein, ich bin's, Gwydiot.«

Gawain blinzelte verwirrt. »Ich heiße nicht Gwydiot, Sire. Äh ... wie war doch gleich Euer Name?«

»O Gott«, japste Gwenddolau und schlug entsetzt die Hände zusammen, »durch den Sturz ist der Ärmste schwachsinnig geworden!«

Gwydiot drehte sich kopfschüttelnd um. »Nein«, sagte er. »Das ist sein Normalzustand.«

Weit über ihnen hing Hera in unerreichbaren Sphären und atmete auf. Obwohl sie Aphrodites Einsatz mit einem lange geheimgehaltenen Badesalz-Rezept recht teuer bezahlt hatte, war sie doch hochzufrieden mit sich und dem Stand der Dinge.

Lächelnd wandte sie sich ab und trat den Heimweg an.

6

Loki grinste wie ein Breitmaulfrosch. Er stand unmaskiert neben einem schmalen, aber hohen Podest, das er nach Athenes Verschwinden eiligst von einigen Trollen und Zwergen in der Senke hatte errichten lassen, und spielte vorfreudig mit dem goldenen Ring, der seinen langen, dürren Zeigefinger zierte. Vor ihm versammelten sich allerlei sonderbare Gestalten, die neugierig auf das waren, was der kleine Ase sagen würde, und dieser kleine Ase wußte, daß nun seine Stunde geschlagen hatte. Daß von nun an nur noch *seine* Stunden schlagen würden. Daß er nun endlich jenen Thron besteigen würde, der ihm gebührte.

Loki setzte den Fuß auf die unterste Treppenstufe.

Bevor er jedoch das Podest erreichen und seine intrigante

Ansprache beginnen wird, sind all jene, die sich für das Gewimmel in der Senke interessieren, herzlich eingeladen, einen Seitenblick auf die Zuhörer des Asen zu riskieren. Ignoranten, Actionfreaks und direkte Nachfahren von Göttern wie Ares, Poseidon oder Thor lassen die hilfreiche Randbemerkung bitte rechts liegen und setzen die Lektüre weiter unten fort...

Lassen wir also einen Blick über die versammelte Götterschar schweifen: Direkt vor dem Podest drängelte gerade ***Manitou,*** *Gott der Algonkin-Indianer, die Inder* ***Shiva, Brahma*** *und* ***Vishnu*** *beiseite und bekam dafür prompt acht Ohrfeigen, jeweils zwei von Vishnu und Shiva, dazu vier von Brahmas vier Händen.* ***Es,*** *der alleinstehende Sibirier, warf achtlos einen seiner Lehmklumpen in die Menge und traf den taoistischen Literaturgott* ***Wen-chang*** *an der hohen Stirn, woraufhin dessen Begleiter* ***Lei-kung,*** *seines Zeichens Donnergott, Es' Hinterkopf mit seiner großen Donnertrommel bekanntmachte.*

Sieben der Acht Unsterblichen oder auch ***Ba-xian,*** *die neben ihren chinesischen Götterfreunden standen, grölten ausgelassen und klopften sich auf die Schenkel. Von links nach rechts:* ***Lao Guo-jin, Han Xiang-zi, He Xian-gu, Lan Cai-he, Li Dieguai*** *(besser bekannt als Totenerwecker »Li mit der eisernen Krücke«),* ***Zhang Guo-lao*** *und* ***Lü Dong-bin,*** *der Schutzpatron der Friseure. Der letzte der Unsterblichen,* ***Zhong-li Quan,*** *bekam von dem ganzen Krach nichts mit, weil er weiter hinten völlig weggetreten am Oberschenkel von* ***Ishtar*** *knabberte, der babylonischen Göttin der Liebe und des Geschlechtsverkehrs.*

Zur Rechten von Lokis Podest schubsten einige der römischen Pendants der Griechengötter, nämlich ***Jupiter, Juno, Merkur, Neptun*** *und* ***Mars,*** *den Gallier* ***Teutates*** *in die zweite Reihe zurück, direkt vor die Füße der dort auf den Beginn der Ansprache wartenden Keltengottheiten* ***Dana*** *und* ***Sheila-na-gig,*** *die rückwärts stolperten und den kleinwüchsigen* ***Adro,*** *Gott der ostafrikanischen Lugbara, umwarfen.* ***K'op'ala,*** *der berüchtigte georgische Gebirgsgott, spuckte angewidert aus und hob seine Keule, ließ sich jedoch relativ rasch von seinem Nachbarn, dem gütigen finnischen Vegetationsgott* ***Sämpsä,*** *zur Räson bringen.*

Links (von Loki aus gesehen) stand die südamerikanische Fraktion und wartete. In der ersten Reihe die Mexikaner ***Quetzalcoatl, Xochipilli*** *und* ***Xochiquetzal,*** *neben ihnen die Azteken* ***Tezcatlipoca, Tlahnizcalpanteculi*** *und* ***Huitzilopochtli,*** *der peruanische Welterschaffer* ***Pachacamac, Yum Kaax,*** *der Maisgott der Maya und sein Fledermaus-Verwandter* ***Zotz,*** *der* *sich übrigens dank seiner ungebrochenen Beliebtheit bei den Zotzil-Indios und gewissen guatemaltekischen Stämmen zu keiner Zeit der Menschheitsgeschichte Existenzsorgen machen mußte ...*

Ganz im Gegensatz zu den Ägyptern, die seit der nachträglichen Nicht-Existenz des Gelehrten Champollion so schwach auf den Beinen waren, daß sie es nicht mehr ganz nach vorn geschafft hatten. Sogar ***Muri-Muri****, der Waldgeist der Bambuti, hatte sich an* ***Aton, Harachte, Re, Dedun, Isis, Osiris*** *und* ***Hub*** *(oder Hah oder Hoh oder Hih, die Auffassungen gehen in diesem Punkt auseinander, aber lustig ist es allemal), vorbeischieben können und lugte nun zwischen der babylonischen Göttermutter* ***Belet-ili*** *und* ***Fujin****, dem japanischen Windgott, zum Podest hinauf.*

Während ***An*** *und* ***Utu****, sumerische Götter, sich gerade von der Eskimogöttin* ***Takanakasaluk*** *erklären ließen, daß sie sich ihre Fingerspitzen hatte abhacken müssen, um Seerobben und Walrösser zu erschaffen, zwang* ***Adad*** *(für gute Freunde: Hadad), babylonischer Wettergott, den neben ihm stehenden Zigeuner* ***Devel****, den besseren Platz zu räumen, und verlor ihn gleich wieder an* ***Akongo****, den ziemlich rabiaten Hauptgott der Ngombe, eines kleinen, aber um so aggressiveren Stammes aus dem südlichen Kongo.*

Man könnte ganze Bücher über Lokis Zuhörer vollschreiben, wenn man wollte ... und wenn man es genau nimmt, haben die Krabbelkram-Völker dieser Erde in den vergangenen Jahrtausenden genau das getan. Aber wer wollte an dieser Stelle mehr verlangen als einen flüchtigen Eindruck dessen, was sich vor dem Podest abspielte, das Loki just in diesem Augenblick betrat – und dafür auf den Beginn der Rede verzichten ...?

Loki breitete die Arme aus und wartete, bis sich die Unruhe unter den Göttern gelegt hatte. Er räusperte sich, glättete seine ohnehin schon widerlich glatten Haare und begann mit lauter, nicht besonders angenehmer Stimme zu sprechen.

»Götter, Dämonen, Landsleute! ... Seid versichert, daß ich eure Aufmerksamkeit zu schätzen weiß. Ich will nicht lange zu euch sprechen, denn ich bin kein großer Redner. Ich will auch nichts von euch verlangen, denn nur ein Mensch glaubt genügend zu wissen, um etwas zu fordern.«

Anerkennendes Murmeln untermalte seine einleitenden Worte. Loki bat mit einer genau einstudierten Handbewegung, die sehr bescheiden, aber kein bißchen devot wirkte, um Ruhe.

»Ich will euch also nur berichten, was ich mich fragte«, sagte er. »Ich fragte mich, ob die Griechen und die Asen die größten, klügsten und mächtigsten Göttergeschlechter sind.«

Die Menge murrte empört.

»Ich fragte mich«, fuhr Loki fort, »ob sie etwas Besonderes geleistet haben, etwas, dessentwegen wir sie als unsere Fürsten anerkennen müssen. Ich fragte mich, ob sie mit Fug und Recht über uns alle herrschen und gebieten. Und ich fragte mich, ob sie möglicherweise ein natürliches Recht hätten, über unser aller Schicksale zu entscheiden ...«

Unruhe entstand in der Menge. Loki beendete die zahlreichen Diskussionen in kleiner Runde, indem er die Stimme wieder erhob.

»... und *meine* Antwort auf all diese Fragen lautet: Nein.«

Zustimmendes Murmeln.

»Aber!« sagte er mit erhobenem Zeigefinger, »ich bin beileibe kein Gott, der Unbescheidenheit für eine Tugend und seine persönliche Meinung für maßgebend hält. Also will ich *euch* fragen, was ihr von jenen Dingen denkt, die mir zu Ohren gekommen sind, Dingen, die mich veranlaßten, hier vor euch zu treten und eure Aufmerksamkeit zu erbitten ...« Langsam ließ er das Kinn auf die Brust sinken, lauschte kurz und hob dann entschlossen den Kopf. »Die Griechen und Asen meinen, es stehe ihnen frei, die gesamte Menschheit zu vernichten.«

Das Murmeln wurde unvermittelt lauter. Aus den hinteren Reihen schrien irgendwelche Götter »Was?«, »Wie bitte?«, »Das kann ja wohl nicht angehen!« und »Lauter!«.

»Die Griechen und Asen«, fuhr Loki bedrohlich ruhig fort, »töten Sterbliche, die nicht an sie glauben. Die Griechen und Asen kümmert es nicht, ob diese Sterblichen an andere

Götter glauben. Die Griechen und Asen vernichten die Grundlage unserer Existenz – und es schert sie einen Dreck, was wir davon halten. Sie bekämpfen die Menschen – und sie bekämpfen einander... so scheint es jedenfalls. Aber im Verborgenen verfolgen die Griechen und Asen das gleiche Ziel. Sie haben Sterbliche auserwählt – und führen sie. Hierher.«

Loki wartete die Wirkung seiner Worte ab. Er nickte betroffen in das entsetzte Raunen der Menge und verkniff sich ein höhnisches Wiehern.

»Und deshalb frage ich *euch*«, sagte er, etwas lauter und mit gekonntem Tremolo. »Wollt ihr beherrscht werden von Griechen und Asen?«

»Nein!« rumorte es aus einzelnen Götterkehlen.

»Wollt ihr, daß kein Mensch mehr an euch glaubt?«

»Nein!«

»Wollt ihr die totale Vernichtung der Menschheit?«

»Nein!«

»Wollt ihr sterbliches Fleisch an diesem heiligen Ort? Wollt ihr unter der Herrschaft von bornierten, dekadenten Göttern vegetieren? Göttern, die diesen Titel zu Unrecht tragen? Wollt ihr elend krepieren und vergehen, weil Griechen und Asen über eure Zukunft gebieten?«

»Nein! Nein! Nein!« scholl es aus Tausenden von Kehlen. Loki schwieg für einen Moment und wartete, bis sich die empörten Gespräche gelegt hatten und alle Augen wieder auf ihm ruhten. Von den Zuschauern unbemerkt bewegte er Zeige- und Mittelfinger der rechten Hand und gab so einem der Trolle ein Zeichen. Der Troll gab das Zeichen an einen anderen Troll weiter, der das Zeichen seinerseits an andere Trolle weitergab, bis es nach wenigen Sekunden seine Empfänger erreicht hatte.

»Was sollen wir tun!?« kreischte es von links, aus den hintersten Reihen, und von rechts brummte jemand: »Ja, Loki, sag uns, was wir tun sollen.« Die anderen Götter schlossen sich den Fragen der Zwischenrufer murmelnd an.

»Ihr fragt mich?« sagte Loki und zog, scheinbar maßlos überrascht, die Augenbrauen hoch. »Ich bin nur hergekommen, um zu *fragen*. Nicht, um euch simple Patentvorschläge zu unterbreiten, denn hinter solchem Reden verbergen sich stets Lüge und Dünkel. Ich bin nicht vor euch getreten, um einen Führungsanspruch zu erheben. Nicht, um zu fordern. Ich bin nur ein gewöhnlicher Gott und will nichts Besseres scheinen als meinesgleichen.«

Die Menge murmelte ebenso anerkennend wie ratlos.

»Aber«, fuhr Loki im richtigen Moment fort, »niemand wird mir nachsagen, daß ich nicht alles in meiner Macht Stehende tue, um uns vor der Herrschaft der Anmaßung zu bewahren.« Pathos schlich sich im richtigen Augenblick in seine Stimme. »Freunde... So es *euer* erklärter Wille ist, werde ich es auf mich nehmen, jenes Damoklesschwert zu vernichten, das drohend über unser *aller* Köpfen schwebt. Wenn *ihr* es wünscht, werde ich mich mit ganzem Herzen und ganzer Kraft bemühen, den mit den Griechen und Asen verbündeten Sterblichen den Garaus zu machen, bevor sie ihre unwerten Füße auf den heiligen Boden unserer Heimat setzen können. Und erst wenn diese Gefahr gebannt ist, werde ich zu euch zurückkehren...«

Er ließ eine Pause entstehen und hielt einige vorlaute Klatscher mit einer energischen Handbewegung zurück.

»Erst dann werden wir entscheiden, was mit den Verrätern geschehen soll, die uns in schändlicher Weise an die Menschen verraten haben. Wir alle. Gemeinsam! Ich...« stammelte er mit gesenktem Kopf in den erneut anhebenden Applaus. »Ich habe lange gesprochen. Vielleicht zu lange. Aber... euch hinter mir zu wissen wird mir die Kraft verleihen, alle Prüfungen zu meistern, die da kommen mögen. Ich danke euch. Euch allen.«

Loki sah auf. Ohrenbetäubender Jubel brandete in Richtung des Podests. Der kleine Ase hob bescheiden die feingliedrigen Hände und erreichte so, daß der Applaus noch etwas lauter wurde. Nach wenigen Sekunden wandte er sich ab, kletterte eilig die Stufen hinunter, ließ sich einen Säbel reichen und verschwand unter leisem Fauchen aus der Wohnanlage der Götter.

Der Applaus erstarb nur sehr langsam. Alle Anwesenden hatten schließlich gesehen, daß das Gesicht des Redners, ihres selbstlosen Retters und zukünftigen Führers, angespannt gewesen war, gezeichnet von der Verantwortung, die er nun allein zu tragen hatte, und von der Schwere der ihm bevorstehenden Aufgabe. Dicke Tränen der Rührung kullerten über die Wangen mancher Götter, und bewegt bedeckten einige die Augen mit zitternden Händen.

Loki raste mit versteinerten Gesichtszügen in ferne, einsame Sphärenregionen, ohne Luft zu holen, bis der Druck, der ihm wie ein Stein in der Kehle saß, schier unerträglich wurde. Als er sicher sein konnte, daß ihn niemand mehr hörte, blieb er zwischen Zeit und Raum stehen und hockte sich hin. Den Ellenbogen auf das rechte Knie gestützt, senkte er die Stirn in die Handfläche. Sein ganzer Körper bebte. Er bedeckte die Augen mit der rechten Hand und atmete tief ein. Dann entlud sich seine Spannung in ohrenbetäubendem Prusten und Brüllen. Er giggelte, schrie, kreischte, johlte, trommelte mit den Fäusten auf den nicht vorhandenen Boden, hielt sich den Bauch, kippte, mit Tränen in den Augen, hysterisch kichernd rücklings um und lachte. Und lachte und lachte und lachte ...

Der große Versammlungssaal von Olympos geriet langsam wieder in die Waagerechte. Farben und Formen trennten sich widerwillig voneinander, um nach kurzem Wabern in exakte Konturen zurückzukriechen, während Athene ihren summenden Schädel sehr, sehr behutsam von der Tischplatte hob und mit zornigen Augen nach ihrem Vater suchte.

Er saß nicht auf seinem Thron.

Und er saß auch nicht auf einem der anderen Sessel oder auf dem Tisch oder stand irgendwo herum. Er war ganz offensichtlich nicht da.

Athene richtete sich auf, brachte es nach mehreren mißlungenen Versuchen sogar fertig aufzustehen und wankte benommen um Apollon und Artemis herum, die noch immer bewußtlos auf der Tischplatte hingen. Wie es schien, hatte sich nicht nur Zeus zurückgezogen. Auch Hermes' Sessel stand einsam und verlassen hinter der runden Tafel. Athene wankte weiter.

Als sie den Thron fast erreicht hatte, stieß sie mit dem Fuß gegen ein Hindernis. Sie blieb stehen, sah zu Boden, betrachtete den unter dem Tisch herausragenden Arm und bückte sich.

Der Arm gehörte zu Zeus. Der Rest des Göttervaters lag rücklings unter dem Tisch und röchelte leise vor sich hin. Nachdem Athene auch Hermes entdeckt hatte, der mit einem Sesselbein im Arm den tiefen Schlaf der Betrunkenen schlief, beugte sie sich über ihren Vater, wurde von der aus dem Göttermaul wehenden Weinfahne fast bewußtlos und wich mit einem angewiderten Ächzen zurück.

Ihr göttliches Kombinationsvermögen arbeitete schnell und präzise. Daß Zeus und Hermes sich unter den Tisch gesoffen hatten, konnte zweierlei bedeuten. Entweder hatten sie so ihren endgültigen Sieg gefeiert, also den Tod der Auserwählten, oder sie hatten unmittelbar nach der schändlichen Betäubung ihrer Kontrahenten noch ein, zwei Gläschen über den Durst getrunken. Athene kannte ihren Vater, und das ließ sie hoffen.

Bevor sie jedoch irgendwelche folgenschweren Entschlüsse fassen oder ihren berechtigten Zorn an dem Betrunkenen auslassen konnte, drang ein lautes, aus vielen Kehlen schallendes »Nein!« an ihre Ohren. Noch immer etwas benommen, durchquerte sie den Raum, sah hinaus in die grüne Senke und entdeckte den kleinen, häßlichen Asen, der offenbar gerade im Begriff war, eine stattliche Anzahl ihrer göttlichen Nachbarn auf seine Seite zu ziehen.

Athene schloß sekundenlang die Augen.

Als sie sie wieder aufschlug, hatte sich ihr Antlitz verändert; verwandelt in eine furchterregende Sturmlandschaft aus feinen Muskeln und Sehnen, ein Land, gewachsen aus blankem Zorn. Über eisgraue, schroffe Täler und Hügel wirbelten, zornigen Fäusten gleich, finstere Gewitterwolken, willens, jeden mit Urgewalt emporzuheben und zu zerschmettern, der ihrer grenzenlosen Wut die Stirn zu bieten wagte; wogende Elemente, einem erzürnten, jedes Maß und jede Vorstellung unbarmherzig zu Staub zertrümmernden Geiste entspringend, alles mitreißend in einem Antlitz, dem Mitleid und Gnade, Güte und Vergeben fremdere Empfindungen waren als dem Berge aus Granit der Menschen Schmerz um die erste verlorene Liebe.

Kurz gesagt: Athene war wirklich extrem wütend, und das sah man ihr auch an.

Sie wandte sich ab, stampfte zurück zum Tisch und unternahm einen vergeblichen Versuch, Apollon und Artemis aus ihrer tiefen Bewußtlosigkeit zu reißen. Dann konzentrierte sie sich auf die Auserwählten und fühlte, daß sowohl Gwydiot als auch Cameron, Erasmus und Diana am Leben und auf dem Weg zum Steinkreis waren. Sie spürte Thors Präsenz in der Nähe des Paares aus dem zwanzigsten Jahrhundert christlicher Zeitrechnung und hörte das Göttervolk in der Senke frenetisch applaudieren.

Athene wußte, daß von allen Seiten Gefahr drohte. Sie wußte aber auch, daß die größte Gefahr von jenem Gott ausging, der gerade bemerkte, daß man ihn hereingelegt hatte.

Tief in ihrem göttlichen Gehirn registrierte sie, daß der Ase mit dem Hammer umkehrte.

Sie setzte ihren Helm auf, bewaffnete sich eilends mit Lanze und Messer und verschwand unter zornigem Zischen aus dem Sitzungssaal von Olympos.

Das Geräusch genügte, um Zeus aus seinem hochprozentigen Tiefschlaf in einen leichten Schlummer zu befördern. Hunderte von Gedanken kreisten putzmunter durch den Kopf des verkaterten Göttervaters und machten sich einen Spaß daraus, seinem Zugriff auszuweichen. Aber Zeus ließ nicht locker...

»Also wirklich«, sagte Diana kopfschüttelnd und kicherte albern. »Du bist der unglaublichste Mensch, den ich kenne. Nicht zu fassen. Erasmus Weinberger, der Mann, der die Götter verarscht.«

Erasmus sagte nichts. Er reagierte nur deswegen nicht geschmeichelt auf diese Lobeshymne, weil er schon beim ersten Mal, unmittelbar nach dem Erlebnis, geschmeichelt darauf reagiert hatte. Und beim zweiten Mal. Und bei den darauf folgenden Malen, jedenfalls bis zu Dianas zehnter Wiederholung. Jetzt saß er beschämt auf dem Beifahrersitz und versuchte sich auf die Landkarte zu konzentrieren.

»Du ... mußt gleich nach rechts«, sagte er.

»Wird gemacht«, trällerte Diana und summte ein fröhliches Liedchen, während sie in Richtung Amesbury abbog.

Sie wußte nicht genau, ob sie sich seit dem Zwischenfall auf dem Parkplatz wirklich sicher fühlte oder schlicht und ergreifend wahnsinnig geworden war, aber zwei Sekunden nach dem Abbiegen hatte sie den starken Verdacht, daß letzteres der Fall sei.

Diana und die Bremsen des Rover kreischten im gleichen Moment los. Erasmus ließ die Karte Karte sein und blickte nach vorn.

Diesmal sah Thor noch etwas beeindruckender aus als auf dem Parkplatz. Auf seinen Hammer gestützt, stand er breitbeinig im Gegenlicht auf der Fahrbahn und wirkte wie ein unbezwingbarer Felsbrocken mit Helm.

Erasmus sah Diana an.

Diana sah Erasmus an.

Dann sahen beide den Gott mit dem Hammer an.

Thor stampfte mit dröhnenden Schritten auf den Rover zu und blieb einen knappen Meter vor der Motorhaube stehen.

»Niemand, Sterblicher!« brüllte er, »narrt den mächtigen Thor ungestraft!«

Erasmus schluckte.

Diana krallte sich in seinen Unterarm.

»Ich ... liebe dich«, hauchte sie. »Wollte ich nur noch mal loswerden.«

»Ich liebe dich auch«, hauchte Erasmus zurück.

»Das ist schön.«

»Warum habe ich dir das nicht schon viel früher gesagt?« fragte Erasmus, ohne den Blick von Thor zu wenden, der Mjölnir in die Höhe riß und auf das Dach des Rover zielte.

»Hauptsache, du *hast* es noch gesagt«, flüsterte Diana, griff ihm mit beiden Händen in die zottigen Hinterkopfhaare und zog ihn zu sich herüber. Sie küßte ihn weich und sanft auf den Mund und stellte nicht ohne Wehmut fest, daß sie Erasmus zumindest in dieser Hinsicht nichts hätte beibringen können.

Mjölnir schoß auf den Wagen zu.

Athene dankte dem Schicksal, daß es sie nicht nur zur Göttin der Weisheit und der handwerklichen Kunst, sondern auch zur Göttin der taktischen Kriegsführung bestimmt hatte. Nur diesem Umstand hatte sie es schließlich zu verdanken, daß sie genug über die Kampftechniken und Waffen aller Zeiten und Welten wußte, um Thors durch die Luft zischendem

Hammer nicht tatenlos zusehen zu müssen. Vor langer Zeit, bevor Ares und Poseidon begriffen hatten, daß mit Athene nicht gut Kirschen essen war, hatten die beiden häufig versucht, die kräftemäßig deutlich unterlegene Göttin zu verprügeln. Es war ihnen nie besonders gut bekommen.

Athene kannte die Technik des Asen und wußte, wie er seinen Hammer beim Zuschlagen hielt. Das Handgelenk in einer Lederschlaufe, die an der Unterseite von Mjölnirs Griff befestigt war, führte Thor den Hammer grundsätzlich nach vorn und drückte ihn mit dem Handballen nach unten, damit das todbringende Geschoß nicht vorwärts davonflog. Eine Ablenkung zur Seite zog Thor bei seinen vernichtenden Schlägen grundsätzlich nicht in Betracht.

Athene riß den Dolch aus ihrem Gürtel und schleuderte ihn mit aller Kraft nach dem Hammerkopf. Sirrend und knallend durchbrach die Waffe einige Schallmauern, und wie sich Sekundenbruchteile später herausstellte, waren die Berechnungen der klugen Griechin goldrichtig gewesen.

Als Mjölnir nur noch wenige Zentimeter vom Dach des Rover entfernt war, traf Athenes Dolch den Hammerkopf wuchtig an der linken Seite. Thor registrierte verdutzt, daß sein treuer Freund ruckartig nach rechts auswich, versuchte verzweifelt, ihn in die richtige Bahn zurückzuzwingen, und stellte fest, daß das gar nicht so einfach war. Von Mjölnirs gewaltigem Schwung mitgerissen, eierte der mächtige Ase dicht über dem Asphalt wie ein zu groß geratener, elektrisierter Brummkreisel durch die Luft und schoß auf eine etwa zweihundert Meter von der Straße entfernte Baumgruppe zu. Mit lautem Krachen zerstob das kleine Wäldchen in grobe Splitter und feine Holzflocken.

Erasmus und Diana lösten sich voneinander und blinzelten verdattert durch die Windschutzscheibe. Links vor ihnen torkelte Thor benommen durch die Waldreste und bückte sich, um seinen Helm aufzuheben. Erasmus wandte den

Kopf nach rechts und sah Athene zügig auf den Rover zufliegen.

»Seht zu, daß ihr weiterkommt!« rief sie und schwebte auf das Wäldchen zu.

Diana legte den ersten Gang ein, Erasmus sagte: »Warte!«

»Warte?« Sie musterte den kleinen Zottelkopf, der mit leuchtenden Augen aus dem Seitenfenster spähte, um den Kampf der Titanen zu beobachten. »Nein, Erasmus«, sagte sie mit energischem Kopfschütteln, »bei aller Liebe.«

Sprach's, und ließ den Rover losschießen wie ein tollwütiges Ferkel. Erasmus drehte sich um und sah durch die Heckscheibe, daß Thor seinen Hammer schwang wie einen Morgenstern. Mjölnirs Kopf verwandelte sich in einen bleigrauen Schemen, der wie ein großes Kreissägenblatt an der rechten Schulter des Asen rotierte.

Die Straße knickte nach links ab, der Rover folgte ihr. Erasmus schnalzte bedauernd und sah wieder nach vorn.

Thor fixierte die Griechin mit zusammengekniffenen Augen. Das hatte noch niemand gewagt. Ihn, den stärksten aller Asen, in einen Wald zu schmettern! Ihn zu demütigen! Ihn zum Gespött des gesamten Pantheons zu machen! Mjölnir brummte laut an seiner Seite. Die Göttin schwebte angespannt, aber vollkommen reglos vor ihm, dicht über dem Erdboden, die mächtige Lanze mit beiden Händen waagerecht vor der Hüfte haltend. Mit einem ohrenbetäubenden Schrei ließ Thor den rasenden Hammerkopf nach vorn schnellen und raste im Schlepp des zerstörerischen Gewichts auf Athene zu.

Wieder erwiesen sich die Berechnungen der griechischen Göttin als richtig. Sie wich im letzten Moment einen knappen halben Meter aus Thors Flugbahn, zu spät, um ihm noch Zeit für eine Kurskorrektur zu lassen, und hielt die Lanze hoch wie eine dünne, aber sehr massive Schranke. Mjölnir passierte das Hindernis haarscharf, aber Thor erwischte es voll mit den Augenbrauen. Vom Aufprall mitgerissen, drehte sich Athene etliche Male um die eigene Achse und lauschte dem gellenden, rasch verhallenden Schmerzensschrei des Asen, bevor sie sich wieder fing und schwindelnd an die Verfolgung machte.

Sekunden später entdeckte sie eine lange, mehrere Meter breite Schneise im Brighstone Forest auf der Isle of Wight, knapp achtzig Kilometer vom Ort des ersten Zusammenpralls entfernt, und sah Thor klatschnaß und fuchsteufelswütend aus einem großen See in der Waldmitte in den Himmel hinaufschießen. Dicht unter seiner Helmkante wucherte eine gigantische, blaurot schillernde Beule, und Athene machte sich diesen wunden Punkt ihres Gegners unbarmherzig zunutze. Sie stürmte auf den gen Himmel rasenden Asen zu, wirbelte ihre Lanze durch die Luft und traf Thor, der den schnellen Bewegungen nicht so recht folgen konnte, mit dem unteren, stumpfen Lanzenende auf der Beule.

Auch Götter haben irgendwann die Schnauze voll.

Thor jaulte verletzt auf und hieb sich mit beiden Händen auf die Beule. Während Mjölnir nutzlos von seinem Handgelenk in die Stratosphäre über England baumelte, stieß er einen markerschütternden Schmerzensschrei aus.

»Woooaaaohhauuuiiiiaaaaaarrghhhh! Bei allen Göttern, du verfluchte Griechenschlampe, das kriegst du wieder! Gnaaarrrghhiiiauuuuiii!«

Die verfluchte Griechenschlampe ließ sich nicht aus der Ruhe bringen und entriß dem Jaulenden seinen Hammer. Thors verletztes Fluchen wurde lauter.

Laut genug.

Odin sprang wutentbrannt auf und schulterte seinen treuen Speer Gungnir. Keinen Augenblick später sprengte ein sehr, sehr erboster Asenvater auf dem Rücken seines achtbeinigen Rosses Sleipnir über die Brücke Bifröst und hinein in die raum- und zeitlosen Sphären vor dem Steintor. Kein Sterblicher hätte den Anblick des apokalyptischen Reiters überlebt. Aus seinem Auge schoß einBlick, der genau das konnte, was böse Blicke normalerweise gern könnten, aber nicht können.

Athene spürte eine eisige Welle über ihren Rücken wehen, lange bevor sie den Reiter sah. Zum ersten Mal in ihrer langen Götterexistenz verspürte sie etwas wie Furcht. Keine Furcht vor dem Tod, denn dieses Schicksal konnte sie nicht treffen, wohl aber eine dumpfe Angst davor, wochenlang nicht schmerzfrei schlafen oder in den Spiegel sehen zu können.

Von düsteren Wolken begleitet, schossen Odin und Sleipnir auf sie zu. Athene hob die Lanze, wehrte Gungnirs ersten, heftigen Stoß ab und ging bebend in die Knie. Thor verstummte, schielte unter seiner Beule hoch zu der Griechin, die ihm den Rücken zuwandte, um den erneut auf sie zugaloppierenden Odin zurückzuschlagen, erkannte die Gunst der Sekunde und nutzte sie. Starke Arme schlossen sich um Athenes Oberkörper und hielten die Göttin fest umklammert. Thors heftig atmender Mund war direkt hinter ihrem Ohr.

»Sag deinen Vorderzähnen auf Wiedersehen, Griechenkuh!«

Odin schoß auf sie zu. Athene sah die gesenkte Speerspitze größer und größer werden und wand sich nach Leibeskräften, aber es half nichts. Sie zauberte ihren letzten Trumpf aus dem Ärmel. Einen kleinen Trumpf. Oder besser, ein As, das unglücklicherweise nicht zur Trumpffarbe gehörte.

Es war ihre letzte gute Karte.

Athene holte tief Luft und schrie.

»Vaaaaaaaaaaater!«

Zeus erwachte schlagartig aus dem leichten Schlummer, in den er sich hochgekämpft hatte, begriff erstaunlich schnell, was vor sich ging, und verschwand augenblicklich in einem Lichtloch, um seiner schreienden Tochter beizustehen. Fast jeder Sterbliche wird sich mühelos in die Lage des Göttervaters versetzen können. So groß die innerfamiliären Differenzen auch sein mögen: Sobald sich ein Außenstehender gegen jenes Familienmitglied wendet, mit dem man gerade zankt, sind alle Zwistigkeiten vergessen. Jedenfalls vorübergehend.

Ein Blitz, der sich über irgendwelche Energieangaben in profanen Ampere garantiert schlappgelacht hätte, schmetterte Odin aus dem Sattel von Sleipnir. Da der oberste Ase ziemlich schnell begriff, daß er nicht mehr an der richtigen Stelle saß, fand er Sekunden später, einige tausend Kilometer über den Galapagos-Inseln, das Gleichgewicht wieder und machte sich unverzüglich auf den Rückweg. Gungnir suchte seinen Meister und schmiegte sich hoch über Norditalien wieder in Odins haarige Pranke.

Thor entriß Athene den Hammer und jagte Zeus eine ohrenbetäubende Druckwelle an den Kopf. Zeus erwiderte den Angriff mit einer Salve kleinerer Blitze, die der Ase mit rotierendem Hammer abwehrte. Athene schlug Thor mit der Lanze vor die Schienbeine, als Odin zurückkehrte und ihr seinerseits Gungnir auf den Helm knallte. Funken stoben durch Raum und Zeit. Gewaltige Energien entluden sich in alle denkbaren Kontinuen, während die Götter mit unermeßlicher Kraft aufeinander eindroschen.

Hödur ergriff Baldurs Unterarm.

»Hörst du?« flüsterte er aufgeregt.

Baldur lauschte. Dann hörte er es auch.

»Komm«, sagte er entschlossen, »wir müssen Vater helfen.«

Er warf einen letzten Blick auf den dunklen Plymouth, der

unter ihnen in Richtung Salisbury glitt. Die Entscheidung, Cameron seinem Schicksal zu überlassen, fiel Baldur nicht leicht, aber er wußte, daß ihm keine andere Wahl blieb. Der Mann mit dem Hut war nur ein Mensch. Und was war schon ein Menschenleben, wenn es um die Ehre der Familie ging?

Camerons Schutzgötter verschwanden.

Poseidon hatte seinen Streitwagen gerade von den Westhängen des Ural gekratzt und mit einer raschen Handbewegung wieder vervollständigt, als er Zeus' wütende Schreie hörte. Der Gott der Meere verzog das Gesicht zu einer unvorteilhaften Grimasse und grübelte, ob der Tod des Sterblichen wichtiger war als die Unterstützung seines schnaubenden Bruders.

Andere Götter hätten keine zwei Sekundenbruchteile für diese Entscheidung gebraucht, aber Poseidon war eben nicht viel heller als eine Glühbirne.

Nach knapp zehn Sekunden schoß er los, um Zeus zu helfen.

Apollon und Artemis erwachten und hörten das Scheppern und Krachen durch Raum und Zeit dringen. Die Geschwister sahen sich kurz an, schulterten ihre Waffen und verschwanden.

Ares hob den Kopf, lauschte, löste sich von Aphrodites makellosem Leib, schlüpfte hektisch in seine Rüstung und verschwand. Augenblicke später tauchte er verlegen lächelnd wieder vor dem zerwühlten Lager auf, schnappte sich seinen Speer und verschwand erneut.

Hera kehrte kurz vor dem Steintor um und eilte ihrem Mann zu Hilfe. Hephaistos ließ alle Schmiedearbeiten stehen und liegen und folgte ihr zügig. Heimdall rief Hermodur, Forseti, Magni und Modi zu sich, und gemeinsam eilten die Asen in die Schlacht. Hermes schüttelte seinen Kater ab und machte sich ebenfalls auf den Weg.

Odin semmelte Zeus eine wuchtige Rechte auf den linken Wangenknochen, sah dem davonflatternden Griechen zu und brüllte ihm ein höhnisches »Arschgeige!« hinterher. Er rieb sich die Hände, drehte sich nach Athene und Thor um, die funkenstiebend aufeinander einprügelten, und riß entsetzt die Augen auf.

Ares' Faust schoß ihm auf die Nase. Odin taumelte zurück und klatschte lang hin. Der Grieche fand allerdings keine Zeit, sich am Anblick des Niedergeschmetterten zu weiden, weil er unvermittelt von Magni und Modi angesprungen und in einen äußerst unangenehmen, vierarmigen Schwitzkasten genommen wurde. Poseidon überrollte die Beine der beiden mit seinem Streitwagen und spuckte ihnen ein feuchtes »Laßt ab, Asenpack!« an die Köpfe. Da er so nicht nach vorn sehen konnte, gelang es Heimdall, die fliehende Stirn des griechischen Meergottes mit dem Schalltrichter seines Gjallerhorns bekanntzumachen. Poseidon flog rückwärts von seinem Streitwagen und überschlug sich mehrmals.

Forseti würgte Apollon.

Artemis würgte Forseti.

Hermes klaute Thor den Hammer, wollte damit wegrennen, stolperte über Hermodurs ausgestreckten Fuß und rauschte mit dem Flügelhelm gegen Artemis, die Forseti daraufhin loslassen mußte. Hephaistos rettete Apollon, indem er Forseti seinen Schmiedehammer auf den Helm schmetterte. Odin kam wieder auf die Füße, entwand Hermes Mjölnir, schleuderte ihn zu seinem Sohn zurück und ging Hephaistos an den Hals. Zeus kehrte zurück und verpaßte Baldur einen markerschütternden Tritt in den Hintern. Baldur taumelte und stolperte auf Hera zu, die sich gerade aus Hermodurs Umklammerung befreite, indem sie ihm ihr rechtes Knie zwischen die Beine rammte. Für einen Moment wußte Baldur nicht, was er machen sollte. Er hatte das dumme Gefühl, keine Frau schlagen zu dürfen. Hera nutzte seine vorübergehende Unsicherheit schamlos aus und verpaßte ihm eine schallende Ohrfeige, die ihn seitwärts durch die Luft trudeln ließ.

Thor rang mit Athene.

Odin rang mit Zeus.

Apollon rang mit Baldur.

Hermes rang mit Hermodur.

Magni, Modi und Forseti rangen mit Ares, Poseidon und Hephaistos, Heimdall rang mit Artemis und Hera.

Hödur boxte Löcher in die Luft.

Das Aufeinanderprallen derart unvorstellbarer Energien hatte zweierlei zur Folge. Erstens, daß für Wetterbewegungen oder andere Kinkerlitzchen auf Erden nichts mehr übrig blieb, und zweitens, daß die gesamte Schlachtgesellschaft, ohne es zu bemerken, mit einem lauten Knall aus der Stratosphäre geschleudert wurde und sich urplötzlich in der endlos weiten Senke wiederfand, aus der sie gekommen war.

Der Kampf tobte weiter.

Aus dem Augenwinkel bemerkte Athene, daß sich aus weiter Ferne Zuschauer näherten. Götterscharen, die aus ihren Behausungen auf die Kämpfenden zustrebten.

»He!« ächzte sie ins Ohr ihres Kontrahenten.

»Wasn?« ächzte Thor zurück.

»Wie wär's, wenn wir miteinander reden ...«

»Niemals!« keuchte Thor entschlossen und zog ihr den Helm über die Augen.

Athene biß ihm kraftvoll in den Mittelfinger und lauschte dem Jaulen des Hammerschwingers. Urplötzlich schoß ihr eine kristallklare Frage durch den Kopf.

Wo steckte eigentlich die Ratte Loki?

Thor bedankte sich für ihre kurze Unkonzentriertheit, indem er ihr mit voller Wucht auf den rechten Fuß trat. Athene schrie auf, vergaß die Frage und keilte um so heftiger zurück.

7

»I get no kick from champagne ... mere alcohol doesn't thrill me at all. So tell me why should it be true. That I get a kick out of you ...?«

Cameron sang grundsätzlich nicht so gut wie Ethel Merman, aber so laut und so falsch wie in diesen Minuten hatte er noch nie krakeelt. Das Stück kannte er in- und auswendig. Wie so viele Stücke aus »Anything goes«. Im November 1934 war er extra nach New York gereist, um sich Porters Meisterstück am Broadway anzusehen. Daran dachte er. Daran, daß er rechtzeitig zur Vorstellung erschienen und hocherfreut gewesen war, daß der Komponist den größten Hit des gesamten Musicals an den Anfang gestellt hatte, um die eitlen, versnobten Angeber zu ärgern, die grundsätzlich eine Viertelstunde zu spät kamen.

»Some get a kick from cocaine ...« jaulte Cameron und zog die vorletzte Craven aus der Packung.

Schweißperlen rannen über seine Stirn. Seit er über die Brücke gefahren war, hatte er keine Menschenseele mehr gesehen. Keine Autos, keine Züge, keine Fuhrwerke, keine Vogelschwärme und auch keine anderen Tiere. Seither war die gesamte Gegend nicht lebendiger als ein Pflasterstein, und es war mittlerweile eine knappe halbe Stunde her, daß sich sogar der Wind vollständig gelegt hatte. Cameron hatte den Plymouth am Straßenrand ausrollen lassen, den Motor ausgeschaltet und gelauscht.

Bis zu jenem Augenblick hatte er nicht gewußt, was absolute Stille war.

Der Motor des Plymouth brummte. Cameron wußte nicht, ob es draußen noch immer so unfaßbar ruhig war, aber er konnte sich auch nicht überwinden, den Wagen noch einmal zu stoppen und es zu überprüfen. Ihm war nicht nach Singen zumute, aber er sang.

Seine Hände zitterten.

Ihm war schmerzhaft bewußt, daß er auf etwas Ungeheuerliches zusteuerte. Etwas, das sein Fassungsvermögen so gut würde aufnehmen können wie ein Fingerhut die Sonne. Das hatte er schon geahnt, als er am Hafen in den Wagen gestiegen war, und nach dem Erlebnis auf der Brücke waren seine letzten Zweifel verflogen. Ebenso klar war ihm, daß es nichts gab, was er dagegen tun konnte. Gar nichts. Er konnte sich nicht mit Händen und Füßen zur Wehr setzen, nicht weglaufen, sich nicht mit kühler Logik retten oder mit eiskalten Sprüchen aus der Schlinge reden. Unsichtbare, unzerreißbare Stricke führten ihn, ein Lamm auf dem Weg zur Schlachtbank.

Camerons Hand schwebte über dem breiten Aschenbecher und schnippte einen Aschekegel auf den Beifahrersitz.

Die Hand wanderte zurück und klemmte die Craven wieder in Camerons Mundwinkel. Er holte tief Luft. Schwere Herzschläge schnürten ihm stoßweise die Kehle zu. Er lokkerte seine Krawatte und öffnete den obersten Knopf seines feuchten Hemdes.

Vor dem klaren, reglosen Horizont zeichneten sich die Monolithen von Stonehenge ab.

»Times have changed ...« jammerte Cameron aus voller Brust und steuerte auf die letzte Station seiner Reise zu. Eine mutlose Stimme raunte ihm tief aus seinem Inneren zu, daß es keine Rückfahrkarte gäbe.

Er hatte sie gerade wieder zum Schweigen gebracht, als sich zwischen ihm und dem Steinkreis eine gigantische, düstere Wolke auf die Straße senkte ...

Diana und Erasmus standen vor dem Rover und lauschten atemlos in die Stille. Diana brach das Schweigen.

»Mein Gott«, flüsterte sie besorgt. »Hast du so was schon mal gehört? Beziehungsweise nicht gehört?«

»Nein«, sagte Erasmus andächtig und betrachtete die Wolken, die über ihnen am Firmament klebten. Was Natur gewesen war, schien sich in ein Gemälde verwandelt zu haben. Ein sehr realistisches Gemälde, das sich nur insofern von seinen in Museen hängenden Verwandten unterschied, als man in ihm herumwandern konnte. »Nein«, wiederholte er kopfschüttelnd. »Wahrscheinlich so was Ähnliches wie die Ruhe vor dem Sturm.«

Diana schauderte, als sie sich den Sturm auszumalen versuchte, der einer solchen Ruhe folgen mochte.

»Erasmus«, sagte sie und hakte sich ein. »Ich habe Angst.«

Erasmus drückte sie an sich und nickte.

»Ja«, sagte er. »Die habe ich auch.«

Und wieder lauschten sie in die Stille, bis Erasmus Dianas Hand ergriff, sie kurz drückte und dann zur Beifahrerseite des Wagens zurückkehrte. Das Aufspringen der Tür hallte wie ein Donnerschlag durch die unheimliche Ruhe.

»Komm«, sagte Erasmus, »bringen wir's hinter uns.«

Diana kletterte in den Wagen und ließ den Motor an. Langsam ließ sie ihn auf den nahen Steinkreis zurollen, als plötzlich Wolkenfetzen aus allen Himmelsrichtungen zusammenflossen und vor ihnen auf der Straße die Gestalt eines Wesens anzunehmen begannen, neben dem der Hammergott kaum bedrohlicher gewirkt hätte als ein Usambara-Veilchen ...

Diesmal brauchte Gwydiot das Buch nicht. Diesmal wußte er auch ohne verworrene, unheilverkündende Orakel, daß ihm etwas Schlimmes bevorstand. Obwohl sich kein Lüftchen regte, während die Pferde der drei Reiter in langsamem Trab auf den am Horizont wartenden Steinkreis der Riesen zutrabten, hatte der Magier das unangenehme Gefühl, ohne Kutte in einem zufrierenden See zu sitzen. Er sah nach rechts und betrachtete Gwenddolau, die starr und ernst geradeaus blickte. Ihre Schönheit überwältigte ihn und trieb ihm einen riesigen Kloß in den Hals. Stillschweigend verfluchte er das Schicksal, das ihm dieses zauberhafte Geschöpf so spät zugeweht hatte. Viel zu spät. Er verfluchte das Schicksal gleich noch einmal. Genügte es denn nicht, daß er sich von all jenen Dingen verabschieden mußte, die ihm lieb und teuer gewesen waren, *bevor* er diese Blume entdeckt hatte? Sollte er jetzt zu allem Überfluß mit der Gewißheit das Zeitliche segnen, daß seine besten Jahre unmittelbar vor ihm gelegen hätten? Gwydiot spuckte angewidert aus.

»Magier?« murmelte Gawain kleinlaut.

»Was denn?«

»Meint ... Ihr wirklich, daß wir ... dahin ... müssen?«

Gwydiot nickte. »Es sieht fast so aus, als würde jemand das von uns erwarten. Findet Ihr nicht, Ritter?«

»Na ja ... äh«, druckste Gawain und kratzte sich ein bißchen Dreck aus dem Nacken, »es ist ziemlich still ... aber vielleicht ist das auch nur so 'ne Art Warnung, daß wir besser nicht näherkommen sollen ...«

»Die Feigheit scheint Euch zu ungeahnten geistigen Leistungen anzuspornen, Gawain«, fiel ihm Gwydiot spöttisch ins Wort. »Was sagt denn Euer Herz? Hält Euer Herz diese Stille für eine Warnung oder für die Ruhe vor dem Sturm?«

»Ach, wißt Ihr, Magier ... Lassen wir mal das Herz beiseite. Aber ... mein Verstand sagt mir ...«

Gwydiot zügelte Shynddmaar und drehte sich um. »Bitte, Gawain. Ihr *besitzt* keinen Verstand. Was zu Euch spricht, ist Euer gottverdammter Magen. Wenn Ihr umkehren wollt, geht. Ich werde nicht versuchen, Euch zurückzuhalten.«

Gawain wägte schweigend ab. Er dachte darüber nach, wie

seine Heimat aussehen mochte. Er fragte sich, ob noch jemand am Leben wäre, wenn urgewaltige Gestalten wie der Riese vom Vormittag das Land verwüsteten. Er dachte darüber nach, wie er vor seinem König dastünde, wenn der Magier mit der schmutzigen Kutte überraschenderweise doch zurückkehrte.

Schließlich schüttelte er bedächtig den Kopf.

»Nein«, sagte er mit bebender Stimme. »Ich folge Euch, Magier.«

Gwydiot nickte und wandte sich an Gwenddolau.

»Das gilt natürlich auch für dich. Du mußt uns nicht ...«

»Heee-ja!« rief Gwenddolau. Vornübergebeugt trieb sie ihr Pferd an und flog mit wehenden Haaren auf den Steinkreis zu. Der Magier strahlte über das ganze Gesicht. Gawain schoß an ihm vorbei, und mit einem lauten Schrei klammerte sich Gwydiot in Shynddmaars Mähne und sprengte den beiden hinterher.

Der Steinkreis rückte näher.

Zwischen den Reitern und ihrem Ziel flossen schwarze Wolken aus dem Nichts und vereinigten sich mit leisem Grollen zu einer riesenhaften, atemberaubend schrecklichen Kreatur...

8

Loki hatte sich für Cameron entschieden. Am liebsten hätte er natürlich auch die anderen Sterblichen eigenhändig umgebracht, aber durch seinen gewaltigen Lachanfall hatte er viel Zeit verloren. Er ging also auf Nummer Sicher.

Der Übelste unter den Asen hatte im Laufe seiner langen Existenz drei Kinder in die Sphären gesetzt, allerdings nicht mit seiner Frau Sigyn. Wer Sigyn kannte und Lokis Sprößlinge sah, wäre auch nie im Leben auf diesen Gedanken gekommen. Da Loki ein großes Geheimnis daraus machte, mit wem er seine Brut gezeugt hatte, wußte niemand Genaueres, aber trotzdem kursierten in Götterkreisen zwei einander widersprechende Gerüchte, die einfach nicht totzukriegen waren, nämlich a.) daß es sich bei den Müttern um mehrere greulich verwachsene Höllenbewohnerinnen handelte und b.) daß Lokis sämtliche Nachkommen dem Schoß eines einzigen Weibes entsprungen waren, und zwar dem von Lokis leiblicher Mutter.

Eines dieser Kinder war Sleipnir, Odins achtbeiniges Schlachtroß. Die beiden anderen trugen die klangvollen Namen Midgardschlange und Fenriswolf. Die Sage dichtet beiden gewaltige Körpergrößen an, aber sooo groß sind sie nun auch wieder nicht. Der Fenriswolf ist bloß knappe fünfzehn Meter hoch und dreißig Meter lang, und seine Schwester kann beileibe nicht die ganze Erde umschließen, sondern höchstens zwei bis drei Fußballstadien.

Cameron trat das Bremspedal fast auf den Asphalt durch. Vor ihm stand ein eigenartig verwachsener Riese mit glatten Haaren und bleckte diabolisch grinsend die Zähne.

Der durchgeschwitzteste Privatdetektiv von L.A. schluckte die Windschutzscheibe an und stieß einen leisen, wackligen Pfiff aus.

Erasmus quetschte Mund und Nase gegen die Windschutzscheibe des Rover wie ein sehr neugieriges Kleinkind. Zu seinem unangeschnallten Glück war Diana nicht schneller gefahren, als sie plötzlich mit aller Kraft auf die Bremse trat. Allerdings fragte Erasmus sich, ob dieses Glück ausreichen würde, um ihn und seine Begleiterin vor den turmhohen, glänzenden Hauern zu retten, die ihnen der dampfende, gelbäugige Wolf knurrend entgegenfletschte.

Diana und Erasmus kreischten um die Wette.

Mit lautem Wiehern rammte Shynddmaar ihre Vorderhufe in den Boden, ließ Gwydiot gekonnt in die weit und breit einzige Schlammpfütze segeln, legte eine 180-Grad-Kehre hin, die jeden Lipizzaner vor Neid hätte schimmelgrün werden lassen, und sprengte wie ein geölter Blitz davon. Der Magier hob den Kopf und sah, daß er keinen Grund hatte, sich wegen des peinlichen Sturzfluges Gedanken um seine Wirkung auf Gwenddolau zu machen. Die beiden anderen Pferde schossen reiterlos an seinem matschigen Landeplatz vorbei und folgten Shynddmaar in gestrecktem Galopp.

Gwydiot stand auf.

Auch Gwenddolau und Gawain erhoben sich.

Sie waren unverletzt.

Ungewiß war allerdings, wie lange sie das noch von sich würden behaupten können. Gwydiot tippte auf ungefähr drei Minuten, vorausgesetzt, die langsam auf sie zuschwebende, kilometerlange Schlange mit dem grün-roten Feuerkopf legte nicht plötzlich einen Zahn zu.

Ohne sich abzusprechen, begannen die drei Sterblichen im gleichen Augenblick, markerschütternd zu schreien.

Athene spitzte die Ohren und spürte einen ungeheuren Adrenalinstoß durch ihren Körper jagen. Mit neuer Kraft nahm sie den verblüfften Thor in den Schwitzkasten, ballte die Hand zur Faust und schmetterte sie dem Hammergott wuchtig auf die dicke Beule.

Thor ließ schreiend von ihr ab.

Und bevor er oder sonst jemand aus dem wild um sich schlagenden Götterknäuel nach Athene greifen konnte, war sie verschwunden.

Auch Baldur hatte den Schrei vernommen. Er hatte Athene aus dem Augenwinkel beobachtet, soweit Poseidons Würgegriff das zugelassen hatte, den griechischen Meergott anschließend unfein, aber wirkungsvoll in die Nase gebissen und war ebenfalls verschwunden, bevor ihn jemand zurückhalten konnte. Nach einem winzigen Zwischenstopp in Breidablick eilte er der Griechin hinterher.

Loki holte keckernd zu einem Fußtritt aus und traf den Plymouth gefühlvoll mit dem Spann. Cameron hatte das Gefühl, sein Gehirn klebe plötzlich an der Windschutzscheibe fest, als er emporgehoben wurde und mit rasender Geschwindigkeit davonschoß. Er sah aus dem Seitenfenster und erkannte unter sich kleine Quadrate, die aussahen wie Felder, die man aus einem Flugzeug bestaunt. Der Plymouth bewegte sich zügig auf die Marsumlaufbahn zu, und Cameron wurde bewußtlos.

Athene erwischte Loki mit beiden Füßen im Gesicht, bevor er das Spielbein wieder auf den Boden gesetzt hatte. Der auf den Asphalt donnernde Hinterkopf des Asen löste ein Erdbeben der Stärke 8 aus, und aus der aufgerissenen Straße zum Steinkreis schossen Wasser- und Gasfontänen in die reglose Luft über der Ebene von Salisbury.

Zorn und Haß sind ausgezeichnete Weggefährten, wenn man einen gleich starken Gegner in die Knie zwingen will; Athene war also in bester Gesellschaft. Sie packte den Asen mit der Linken beim Kragen, hob ihn hoch in die Luft und ließ ihm ihre Faust auf die spitze Nase schnellen. Loki verdrehte benommen die Augen.

»Duuuuu... Unkraut!« fauchte die Göttin und schlug noch einmal zu.

Loki hob abwehrend die Hände, kam jedoch nicht zu Wort.

»Du hast nichts von einem Gott, du kotzbrockige Qualle!« schrie Athene und holte erneut aus. Lokis schrille Stimme ließ die harte Faust in der Luft festfrieren.

»Ich... mache dich zu meiner Gefährtin«, quiekte er erstickt.

»Du machst niemanden mehr zu irgendwas! Du hast ein für allemal ausgespielt, du erbärmliche Ratte!«

»Wer hat ausgespielt? Deine Sterblichen sind tot.«

»*Einer* ist tot. *Einer,* Mißgeburt. Aber einer der anderen wird es schaffen. Nur *einer* von ihnen muß ankommen!«

»*Keiner* wird ankommen, Griechin!« wieherte Loki. »*Keiner!* Mich kannst du festhalten, aber den Fenriswolf und die Midgardschlange kannst du nicht allein besiegen!«

Athene wurde schlagartig kreideweiß. Ihre Faust zitterte und sank, während Lokis Grinsen breiter und breiter wurde.

»Und jetzt laß mich runter, du blöde Krähe, sonst siehst du nämlich nach dieser Geschichte überhaupt kein Land mehr. Ihr werdet schon genug Probleme mit den anderen Göttern haben, selbst wenn ich euch nicht weiter bekämpfe.«

Athenes Griff lockerte sich. Als Lokis Zehenspitzen den Asphalt beinahe wieder berührten, hörte sie ein tiefes Summen, das lauter und lauter wurde. Sie drehte sich um und sah den Schatten näherkommen.

Baldur landete auf der Straße und setzte den schwarzen Plymouth sanft zwischen zwei Erdbebenspalten ab. Cameron kam langsam wieder zu sich und glotzte durch einen feinen Nebelschleier in die Landschaft. Als er erkannte, daß sich zu dem einen Riesen, der offenbar ein Zwerg war, zwei weitere, richtige Riesen gesellt hatten, schloß er die Augen vorsichtshalber wieder.

»Halt ihn fest, Griechin«, befahl Baldur und trat mit einem Lächeln wie aus Eis neben Loki.

Der Wolf grub seine Zähne in den Rover und riß das kleine grüne Ding in die Höhe. Mit einem lauten Knall explodierte der Benzintank und sprengte einen halben Schneidezahn aus dem Gebiß der unwirklichen Kreatur.

Der Wolf zuckte nicht mal mit der Wimper. Er warf den Kopf in den Nacken, verschluckte den Rover und fixierte die kleinen Gestalten auf der Straße mit glühenden Augen. Dampfender Speichel tropfte von seinen meterlangen Lefzen und fraß große Krater in die Fahrbahn.

Erasmus nahm Dianas Hand und raste los.

Der Wolf machte einen Schritt nach vorn und war über ihnen. Durch das ohrenbetäubende Knurren rannten die Sterblichen um die letzten Sekunden ihrer kleinen, unwichtigen Leben.

Gwydiot hielt Gwenddolaus Hand und stolperte mit ihr hinter Gawain her, der trotz seiner schweren Rüstung ein rekordverdächtiges Tempo an den Tag legte. Der Magier verfluchte seine unpraktische Kutte und geriet ins Straucheln. Er ließ die schmale Hand los.

»Lauf weiter!« schrie er im Fallen. Er landete mit der Brust auf harten Kieselsteinen, verspürte keinen körperlichen Schmerz, nur ohnmächtige Wut auf sein heimtückisches Schicksal, und wandte sich nach dem Schlangenkopf um.

Gwenddolaus Hand ergriff seinen Ärmel und zog ihn hoch.

»Komm!«

Ein Schatten fiel auf die beiden. Ein riesiger, zuckender, rotblauer Schlund senkte sich über den Magier und die Frau, die er viel zu spät kennengelernt hatte.

Loki schwebte noch immer einige Zentimeter über dem Boden. Baldur kam seinem Gesicht sehr nahe. »Ruf sie zurück«, sagte er drohend.

»Du kannst mich mal«, zischte Loki.

»Dein letztes Wort?«

»Nein, mein vorletztes, Muttersöhnchen. Mein letztes ist: Drecksack.«

»Wie du willst, Loki. Wie du willst.«

Und mit diesen Worten bückte sich Odins intelligentester

Sohn und rammte drei große, flache Steine in den Acker neben der Straße. Als er sich wieder aufrichtete, hielt er ein Bündel Lederstricke in der rechten Hand. Er lächelte breit. Athene sah fragend von Baldur zu Loki, dessen spöttisches Grinsen einem eher säuerlichen Gesichtsausdruck Platz gemacht hatte und drauf und dran war, sich zu einer verzweifelten Grimasse zurechtzuzucken.

»Bring ihn bitte her und leg ihn auf die Steine, Griechin«, sagte Baldur. Athene wirbelte Loki herum, und Baldur wandte sich wieder an den kleinen Teufel.

»Erinnerst du dich?« fragte er sanft, während er Lokis rechten Arm auf einem der Steine festzurrte. »An das hier? Die Riemen aus Walis Gedärmen? Das einzige zwischen Himmel und Erde, was dich festhalten kann?«

Loki nickte nicht. Natürlich erinnerte er sich.

»Ich habe sie aufgehoben«, fuhr Baldur im Plauderton fort, »nachdem man dich daraus befreit hatte. Damals. Ich dachte mir, daß wir sie irgendwann noch mal brauchen würden.« Mit einem Ruck schnürte er Lokis zweiten Arm fest. Der kleine Ase jaulte auf.

»Nicht so fest, verflucht noch mal!«

Lächelnd zurrte Baldur noch einmal und legte das letzte Band stramm um Lokis Hals.

Athene räusperte sich. »Entschuldige, Baldur, aber... er muß seine Kreaturen zurückrufen.«

»Das wird er. Nicht wahr, Loki?«

»Bah! Warum sollte ich, du Sackgesicht...?«

»Weil du sonst bis in alle Ewigkeit an diesen Steinen kleben wirst. Letztesmal hattest du Glück... Außerdem fehlt ja noch etwas.«

Die Schlange. Lokis Augen weiteten sich.

»Genau«, nickte Baldur. »Die Schlange.« Er wandte sich an Athene. »Es gibt eine entzückende kleine Schlange, gegen deren Gift er bedauerlicherweise nicht immun ist.

Die hing schon mal über seinem Kopf, bei seinem letzten Versuch, uns zu verraten. Zu seinem Glück stand damals Sigyn neben ihm und hielt eine Schale über seine Nase, so daß er nur ab und zu einen Tropfen ins Gesicht bekam... daher seine hübschen Narben. Aber diesmal...« sagte er, sah sich kurz um und wandte sich dann schmunzelnd wieder Loki zu, »ist leider keine Sigyn da.«

Baldur griff in seinen Umhang und beförderte eine gelbschillernde, giftig zischende Schlange ans Tageslicht. Er hob einen Ast vom Boden auf, klemmte ihn ins Maul des Reptils, hielt dessen Kopf über das rechte Auge des festgezurrten Loki und preßte die Giftzähne gegen das Holz.

Ein glitzernder, dampfender Tropfen kroch langsam um den Ast, blieb an der Unterseite hängen und wurde größer.

»Neiiiiiin!« kreischte Loki und strampelte mit den Füßen wie ein Wahnsinniger. »Nein, nein, Na-heiiiin!«

»Ruf sie zurück«, sagte Baldur.

Lokis ganzes Gesicht schien fast ausschließlich aus Augen zu bestehen, Augen, die auf den langsam größer werdenden Tropfen geheftet waren. Und was in seinem Gesicht nicht Auge war, bibberte so heftig, daß man es beim besten Willen nicht identifizieren konnte. »Laßt ab!« krächzte Loki panisch, räusperte sich und wiederholte die Aufforderung in ohrenbetäubender Lautstärke.

»Laßt ab! Laßt sie laufen! Kehrt zurück! *Verschwindet!*«

Athene und Baldur richteten ihre Gedanken auf die Sterblichen.

Der Fenriswolf grub seine Hauer in den kleinen Felsvorsprung, unter dem Erasmus und Diana Zuflucht gesucht hatten, und zerbiß das steinerne Dach wie ein Stück Sahnetorte. Feiner Felsstaub rieselte Erasmus in die Augen. Er schützte Diana überflüssigerweise mit dem rechten Arm und starrte hoch in das riesige Maul.

Als er sich gerade entschlossen hatte, unmittelbar vor dem Geist auch endlich den Glauben aufzugeben, hob die Kreatur ruckartig den Kopf. Mehrere giftige Speicheltropfen verfehlten die beiden Kauernden nur um Haaresbreite. Weit über ihnen spitzte der Wolf die Ohren. Das Knurren hatte aufgehört. Erasmus und Diana sahen nach oben. Der Wolf lauschte, blickte noch einmal bedauernd zu Boden und verwandelte sich dann in eine schwarze Wolke. Aus der schwarzen Wolke wurden kleinere, graue Wolken, aus den grauen Wolken wurde weißer Nebel, der zerfloß, und dann waren Erasmus und Diana wieder allein.

»Er ist weg«, sagte Diana nach einer atemlosen Pause.

»Ja«, sagte Erasmus.

»Er ist wirklich weg.«

»Ja.«

Beide schwiegen und lauschten dem Trommeln ihrer Herzen. Diesmal war es Diana, die die Initiative ergriff.

»Komm«, sagte sie und stand zitternd auf, »gehen wir zu deinem Steinkreis, bevor das Ding zurückkommt.«

Gwydiot und Gwenddolau robbten rückwärts durch hochwachsende Feldgräser, Disteln, Brennesseln und unvorsichtige Wespen. Sie spürten keinen Schmerz. Der Unterkiefer der langen, trägen Schlange hatte sich bis fast auf den Boden gesenkt, und nun fuhr der furchterregende Schlund auf die beiden Robbenden zu wie eine mobile Höhle. Als das Maul nur noch knapp zehn Meter von Gwydiot entfernt war, ließ sich der Magier ächzend auf den grasbewachsenen Boden fallen.

»Komm weiter!« schrie Gwenddolau.

»Wozu?« sagte Gwydiot und zuckte resigniert die Achseln. »Selbsterhaltungstrieb ist ja was Feines, aber man muß wissen, wann man sich lächerlich macht.«

Das Maul war nur noch fünf Meter entfernt.

»Ich meine, sieh dir das doch an, Gwenddolau. Glaubst du etwa, das Ding läßt uns entkommen?«

»Man muß kämpfen bis zuletzt!« sagte sie, packte ihn mit ungeahnter Kraft am Kuttenkragen und schleifte ihn weg. Für Sekunden blieb der Abstand konstant, dann wurde die Schlange etwas schneller. Ihr Unterkiefer rumpelte zischend über die Stelle, an der sich der Magier seinem Schicksal ergeben hatte.

»He, he, he!« protestierte Gwydiot gegen das Schleifen.

Die Schlange blieb unvermittelt stehen und schloß bedächtig das Maul. Blaue Wagenräder starrten fragend in die Luft über der Ebene. Sie wandte langsam den Kopf, verwandelte sich in dunklen Rauch, zerfloß zu Nebel und verschwand. Gwydiot betrachtete das Schauspiel mit offenem Mund, bis er merkte, daß das Gelände unter seinem Hinterteil steiniger wurde. Er griff mit beiden Händen nach Gwenddolaus Arm.

»Aufhören! Dreh dich mal um!«

Gwenddolau drehte sich keuchend um und blieb stehen. Vor ihnen lagen die Steinkreise, und zwischen ihnen und den Steinkreisen war nichts. Sie klappte den Mund auf und wieder zu. Gwydiot erhob sich und hielt sich den Hintern.

»Wenn mich nicht alles täuscht«, sagte er dankbar, »hast du mir gerade das Leben gerettet.«

»Was? Oh, ja. Dann gehörst du jetzt mir, oder?«

»Äh... wohl, ja.« Aller männlichen Lebenserfahrung zum Trotz geriet Gwydiot angesichts dieses originellen Gedankensprunges kurz aus der Fassung. »Ja«, nickte er. »Äh. Ja. Aber laß uns darüber reden, wenn wir das da...«, er deutete auf die Monolithen, »überstanden haben.«

Er sah sich suchend um.

»Gawain!!«

Stille.

»Gawain, wo seid Ihr, verflucht noch mal!«

»Ist sie weg?« blökte es von weit her.

»Ja!«

»Fein!!«

Mit gezücktem Schwert und vorgeschobener Brust trat der Ritter hinter einem weit entfernten Baum hervor.

»Wenn sie hier vorbeigekommen wäre!!« brüllte er und ließ das Schwert wie ein schlechtgelaunter Henker abwärts sausen, »aber zack! Mein lieber Mann!«

Gwydiot nahm Gwenddolaus Hand und wandte sich ab. Mit klopfenden Herzen gingen sie auf den nahen Kreis der Riesen zu.

Baldur stopfte Loki einen Knebel in den protestierenden Mund und richtete sich auf.

»So«, sagte er. »Das wär's dann wohl. Wir holen dich, sobald die Geschichte ausgestanden ist.«

»Mmmmbll!«

»Ich danke dir«, sagte Athene. »Und jetzt wollen wir die Sterblichen durch das Tor hineinführen ...«

Baldur nickte. Er sagte »Nach dir ...« und wollte wohl auch noch »Athene« sagen, als sich eine Hand in seinen Nakken bohrte und ihn mit Urgewalt aus der Welt der Sterblichen riß. Die Göttin der Weisheit starrte verblüfft in das Luftloch, das der Ase hinterlassen hatte. Trotz seiner mißlichen Lage kicherte Loki dumpf in seinen Knebel und strampelte ausgelassen mit den Füßen. Zornige Falten gruben sich in Athenes Stirn. Mit drohend ausgestrecktem Zeigefinger trat sie auf Loki zu und sagte: »Du ...«

Die Hand ihres Vaters schloß sich um ihren Hals und riß sie fort.

Luftmoleküle beeilten sich, das entstandene Vakuum zu flicken, während Loki vor Freude fast erstickte.

»Und du willst mein Sohn sein!? Pfui Deibel!« grollte Odin angewidert und verpaßte Baldur einen Kinnhaken, der sich gewaschen hatte. Sein Sohn schüttelte benommen den Kopf, obwohl er eigentlich nicken wollte.

Nicht weit von den beiden entfernt standen Zeus und Athene im Getümmel, und die Göttin hatte gerade das dumme Gefühl, ihr Vater verwechsle sie mit einem zu groß geratenen Cocktailshaker. Sie klammerte sich beidhändig an Zeus starken rechten Arm und versuchte, die Alkoholdünste nicht einzuatmen, die er ihr im Schlepp lauter, heftiger Flüche an den Kopf tosen ließ.

»Duuuu verlogene Fliegenbrut! Da mach manssich die Mühe ...« Zeus stieß kurz auf, »... dich vor diesen hirnlosen Torfnasen zu rettn, und dasisser Dank!«

»Torfnasen?« fragte Odin ungläubig und ließ Baldur sinken. »*Torfnasen?* Sag mal, Grieche, meinst du damit etwa uns?«

Zeus hörte auf, seine Tochter zu schütteln. »Na, wen denn wohl sonss, du hohle Waffel? Siehsssu hier sonst irgendwelche Torfnasen? Hä? Hä?«

»Der kann doch wirklich nicht dicht sein«, murmelte Odin für sich. Er schüttelte kurz den Kopf, schob dann das bärtige Kinn vor und funkelte den Griechen aus mordlüsternem Auge an. »Sag mal, du besoffene Schwuchtel, hast du lange keinen Satz warme Ohren gefangen, oder was fehlt dir?«

»Von wem soll ichn hier bitteschönn Satz warme Ohren fang, Torfnase?«

»Das geht schneller, als du gucken kannst, du Hilfsgott!«

»Erzähl das deiner beknackten Frau, du hirnrissiger Kyklop!«

»Debiler Kentaurenarsch!«

»Verfilzter Fetzenschädel!«

»Wieselrammler!«

»Besser Wiesel als Helme ...!«

Odin benutzte Baldur als Wurfgeschoß. Zeus benutzte Athene als Schild. Die Nachwuchsgötter rauschten zusammen und gingen ächzend zu Boden. Während ihre Väter laut fluchend erneut aufeinander eindroschen, rappelten die beiden sich auf.

»Schluß jetzt«, sagte Athene. »Wir holen die Sterblichen rein und dann hat sich die Sache. Ich hab's wirklich satt bis hier...«

»Dito«, raunte Baldur und hielt sich den schmerzenden Schädel. Bevor die beiden jedoch vom Schlachtfeld taumeln konnten, riefen Odin und Zeus, die sich gerade die vorletzten Lebensgeister aus den Köpfen schlugen, ihre Söhne Thor und Ares zu Hilfe.

»Areeees, halt Athene fest...!«

»Thor, schnapp dir diesen Stinker Baldur...!«

Und unverzüglich schüttelten die Gerufenen ihre jeweiligen Kontrahenten ab und stürzten sich auf ihre Geschwister...

Jedes irdisches Meßgerät, ganz gleich, aus welcher Epoche der Geschichte es stammt, würde sich beim Versuch, göttliche Energien zu messen, verhalten wie ein rohes Ei, das man in einem Mikrowellengerät hartzukochen versucht. Und das gilt schon für die Energien, die frei werden, wenn ein Gott den kleinen Finger krümmt. Was bedeutet, daß wir es bei einer Schlacht, an der sage und schreibe achtzehn germanische und griechische Gottheiten beteiligt sind, mit Kräften zu tun haben, deren Ausmaß das menschliche Vorstellungsvermögen bei weitem übersteigt. Kräften, die aber bisher wenigstens insofern auszurechnen waren, als sie in bestimmte Richtungen wirkten. Zur Verdeutlichung male man sich vor seinem geistigen Auge ein Feld mit achtzehn Punkten aus, neun blauen (Asen) auf der rechten und neun roten (Griechen) auf der linken. Nun füge man die zu den jeweiligen

Punkten gehörigen, etwa gleichlangen Vektoren hinzu, die bisher von rechts nach links, beziehungsweise von links nach rechts zeigten. Die Richtung ändert sich zwar geringfügig, wenn ein Grieche von einem Asenkontrahenten abläßt und sich den nächsten vornimmt (oder umgekehrt), aber im großen und ganzen ist das Bild soweit noch erfreulich geordnet. Das heißt, *war* erfreulich geordnet, denn mit Athenes und Baldurs Seitenwechsel ist eine nicht zu unterschätzende Veränderung eingetreten. Die Vektoren ihrer erbosten Väter zeigen jetzt nämlich zum einen auf die gegnerischen Götter und zum anderen auf die eigene Verwandtschaft. Gleiches gilt für die Vektoren von Ares und Thor, während Athenes Vektor nicht mehr auf Baldur und Baldurs Vektor nicht mehr auf Athene zeigt, beider Vektoren jedoch abwechselnd auf gegnerische und verwandte Götter deuten. Das physikalische Modell sieht also von diesem Moment an aus wie ein Rudel japanischer Uhren, die in schlechten Spielfilmen benutzt werden, um das Verstreichen von Zeit anzudeuten, nur, daß es eben keine japanischen Uhren sind, sondern wild durch die Gegend rotierende Energievektoren, sprich unkontrolliert ausbrechende, unvorstellbare Kräfte.

Es könnte an diesen herumschießenden Energien gelegen haben, daß Hödur, der etwas abseits stand, plötzlich von den Füßen gerissen und aus dem Steintor geschleudert wurde.

Andererseits könnte es natürlich auch daran gelegen haben, daß die gewaltigen Schwinger des blinden Boxers zum ersten Mal etwas trafen, und zwar seine eigene Nase.

Was zählt, sind Resultate, und das Resultat war, daß der arme, blinde Hödur allein, verlassen und benommen durch die Zeit taumelte und versuchte, sich an den Heimweg zu erinnern.

Cameron, Erasmus, Diana, Gwydiot, Gwenddolau und Gawain standen auf dem gleichen Quadratmeter Boden. Da sie nicht zur gleichen Zeit dort standen, hatten sie alle ausreichend Platz.

Cameron schob sich den Hut in den Nacken und stützte die Hand in die Hüfte.

Diana sagte: »Und jetzt?«

Erasmus zuckte die Achseln.

Gwydiot vergewisserte sich, daß er an der richtigen Stelle stand.

Gwenddolau hielt sich an ihm fest.

Gawain durchsuchte die Anlage nach geschickt getarnten Feinden. Er schlich um die Steine herum und behielt den Magier im Auge, um ihm auf gar keinen Fall zu nahe zu kommen.

Stonehenge war zu allen Zeiten ein beliebtes Ausflugsziel für englische Steinfanatiker und kulturbewußte Touristen gewesen. Als Hödur aus dem Tor fiel, veränderten sich die Reiseführer dahingehend, daß sie von einer benommen vor dem Fersenstein stehenden Luftspiegelung mit Helm kündeten, die offenbar zu jeder Tages- und Nachtzeit vor der Anlage herumwaberte, stockend aus der heiligen Schrift zitierte und sich nicht bewegte. Aus vieldiskutierter, dennoch ungeklärter Ursache gab es indes offenbar nur fünf Personen, die sich diesen Umstand – kurz vor dem Ende aller Aufzeichnungen – hatten zunutze machen können.

Hödur griff sich an den Helm. Sein Kopf brummte von der schweren Erschütterung, und in seinem Götterhirn war einiges durcheinandergeraten.

Wie durch eine Wand hörte er die zehntausendstimmige Frage: »Wer ist das?«

Da er sich nicht an seinen Namen erinnern konnte, stammelte er einfach das, was ihm aus völlig unerfindlichen Gründen gerade durch den Kopf schoß.

»Ich bin der Weg... und die Wahrheit... und das Leben... niemand kommt zum Vater... denn durch mich...«

Er verstummte und runzelte die Stirn. Weshalb hatte er das gesagt?

Cameron trat kurzentschlossen in die Erscheinung und packte den rechten Arm des Helmträgers. Er klatschte in die Hände, stellte fest, daß es nicht besonders effektiv ist, eine Luftspiegelung zu packen, und verschränkte seine Hände behutsam um den durchlässigen Oberarm.

»Festhalten!« sagten Erasmus und Gwydiot. Diana und Gwenddolau taten, was sie konnten.

»Wer ist das?« fragten die beiden Frauen.

Gwydiot zuckte die Achseln. »Ein Gott, schätze ich.«

»Hödur, wenn mich nicht alles täuscht«, sagte Erasmus.

Der Blinde hörte es. Er war ein Gott. Und er hieß Hödur. Schlagartig kehrte die Erinnerung zurück. Er konnte sich sogar wieder an den Heimweg erinnern.

Und damit waren sämtliche Südengland-Reiseführer wieder um einen Artikel ärmer, und lange, überflüssige Diskussionen, die es nie gegeben hatte, aber irgendwie doch gegeben hatte, hatte es plötzlich nie gegeben.

Ein letzter Tropfen fiel in das riesige Faß, an dessen Rand sich die Menschheit klammerte. Nur die Oberflächenspannung hinderte das Wasser noch, sich über die Seiten zu ergießen.

Hätte der Begriff *Zeit* noch irgendeine Bedeutung gehabt, wäre es vermutlich fünf Sekunden vor zwölf gewesen.

9

Hödur trat durch das Steintor, schnupperte, erkannte den vertrauten Geruch seiner Heimat und fuhr sich mit den Händen über Arme und Beine, um den daran haftenden Dreck abzustreifen.

Die Sterblichen ließen ihn los. Sie stürzten nicht tief. Vor dem Steintor war Hödur ihnen wie ein Riese erschienen, aber jetzt, auf der anderen Seite des Tores, war er nur noch ein etwa zwei Meter zehn großer, sehr kräftiger Krieger. Ein Krieger, der die Sterblichen am Tor zurückließ und nach kurzem Lauschen zügig in die Senke hinunterwanderte, auf ein weit entferntes Knäuel von kostümierten Figuren zu, die einander offensichtlich nicht besonders gut leiden konnten. Der blinde Ase war allerdings nicht der einzige, der sich auf dieses Schauspiel zubewegte; aus allen Himmelsrichtungen krochen Scharen von winzig wirkenden Gestalten auf die Kämpfenden zu.

Die Auserwählten sahen sich an. Gwydiot war der erste, der wieder einen klaren Gedanken fassen konnte.

»Oh«, sagte er. »Äh... Ich bin Gwydiot, Magier von Glanwrhydd. Und das«, er deutete auf seine unsicher nikkende Begleiterin, »ist Gwenddolau. Seid gegrüßt, Fremde... Lords...?«

»Cameron«, sagte Cameron, klemmte sich die allerletzte Craven in den Mundwinkel und brachte sie zum Brennen. »Keine Titel, nur Cameron.«

»Hocherfreut, Sire«, sagte Gwydiot.

»Diana«, sagte Erasmus und deutete auf Diana. »Ich bin Erasmus.« Er hielt dem kleinen Mann mit der schmutzigen Kutte die Rechte hin. Gwydiot ergriff sie zögernd und lächelte verunsichert.

»Weiß zufällig einer von euch Vögeln, was wir hier sollen?« fragte Cameron.

»Es aufhalten«, sagte Erasmus.

»Ach, was du nicht sagst. Und wie?«

»Tja.« Erasmus sah hinunter in die Senke und betrachtete das bunte Keilen. Einzelne Teilnehmer der rabiaten Veranstaltung flogen in hohem Bogen aus dem Getümmel und schossen unmittelbar nach der Landung wieder hinein. Er runzelte nachdenklich die Stirn und ließ einen Blick über die Tempel und Festungen auf den Gebirgskämmen wandern.

»Vorsicht!« schrie Gwydiot.

Erasmus drehte sich um und riß Diana um Haaresbreite aus der Flugbahn eines scharfen Gartenmessers. Sirrend bohrte sich die Klinge in einen der zahlreich herumstehenden Obstbäume.

Die Sterblichen sahen in die Richtung, aus der das Messer gekommen war. Diana und Gwenddolau ächzten im gleichen Augenblick: »Igitt!«, Gwydiot und Erasmus verzogen die Gesichter, und Cameron spuckte seitlich aus.

Vor ihnen stand ein wutschnaubender Zwerg und nestelte an seinem einzigen Kleidungsstück, einem breiten Gürtel, um ein weiteres Gartenmesser herauszuziehen. Das allein hätte allerdings keinen der Anwesenden bewegt, »Igitt« zu ächzen oder angewidert auszuspucken. Dieser Grund lag in der Anatomie des messerwerfenden Gärtners. Denn der kleine Gott war Gärtner. Er hieß Priapos, und vor seinen kurzen Stampfern baumelte ein Gewirk, das jedem Gott oder Menschen mit einem Funken ästhetischen Empfindens das Essen wieder hochtreiben mußte.

Ein allerletztes, klitzekleines Anekdötchen am Rande: ***Priapos*** *ist das unerfreuliche Resultat einer kurzen Affäre zwischen Zeus' Säufersohn* ***Dionysos*** *und seiner Tochter* ***Aphrodite.*** *Um vor allem die liederliche Schlampe Aphrodite zu strafen, versah Hera deren Söhnchen mit riesigen, unnütz herumbaumelnden Genitalien und degradierte ihn zum göttlichen Heckenbeschneider und Patron der Flußschiffer. Anläßlich eines größeren Festes versuchte der »Gnom mit dem Pferdeschwanz«, wie sein doppelter Großvater Zeus ihn launigerweise zu nennen pflegte, seine schlummernde Tante Hestia zu vergewaltigen. Das Vorhaben ging gründlich in die Hose, da die Tante erwachte und dem kleinen Monster wuchtig in die Weichteile trat (nicht wohlüberlegt, sondern, weil sie nicht wußte, wohin sie sonst treten sollte). Zeus nahm Priapos' Verhalten zum Anlaß, den Gärtner unter Androhung göttlicher Maulschellen aus der Senke zu verbannen, und verständlicherweise ist der kleine Mann mit der großen Behinderung seither ein bißchen grantig.*

Diana und Gwenddolau wandten sich würgend ab. Der kleine schlechtgelaunte Gott schaffte es endlich, sein scharfes Gartenmesser aus dem Gürtel zu ziehen, und stampfte auf die Eindringlinge zu.

Cameron zog seinen Revolver aus dem Holster.

Gwydiot betrachtete den schwarzglänzenden Gegenstand und fragte sich, was er wohl darstellen mochte. Erasmus betrachtete Cameron und den Gärtner mit gerunzelter Stirn.

»Was immer das sein mag, Kleiner«, sagte der Mann aus L. A. um seine glühende Zigarette herum. »Du bleibst jetzt stehen und rührst dich nicht mehr. Nichts an dir...«

Priapos hob das Messer und stampfte weiter.

»Na, wie du meinst«, sagte Cameron und drückte ab.

Ein lauter Knall zerriß die Stille. Gwydiot wich erschrokken einige Meter zurück und bestaunte die feine Rauchfahne, die aus dem Maul des kleinen schwarzen Ungeheuers schwebte. Sein Blick wanderte nach rechts, dorthin, wo er die zerfetzten Überreste des kleinen Mannes zu entdecken erwartete.

Priapos marschierte vollkommen unbeeindruckt weiter. Die Kugel war widerstandslos durch seinen erstaunlich fest wirkenden Körper gedrungen und hatte keine Spuren hinterlassen.

Ungläubig ließ Cameron die Waffe sinken.

Das Ding war nur noch ein paar Schritte von ihm entfernt.

Erasmus' Stirn glättete sich plötzlich. Er sah Priapos an. Dann sah er sich nach einem geeigneten, weit entfernten Baumwipfel um, schloß die Augen und stellte sich möglichst lebhaft vor, daß Priapos in genau diesem Baumwipfel säße.

»Wow!« sagte Cameron.

Erasmus öffnete die Augen wieder und setzte ein zufriedenes Lächeln auf. Aus weiter Ferne erklang das Zetern des in der Baumkrone sitzenden Gärtners.

»Zauberei!« hauchte Gwydiot. »Ein Wunder!«

»Nein«, sagte Erasmus kopfschüttelnd.

»Nein?«

»Wieso nein? Was denn sonst?« mischte sich Diana ein.

»Ich«, sagte Erasmus.

»Du? Aber... wie denn?«

»Hiermit.« Erasmus tippte sich mit den Fingerspitzen an die Schläfe. Er suchte nach den richtigen Worten. »Das alles hier...« sagte er schließlich, »wo immer wir hier auch sein mögen – es ist nicht von unserer Welt. Wir haben es nicht mit festumrissenen Begriffen zu tun, nicht mit Realitäten, mit Fakten. Die Dinge, die uns hier begegnen, sind, so real sie uns auch erscheinen mögen ... Ideen. Ideen, die durch uns, durch unser Vorstellungsvermögen wandelbar sind... Wir sollten es wohl lieber nicht zu einer körperlichen Konfrontation mit diesen ... Göttern kommen lassen, aber wir können sie uns auf andere Art und Weise vom Leibe halten, solange wir hier sind...«

»Moment mal«, sagte Cameron. »Nur damit wir uns richtig verstehen. Heißt das, wir alle können ... das?« Er deutete mit dem Daumen auf den zeternden Priapos, der sich langsam an den Abstieg machte.

»Wenn wir uns richtig darauf konzentrieren, ja.«

Cameron drehte sich um und konzentrierte sich.

Als er sich wieder der Gruppe zuwandte, hing der Gärtner kopfunter in einem weiter entfernt stehenden, höheren Baum. Sein Zetern war trotzdem deutlicher zu hören als zuvor.

»Gar nicht übel«, sagte Cameron und zertrat die Craven im sorgfältig gepflegten Gras. »Vielleicht sollten wir hier in der Gegend einen Zirkus eröffnen.«

»Keine schlechte Idee«, sagte Erasmus nickend. »Aber vielleicht sollten wir vorher ins Tal gehen und hinter uns bringen, weswegen wir hergekommen sind.«

Odin zielte aus zugeschwollenem Auge auf den Kopf des Griechen und schlug ein Loch in die Luft. Zeus ließ den Helmträger an sich vorbeitaumeln und schaffte es zum ersten Mal seit längerer Zeit, den Kopf zu heben und sich umzusehen. Er bemerkte die näherkommenden Götterscharen und drehte sich langsam um die eigene Achse. Sie kamen aus allen Richtungen.

Poseidon segelte schreiend an ihm vorbei.

Zeus beachtete ihn nicht. Er drehte sich weiter. Das äußerst ungute Gefühl, es *ein bißchen* zu weit getrieben zu haben, trampelte rücksichtslos in seinen benebelten Götterkopf und richtete sich häuslich ein.

Dann entdeckte er die Sterblichen.

Fünf Gestalten kamen auf ihn und die anderen zu.

Zeus schluckte.

Trotz seines Zustandes wußte er, weshalb sie hier genauso groß waren wie er. Er wußte, daß ein Gott per Definition nicht mehr sein konnte als ein Sterblicher, wenn der Sterbliche einfach zum Gott hingehen und ihm an die Nase fassen konnte. Seine Macht endete, wenn er konkret wurde, und genau das war geschehen. Mit allen Nervenenden klammerte er sich an seine letzte, winzige Hoffnung. Vielleicht wußten die Würmer das nicht. Und vielleicht konnte er verhindern, daß ihnen jemand davon erzählte.

Zeus schrie erstickt auf. Odin hatte die Unachtsamkeit seines Kontrahenten genutzt, um ihm an den Hals zu gehen.

»Hör auf!« krächzte Zeus und deutete auf die Sterblichen.

Odin ließ dem Finger einen Blick folgen. Sein Auge wurde größer, dann ließ er den Griechenhals los. Im gleichen Augenblick endete der Lärm um die beiden herum schlagartig. Jedenfalls fast. Ares, Poseidon und Thor brauchten ein bißchen länger, um zu begreifen, was geschehen war, und von ihren Gegnern abzulassen.

Die Griechen und Asen waren umzingelt. Sie standen in

einem etwa zwanzig Meter großen Kreis, dessen breiter Rand aus murmelnden Göttern bestand und der auf einer Seite zwei größere Löcher aufwies. Zwischen diesen Löchern standen die fünf Menschen.

Die versammelten Götter bestimmten eine Sprecherin, indem sie die Keltin Dana einfach nach vorn schubsten.

»Großartig«, sagte sie nach einem kurzen Räuspern. »Eine reife Leistung, ihr Griechen und Asen. Nun seht, was ihr getan habt...« Sie deutete auf die Sterblichen. »Jetzt sind wir alle in den Händen...«

Zeus fiel ihr lautstark ins Wort. »Aber, aber, Göttin, das ist doch kein Beinbruch. Wir schmeißen die Krabbler einfach wieder raus, und damit ist die Sache erledigt. Kein Grund zur Panik...«

Er setzte sein drohendstes Göttergesicht auf und wandte sich an die Sterblichen. Hermes und Heimdall hielten Athene geistesgegenwärtig den Mund zu.

»Geht!« sagte Zeus und deutete mit gebieterisch erhobenem Arm auf die fünf Menschen. »Verlaßt diesen heiligen Ort, und ich will Gnade vor Recht ergehen lassen!«

Erasmus trat vor. Seine Knie schienen sich unpassenderweise in sehr weichen Pudding verwandelt zu haben.

»Bist du... Zeus?«

»Ich bin Zeus!« grollte der Göttervater.

»Und bist du für diese... Blitze verantwortlich?«

»Das bin ich, Wurm. Und nun verschwinde, bevor ich dich zerschmettere!«

»Ruf sie zurück. Laß sie auf genau dem Weg zurückkehren, den sie gegangen sind. So, daß alles auf Erden wieder seine Ordnung hat.«

»Du *forderst?* Du *forderst* etwas von *mir,* einem *Gott?!*«

»Ja oder nein?«

»Bah!« Zeus setzte sich in Bewegung und kam auf Erasmus zu. »Du hast dein Todesurteil ausgesprochen, Nichtswürdiger!« fügte er drohend an und saß im nächsten Augenblick in einer Baumkrone jenseits des Kreises.

Erasmus drehte sich um. Gwydiot zuckte entschuldigend die Achseln.

»Verzeihung«, murmelte er errötend. »Ich... wußte ja nicht, daß das so schnell geht. Ich wollte bloß nichts riskieren...«

Hermes und Heimdall ließen Athene los. Was immer sie jetzt noch sagen mochte, schlimmer konnte es nicht kommen. Die Göttin der Weisheit lächelte stolz. Sie hatten es geschafft. Ihre Auserwählten. Einen hätte sie gebraucht, und jetzt waren sogar fünf gekommen. Erhobenen Hauptes machte sie sich auf den Weg zu den Sterblichen, und obwohl ihre Frisur und ihr Kleid infolge der Keilerei an einen Truppenübungsplatz erinnerten, wirkte sie unglaublich majestätisch. Was übrigens recht eindrucksvoll beweist, daß innerer Adel sogar durch Sackleinen strahlt. (Während ein Makler auch in feinstem Tuch ein kulturloser Kretin bleibt – aber das werden die Burschen zum finanziellen Glück ihrer Schneider nie im Leben begreifen.)

Erasmus wandte sich mit ausgestrecktem Arm an seine Begleiter. »Sie nicht!« sagte er.

Zeus hangelte sich an den Ästen des Baumes nach unten und sah seine Felle davonschwimmen. Er holte tief Luft.

»Poseidon! Ares! Hermes! Macht sie fertig!«

Odin nickte. In seinem Auge war das die erste vernünftige Idee des Griechen.

»Thor! Heimdall! Hermodur! Packt sie!«

Sechs Götter schossen aus der Menge auf die Sterblichen zu. Diana konzentrierte sich auf Thor und beförderte ihn gedankenschnell auf die höchste Zinne von Asgard. Cameron hängte Poseidon kopfunter an die Front der bunten Tempelkette, Gwenddolau setzte Hermes neben Priapos ab, Gwydiot spielte unentschlossen mit Hermodur, ließ ihn zweimal auf die ägyptischen Tempel tippen und versenkte ihn dann in einem weit entfernten See, während Erasmus versuchte, Ares irgendwo hinter den Gebirgskämmen abzusetzen.

Diana schmiß Heimdall durch das offene Tor der Asenfestung.

Ares stürmte weiter.

Erasmus suchte verzweifelt nach dem Zielort. Er wußte nicht, was hinter den Bergen lag, aber irgend etwas mußte doch dort sein. Er versuchte sich Ares in einem Baum vorzustellen, in der Wüste, auf einem Felsen, in einem Meer, in einer Steppe, auf einer Wiese, in gallertartiger Masse, einem Schloß, Haus oder Apartment, einem Kühlschrank, einer Waschmaschine oder einem endlosen Garnichts. Es funktionierte nicht.

Der griechische Kriegsgott hatte ihn fast erreicht.

Gwydiot konzentrierte sich und setzte Ares in einem weit entfernten Apfelbaum ab. Das war zwar nicht besonders originell, aber äußerst effektiv. Diana atmete auf.

Während Athene auf die Sterblichen zutrat, wurde das verärgerte Murmeln der anderen Götter lauter. Hier und da mischten sich jedoch auch verschreckte Töne in das allgemeine, verdrießliche Brummen.

Athene blieb neben ihren Schützlingen stehen und hob die rechte Hand.

»Seid gegrüßt, Sterbliche«, sagte sie. »Ich freue mich, daß ihr den Weg gefunden habt.«

»Das war nicht unser Verdienst«, erwiderte Erasmus. »Hättest du Hödur nicht geschickt, um uns zu führen, wären wir nicht angekommen.«

»Ich habe Hödur nicht geschickt«, sagte Athene und lächelte ein sanftes Lächeln.

»Ein Zufall?« fragte Gwydiot.

»So scheint es«, erwiderte Athene. »Du bist Gwydiot, nicht wahr?«

»Der bin ich. Hocherfreut, Milady«, sagte der Magier und verneigte sich.

»Ich bin stolz auf euch. Aber woher wußtet ihr, daß ihr an diesem Ort Macht über uns habt?«

»Das war seine Idee«, sagte Cameron und deutete lässig auf Erasmus. »Scheint, daß 'ne ganze Menge Grips unter der Holzwolle steckt.«

»Woher wußtest du es?« fragte Athene.

»Oh.« Erasmus zuckte bescheiden die Achseln. »Intuition, schätze ich. Intuition und ein bißchen ... Grips, wie Mr. Cameron sagen würde.«

»Wie wär's, wenn wir jetzt mal zur Abwechslung an die Blitze denken würden?« fragte Diana ungeduldig. Obwohl sie es nie zugegeben hätte, fand sie es nicht besonders anregend, daß eine Frau ihren Erasmus mit den Augen verschlang, ganz gleich, ob diese Frau nun eine Schuhverkäuferin oder eine griechische Göttin war. Es kostete sie einige Überwindung, nicht gleichzeitig an Athene und die tiefe Matschpfütze zu denken, die sie in einiger Entfernung entdeckt hatte.

»Ja, du hast recht«, sagte Erasmus und konzentrierte sich auf Zeus, Odin und das Grasstück neben Athene.

Die beiden Göttervater landeten vor ihm. Zeus nestelte zerknirscht an seinem Umhang, während Odin unbehaglich an seinen Bartspitzen herumzwirbelte.

»Götter«, sagte Erasmus. »Ich wiederhole meine Bitte. Ruft eure Blitze und Äpfel zurück ... auf dem Weg, den sie gegangen sind, so daß keine Folgen bleiben ...« Er verstummte. Extrawünsche schossen durch seinen Kopf. Hitler. Wagner. Courths-Mahler. Betty Mahmoody. Die Bay City Rollers ... Er schüttelte die Namen ab. Entweder oder.

»Keine objektiven Folgen für die Menschen ...«

»Nein«, sagte Zeus trotzig. »Die Idee war gut, und sie ist es noch.«

»Ja. Finde ich auch«, brummte Odin zustimmend.

»Anfangs«, sagte Erasmus. »Anfangs ja. Aber euer eigentliches Ziel hattet ihr schon nach sehr kurzer Zeit erreicht. Was danach kam, hat niemandem genützt. Also ...«

Zeus musterte die Sterblichen der Reihe nach und fragte sich, wie weit ihre Phantasie reichen mochte. Odin stellte sich die gleiche Frage, und beide kamen zum gleichen Ergebnis.

Gleichzeitig entließen sie einen tiefen, lauten Seufzer in die Senkenluft. Gleichzeitig konzentrierten sie sich auf ihre Handlanger und befahlen den sofortigen, kontrollierten Rückzug.

Dinge veränderten sich.

»Das war's«, seufzte Zeus nach einigen langen Sekunden, und Odin nickte.

»Ich danke euch ...« sagte Erasmus.

»He, Fussel«, mischte sich Cameron ein. »Was machen wir, wenn die Brüder uns reingelegt haben?«

»Dann kommt ihr wieder«, sagte Athene lächelnd. »Und das wissen die beiden. Also werden sie sich hüten.«

»Schon gut«, sagten Zeus und Odin und konzentrierten sich erneut. Diesmal dauerte es wesentlich länger. Aber diesmal verkniffen sich die beiden auch sämtliche Tricks.

»Werden Sie ... bestraft?« fragte Gwenddolau die Göttin der Weisheit, als sie vor dem Tor standen.

Athene schüttelte den Kopf. »Nichts ist geschehen. Ihr habt euch entschlossen, in eure Welt zurückzukehren ...« Die fünf nickten unterschiedlich heftig. Alles war besser als eine solche Welt, und niemand wollte ernsthaft zu dieser Bande gehören.

»Also«, fuhr Athene fort, »wird sich, jedenfalls hier, nichts verändern, nicht einmal die Anzahl der Unsterblichen ...« Sie überlegte kurz. »Will wirklich keiner von euch bleiben?

Ihr hättet es verdient, und die mythologische Einordnung ließe sich natürlich bewerkstelligen ...«

Die fünf schüttelten erneut die Köpfe.

»Ich glaube«, sagte Erasmus, »wir hängen doch ein bißchen mehr an den Menschen, als wir zugeben würden.«

Athene zuckte die Achseln. »Es ist eure Entscheidung. Ich muß sie nicht begreifen.« Zum letzten Mal betrachtete sie die fünf Gestalten, die der Zufall auserwählt und an ihr Ziel geführt hatte. »Nun denn ...« sagte sie. »Lebt wohl, Menschen.«

Die Sterblichen wandten sich von ihr ab und gingen auf das Tor zu. Athene wartete, und Erasmus enttäuschte sie nicht.

»Ach«, sagte er kurz vor dem Tor und drehte sich um. »Eine Frage noch ...«

»Ja?«

»Ich habe versucht, Ares aus diesem Kessel ... dieser Senke zu werfen ... ich habe versucht, wirklich konzentriert versucht, mir vorzustellen, was dort sein könnte, aber es ist mir nicht gelungen. Könntest du mir sagen, was ... jenseits der Berge liegt?«

»Es ist unendlich, ewig, unveränderlich, vollkommen, allmächtig, allgegenwärtig, allwissend und wahr.«

»Mit anderen Worten«, murmelte Cameron um ein halbes Streichholz herum, »du hast keine Ahnung.«

»So könnte man sagen.«

Erasmus nickte, drehte sich um und ging voran.

Es gab keine rührenden Abschiedsszenen vor dem Tor. Keiner der Sterblichen dachte daran, daß sie einander niemals wiedersehen würden. Und wenn man ein bißchen gründlicher darüber nachdenkt, war das wohl auch nicht weiter schlimm.

Was hätten sie schon sagen sollen?

Auf Wiedersehen?

10

Der Sturm war vorüber. Über eine ruhige See rollten hier und da kleine Wellen, ausgelöst von historisch bedeutsamen Entdeckungen (wie zum Beispiel Tagebüchern gewisser Leute), die kurze Kapitel der großen Menschenfabel *Geschichte* plötzlich als lupenreine Belletristik entlarvten. Unbeeindruckt vom leisen Plätschern dieser Wellen glitt das große Schiff, auf dessen Bug in verwitterten Lettern *MS Menschheit* geschrieben stand, durch die endlose Wasserwüste. Der eine oder andere Passagier hing grün und krank über die Reling, aber die meisten sonnten sich entweder seelenruhig in ihren Liegestühlen oder mühten sich nach Kräften, das Schiff auf seinem ungewissen Kurs zu halten.

Das war die Oberfläche.

Darunter jedoch war vieles nicht mehr an seinem Platz.

Wissenschaftler aller Herren Länder bemühten sich eifrig, dieses zerwirbelte, aufgewühlte System wieder in jene Form zu quetschen, die es vor dem Sturm gehabt hatte. Verbissen überschütteten sie die Menschheit mit Tonnen wissenschaftlicher Theorien und Erklärungen für das, was vorgefallen war, aber nur die einfältigsten Pinsel fielen auf ihre zweitklassigen Taschenspielertricks herein. Andere hatten ihre Lehren gezogen, und manche von diesen mühten sich redlich, sie zum Wohle der übrigen Kohlenstoffeinheiten zu nutzen und zu verbreiten.

Cameron saß in einem breiten Plüschsessel und verfolgte das Treiben der Familie Vanderhof auf der Leinwand. Als die Schlußszene von »You Can't Take It with You« über die Leinwand flackerte und Großvater Vanderhof und der alte Kirby den »Polly Wolly Doodle« in ihre Mundharmonikas bliesen, biß er sich sacht auf die Unterlippe und wischte verstohlen einige Tränen aus seinen Augenwinkeln.

Vor ihm saßen ein junges Mädchen und ihr Freund und kauten sich in den Gesichtern herum. Cameron sah verstohlen nach rechts. Der dicke Mann mit der glänzenden Halbglatze starrte ungerührt auf die Leinwand. Cameron sah nach links. Die junge Dame mit dem schmalen Gesicht betupfte sich die Wangen mit einem schwarzen Seidentuch. Sie bemerkte ihn und hielt inne. Binnen Sekundenbruchteilen fällte der Mann mit dem Hut, der Fremden gegenüber grundsätzlich nicht viel weicher auftrat als ein Eisenträger, eine schwerwiegende Entscheidung. Eine Entscheidung, die jeden Großrechner Wochen gekostet hätte.

Er lächelte.

Als Erasmus das Knarren der Treppenstufen hörte, legte er die Zeitung mit der dicken Schlagzeile »Dramatische Umsatzeinbußen bei Apfelbauern« beiseite, hörte auf, Baals großen Kopf zu streicheln, und begleitete den Weg seiner Frau mit warmen Blicken. Diana hockte sich neben ihm auf den Holzboden und küßte ihn zärtlich auf die Wange.

»Na«, sagte sie.

»Na«, sagte er.

»Manchmal«, sagte er und strich ihr sanft über die Haare, »denke ich an diese Berge. Manchmal ... wüßte ich gern, was sich dahinter verbirgt.«

»Das haben sich schon viele gefragt.«

»Eben. Und wenn wir es wüßten?«

»Wäre das Leben ein bißchen langweiliger. Du, Erasmus ...«

»Der Sage nach«, fuhr Erasmus versonnen fort, »wölbt sich nach Ragnarök, der Götterdämmerung, ein neuer Himmel über der blauen Erde, und oben thront herrlich die Burg der Götter. Dort leben sie frei von Schuld und sprechen von den vergangenen Dingen. Außer ihnen sind nur zwei Menschen übriggeblieben, Lift und Lifthrasier ...«

»Erasmus ...«

»... und von denen stammt das neue Menschengeschlecht ab, das bald die ganze Erde bevölkern wird.«

»Erasmus.«

»Wie? Verzeihung. Ja?«

»Es ... wird bald noch einen Weinberger geben.«

Nach einer langen Pause sagte er: »Bist du sicher?«

»Ja, Liebling.«

Erasmus küßte sie sanft auf die Stirn. Dann sprang er aus dem Sessel und stolperte durch den unordentlichen Raum zu einem der hohen Regale.

»Meine Güte, was ist denn jetzt?« fragte Diana.

»Ich suche ein Buch.«

Erasmus fegte einige Exemplare auf den Boden. Baal ging hinter dem Schreibtisch in Deckung. »Hab ich mal ganz billig gekauft, im Antiquariat ... wo ist denn ... da!« Er riß das Buch heraus, blätterte neugierig und sah auf.

»Hast du Stricknadeln?«

»Was? Ja, hab ich, aber ...«

»Leihst du mir die?«

Diana nickte. »Wieso?«

»Ich«, sagte Erasmus feierlich, »stricke dem dritten Weinberger einen Anzug! Einen kleinen, gemütlichen Anzug ... mit bunten Bommeln und so was. Und weich muß er sein.«

»Weich?«

»Weich. Nicht schlapp und schlottrig, aber schön weich.«

»Na gut«, sagte Diana nickend. »Wie du meinst. Aber nur *weich* und *mit bunten Bommeln* genügt nicht.«

»Was meinst du?«

»Er sollte praktisch sein. Das heißt, er sollte möglichst fünf Löcher haben. Eins für den Kopf und jeweils zwei für Arme und Beine.«

»Oh«, sagte Erasmus. »Ja, das stimmt wohl. Ich versuche, dran zu denken.«

»Wir... können es ja zusammen in Angriff nehmen...«

»Das«, sagte Erasmus und sah strahlend auf, »ist wahrscheinlich die Lösung!«

»Genug für heute«, sagte Gwydiot, klappte das Buch zu und verscheuchte die Stichlinge mit einem Steinwurf. »Gehen wir heim.«

»Noch einmal das Rascheln der Blätter«, bettelte Gwenddolau.

»Morgen.« Gwydiot erhob sich und hielt seine Hand hin. »Der Tag ist nicht nur zum Lernen da.«

Er half ihr auf, und gemeinsam wanderten sie durch den kleinen Wald von Glanwrhydd, zurück zu ihrer Hütte.

Und daß der Tag nicht nur zum Lernen da war, untermauerten die beiden, indem sie der Welt eine ganze Schar von Nachkommen präsentierten. Nachkommen, die nicht durch Zauberei zur Welt gekommen waren und deren Nachkommen wieder Nachkommen zur Welt brachten, deren Nachkommen n-ten Grades schließlich einen überaus liebenswerten kleinen Jungen zur Welt brachten, der sich für alles interessierte, was in seine Reichweite geriet, sich ständig im Haus seiner Eltern verlief, weil er über so entsetzlich viele Dinge nachdenken mußte, und schließlich ein sehr, sehr glücklicher Salatbar-Monteur werden sollte...

Danksagung

Außerordentlichen Dank an
Steffie, die Champagne, Cocaine und sämtliche anderen Drogen steinalt aussehen läßt – für viel Geduld und viel Liebe.
Jens, Henning, Hinni und Hans-H. – fürs Vor-Lesen und gelegentliche Nachfragen.
Thomas B., den besten Freund, den sich nymphomane Ameisen denken können – für all die kleinen, wichtigen Dinge.

Außerdem schulde ich – unbekannterweise – ordentlichen Dank für Inspiration und Recherche: Manfred Lurker, Arthur Cotterell, Robert von Ranke-Graves, Egon Friedell, Gustav Schwab, Günther Sachse, Manfred Kluge, Peter Sager, Horst Schmidt-Brümmer, Kenneth Anger, St. Raymond und natürlich dem Irgendwas.

Der Soundtrack zum Buch ist – leider nur in Form von Komponenten – im Fachhandel erhältlich.

»Anything goes«
»I get a kick out of you«
Cole Porter/»Anything goes«
Kim Criswell/LSO c. b. John McGlinn
EMI, 1989

»On your shore«
»Exile«
Enya/»Watermark«
WEA, 1987

»Hajimari«
»Matsuri«
»Reimei«
Kitaro/»Kojiki«
Geffen, 1990

»The Irish March«
»Time Dance«
Planxty/»Irish Folk Festival«
Sound, 1986

»Cassandra«
»Branle de l'Offical«
»Pavane: Belle qui tiens ma vie«
»Upon a summer's day«
Danses Populaires Françaises
et Anglaises nach Arbeau & Playford
The Broadside Band c.b. J. Barlow
harmonia mundi, 1983

»Mars«
»Merkur«
»Jupiter«
»Saturn«
»Neptun«
Holst / »Die Planeten«
In fast allen Einspielungen, sogar der der Wiener unter Karajan.

»The Voyage«
Christy Moore / »The Voyage«
WEA, 1989

Wer hat was mit oder stammt von wem?

Erste Hilfe bei Verwandtschaftsverwirrungen

DIE GRIECHEN

Aphrodite, schaumgeborene Tochter von Zeus und Dione. Ehefrau von Hephaistos. Verhältnisse mit (u. a.) Ares, Hermes und Dionysos (Sprößling: Priapos). Göttin der Schönheit.

Apollon, Sohn von Zeus und Leto, Bruder von Artemis. Gott der ernstzunehmenden Dichtung und der Musik.

Ares, Sohn von Zeus und Hera, Lover von Aphrodite (gemeinsamer Sohn: Eros). Gott des Krieges.

Artemis, Tochter von Zeus und Leto, Schwester des Apollon. Göttin der Jagd.

Athene, Tochter von Zeus und Metis, einer Riesin. Göttin der Weisheit, der Kunst und anderer schöner, nützlicher Dinge.

Demeter, Schwester von Zeus und Hera, Göttin des Ackerbaus.

Dionysos, Sohn von Zeus und Semele. Gott der Trunkenheit und des geschmacklosen Witzes.

Hades, Bruder von Zeus und Hera, Gott der Unterwelt, verheiratet mit Persephone, Demeters Tochter.

Hebe, Tochter von Zeus und Hera, verheiratet mit Herakles. Ambrosia- und Nektarlieferantin.

Hephaistos, Sohn von Zeus und Hera, verheiratet mit Aphrodite. Gott des Feuers und Schutzpatron der Schmiede.

Hera, Zeus' Frau und Schwester.

Hermes, Sohn von Zeus und Maia, Geliebter der Aphrodite (gemeinsamer Sohn: Hermaphroditos). Götterbote, Gott der Kaufleute und der Diebe.

Hestia, Schwester von Zeus und Hera. Schützerin des häuslichen Herdes.

Poseidon, Bruder von Zeus und Hera. Meergott, verheiratet mit Amphitrite.

Priapos, Sohn von Aphrodite und Dionysos. Gott der Flußschiffer und Gartenbauer.

Zeus, Göttervater, Blitzeschleuderer, praktisch mit allem und jedem verwandt.

DIE ASEN

Baldur, Sohn von Odin und Frigg, cleverer Gott, verheiratet mit Nanna.

Fenriswolf, Kind von Loki (aber fragen Sie nicht, wie).

Forseti, Sohn von Baldur und Nanna, fast so clever wie sein Vater.

Frigg, Odins Frau.

Heimdall, Torwächter an der Brücke Bifröst. Gott des Morgens; Hornbläser.

Hermodur, Sohn von Odin und Frigg, Götterbote.

Hödur, Sohn von Odin und Frigg, blind, aber oho.

Hugin, einer von Odins Raben. Zuständig für das Belauschen der Götter.

Iduna, keine Versicherung, sondern die göttliche Apfellieferantin.

Loki, verheiratet mit Sigyn, verschlagener Kleingott; zeugte Sleipnir, die Midgardschlange, den Fenriswolf und vermutlich auch noch anderen Unrat.

Magni & Modi, Söhne von Thor und Sif.

Midgardschlange, Kind von Loki (Mutter unbekannt).

Mirmir, einäugiger Riese, der über den Weisheitsquell am Fuße der Weltesche Yggdrasil wacht.

Munin, einer von Odins Raben. Zuständig für das Belauschen der Sterblichen.

Nanna, Baldurs Frau.

Odin, einäugiger Vater von Thor, Baldur und Hödur. Verheiratet mit Frigg. Gott des Verstandes, Eigentümer des Speeres Gungnir und des achtbeinigen Pferdes Sleipnir.

Sif, Thors Frau, Mutter von Magni, Modi und Uller.

Sleipnir, achtbeiniger Sohn von Loki. Pferd.

Thor, Sohn von Odin und Frigg, Vater von Magni, Modi und Uller. Hammergott. Zuständig für Blitze, Donner und ähnliche Katastrophen.

Uller, Sohn von Sif und Thor. Vermutlich Gott des Après-Ski.